꽃을 삼킨 여자

꽃을 삼킨 여자

김재희 장편소설

MONGSIL
BOOKS

복숭아가 가진 독은 경찰도 죽인다

"아람 형사. 고사 났다."

아람이 다가가자 아이코스 담배를 피던 선익은 담배를 껐다.

"네?"

"마약사범 은어인데 사고 터졌다구. 보통 아냐. 사람이 죽었어."

"선배님. 우리가 쫓는 사람과 관계, 있습니까?"

선익은 고개만 끄덕였다.

강아람과 서선익은 나이 차이는 열 살 정도 나지만 경장으로 계급은 같다. 강아람은 서울대학교 심리학과를 졸업하고 유학 후, 서울지방경찰청 과학수사계 행동 분석팀 프로파일러에 특채 합격했다. 과학수사계장이 일선에서 수사관 업무를 6개월간 익히고 들어오라고 추천해서 지금은 송파경찰서 지능범죄수사팀에서 서선익의 부사수로 근무하고 있다.

아람은 근무할 때 긴 머리를 질끈 동여매고 화장은 팩트 하나 정도만 바른다. 전에는 입술을 산호색으로 마무리했지만 코로나 이후 마스크를 쓰고 다녀서 립은 전혀 신경 쓰지 않게 되었다.

서선익은 경찰시험 합격 후, 경찰학교를 졸업하고 일선 서에 배치돼 차분하게 수사관 경력을 쌓았다. 둘은 현재 남자를 대상으로 소액 사기 혐의가 짙은 한 여자의 뒤를 쫓고 있다가 그녀와 마지막으로 연락을 주고받은 남자가 죽었다는 정보를 접하고 모텔이 있는 사건 현장으로 왔다.

모텔이 위치한 골목에는 형사들이 모텔 주변 사진을 찍고 CCTV 카메라를 가리키면서 근처의 여러 다른 모텔로 들어가 증거를 확보하는 중이었다.

403호의 문은 활짝 열려 있고 크린가드를 걸치고 발에 덧신을 신은 과학수사요원들 십여 명이 증거를 채취하는 중이다. 그들은 방안의 문과 바닥, 벽지에서 지문과 족흔을 분말 가루와 광선 기기를 이용해 찾고 있었다. 선익은 덧신을 신고 그중 한 형사에게 다가갔다.

"수고하십니다. 팀장님."

"너야? 이번 사건 용의자를 사기죄로 원래 쫓고 있었다는 형사가."

선익과 강동경찰서 강력팀장은 관할은 다르지만 사건 수사 공조를 하면서 알게 된 사이였다.

"네. 저 맞습니다. 시건장치는요?"

"면식범 맞아. 김민동이 문 열어줬고. 복도 CCTV로 감색 모자랑 마스크 쓰고 안경 낀 여자가 방으로 들어가는 거 확인했어. 김민동이 들어가고 나서 좀 있다가 들어갔어."

"모텔에는 같이 들어온 겁니까?"

"응, 처음에 카운터에서 김민동과 같이 들어온 여자가 모니터를 보면서 방을 고르고 현금 결제. 김민동이 먼저 올라가고 여자는 모텔 밖으로 나갔다가 다시 들어와. 아까랑 달라진 점은 없고. 여자 사진 볼래?"

"모자에 마스크도 썼다고요?"

"이거야."

선익은 강력팀장이 보여주는 스크린샷을 봤다. 모텔 복도 CCTV에 잡힌 여자는 핑크 줄무늬 티셔츠를 입고 폴로 로고가 있는 감색 운동모자에 둥근 테 안경을 썼다.

"니네가 먼저 쫓고 있었다던 설희연이랑 마지막으로 통화 내역 있어. 사진 구했어?"

"주민등록증 사진이어서 확실치 않아요. 현재 얼굴과 같은 지요."

"그래도 보내봐. 비교하게."

선익이 고개를 주억거렸다.

"네, 알겠습니다. 저도 이 스크린샷 좀 보내주세요, 팀장님. 참, 사망원인 뭐예요? 단순 질식사?"

"아니, 입과 코에 본드를 들이부었어. 목공용. 아주 질 나쁜 범죄자야. 사망자가 경찰 후보생이어서가 아니라, 악의에 찬 인간이야. 목격자는 없고 소리 지르는 것도 없었대. 남자 팔에 격투 흔적이 없는 걸로 봐서 수면제 같은 약 먹였을 거야. 방어흔 전혀 없음. CCTV로 확인해보니 여자가 들어간 지 2시간 후에 나와. 그 사이 다 처리한 거지."

"문손잡이에서 지문 안 나왔어요?"

"지문을 수건으로 깨끗이 닦은 흔적이 보여. 쪽지문이나 유류 지문을 남겼을 수도 있으니까 다들 샅샅이 찾는 중이야. 일단 옷은 입혀져 있지만, 확실한 건 모르니까 둘이 관계를 했는지 부검하면서 체액도 채취할 거야. 콘돔 발견된 거는 없고."

"알겠습니다."

"송파서는 일단 참관만 해. 강동구 관내 살인사건인 이상 우리가 맡는다."

"그래도 정보는 좀 주십쇼."

선익은 팀장이 주지 않으리란 걸 잘 알면서도 한번 말은

해봤다. 설희연은 이제 지능사기범이 아니라, 살인사건 용의
자이다.

팀장의 목소리가 커졌다. 수사요원들은 일사불란하게 움직
였다.

아람은 선익의 어깨너머로 시신을 넘겨다봤다. 처음 보는
것은 아니었다. 경찰 특채에 합격하고 국립과학수사연구원에
서 시신 부검에 참관했었다.

부검의가 감식 전문 사진사와 함께 사진을 남기는 부검 과
정은 그렇게 충격적이지 않았다. 차근차근 정해진 방법대로
했다. 통제되고 안전한 환경에서 부검하니 차분하게 가라앉
았다.

하지만 지금은 달랐다. 실제 살인사건 현장은 처음이었다.
사진으로는 수도 없이 접하고 각종 강력 사건의 범죄 심리도
배웠지만, 현장 임장은 처음이다.

차분해야 한다. 영화 속 형사처럼 토하거나 비위가 상한
얼굴을 해서는 안 된다. 그건 수치다. 아람은 천천히 발을 현
장으로 디뎠다.

"여기 신어요."

크린가드를 입은 과학수사요원이 껌을 씹으면서 덧신을 건
넸다. 씹는 소리가 마스크 밖으로 들렸다.

백여 건의 현장에서 증거를 채취하는 그들에게는 일상일

뿐이다. 아람은 속으로 침착하자를 되뇌었다.

"저항한 흔적은요?"

선익이 묻자 시신을 살피던 여자 검시관이 답했다.

"전혀요."

"경찰 공채에 붙은 사람을 여자가 이렇게 제압하고 질식사시킬 수 있나?"

"부검해봐야죠. 수면제 성분 조사할 겁니다."

아람은 드디어 선익이 무릎을 구부려 앉은 뒤까지 왔다. 시신의 발이 보였다. 하얀 양말을 신은 반듯하게 편 두 발. 남자는 하얀 반팔 셔츠와 청바지를 입고 있었다. 호리호리하고 키가 커 보였다.

머리는 비닐 속에 들어가 있었다. 눈은 감았고 두 손은 축 늘어졌다.

자는 것처럼 보였으나 비닐 안으로 코와 입에 하얀 본드가 듬뿍 덮인 게 보였다.

"비구폐색성 질식사 많이 봤지? 처음 본 거 아니지?"

선익이 어느새 뒤돌아서 아람을 봤다.

"임장은 처음입니다."

"축하할 일은 아니지만, 형사로서는 의미 있는 일이지. 이따 집에 들어가기 전에 가족한테 소금 뿌려달라고 해."

"혼자 살아요."

"하는 수 없지. 숙면하길 바란다. 개꿈 꾸지 말고. 괜히 꿈에 뭐 나와 무섭다고 하는 덩치가 마동석만 한 형사도 많이 봤다."

"농담이 나와요? 선배님."

"아람 형사, 농담 아냐. 이렇게 말로라도 긴장 못 풀고 현장 기세에 눌려서 집에 가봐. 진짜 가위눌려. 어깨 담 와서 그다음 날 고개 못 돌리든가."

"하아, 제 걱정은 마시고요. 사망 추정 시각은요?"

아람은 여유 있게 말했다.

"무인텔이라 모텔 주인이 나와서 CCTV 확인했는데, 7시에 카운터로 남녀 같이 들어옴. 남자는 모텔 방에 7시 5분에 들어갔고 정확하게 15분 후 여성이 들어갔대. 2시간 정도 후 9시 12분, 여자 나오는 거 카메라에 잡혔고 사라짐. 대실 시간이 끝났는데도 체크아웃을 안 해서 주인이 연락해도 방에서 전화 받지 않음. 바로 9시 30분에 들어가 보니 남자 사망. 신고. 범행은 7시 20분부터 9시 사이로 추정. 사망 시각 추정도 그 시간. 이게 수사 상황 일지야."

19시 남녀 모텔 동반 입장
19시 5분 남자 입실
19시 20분 여자 입실

21시 12분 여자 퇴실
21시 30분 시신 발견, 신고

범행 추정 시각 19시 20분-21시

아람은 메모를 했다. 선익의 말이 이어졌다.
"그래서 이렇게 시신이 험하지 않은 거야. 지금 같은 여름
에는 하루 이틀 뒤늦게 발견되어도 아주 과학수사팀이 죽어
나지. 거기다 에어컨도 켜져 있었고."
선익의 말에 검시관이 듣고 있다가 답했다.
"경추 관절이나 악관절에 사후경직이 온 걸로 봐서도 그
시간대 사망 시간으로 추정됩니다. 시반으로 봐도 그렇고요.
근데 시신마다 다 달라요. 부검해봐야 정확하죠, 위 내 소화
정도도 봐야 하고요. 누구예요, 서 형사님?"
선익이 검시관에게 아람을 소개했다.
"강아람 형사라고 프로파일러 특채로 들어왔는데 지금은
수사 실무 익히고 있어요. 다시 서울지방경찰청으로 돌아갈
겁니다."
검시관이 인사를 하고는 일어났다. 그는 과학수사팀에게
물었다.
"여기서 말고 병원으로 옮겨서 검시 진행할게요. 장의사

언제 오시죠?"

"좀 기다려야 되는데, 오고 있는 중이야."

팀장이 말했다.

검시관이 형사들과 의견을 나누던 중에 과학수사팀도 증거물 채취를 완료했다. 방과 화장실 손잡이, 전등 스위치 부분에 있을지도 모를 지문을 분말로 떴고, 바닥의 족적을 채취했다. 마지막으로 실오라기나 머리카락 등의 미세증거물도 봉투에 넣었다. 일일이 사진을 찍고 일시와 내용물, 채취한 담당자 이름을 적어 봉투에 붙였다.

아람은 과학수사요원의 서류에 쓰인 남자의 이름을 봤다. 피해자는 김민동이었다. 조금 전까지도 살아있던 사람이다. 얼굴은 하얗다 못해 창백한 청색으로 물들었고 잘생겼다면 잘생긴 얼굴이다.

안타까웠다. 경찰시험을 통과하고 경찰이 될 준비를 하던 남자라 했다. 저 탄탄한 육신은 경찰을 위해 대민 봉사를 위해 쓰였을 것이다. 이 사건만 없었다면.

어쩌다 이렇게 됐을까. 아람이 쫓던 설희연이란 여자 사기범은 어마어마한 괴물인 것일까.

"아람 형사, 잠깐 나와 봐, 여기는 강동서 강력팀과 광역 과수팀이 알아서 하는 거야."

아람과 선익은 방을 나와 계단으로 향했다.

"임장 어땠어? 의사가 첫 집도한 날과 같지. 형사한텐."

"특별할 것 없습니다. 선배님."

"그래? 사실 여기 범인이 우리가 쫓는 설희연이란 확실한 증거도 없어."

"모텔 주변 골목에 세워진 차들 블랙박스는요?"

아람과 선익은 모텔을 나와 주변을 둘러봤다. 주차된 차량들과 골목의 전봇대나 전깃줄에 달린 CCTV를 살폈다.

"당연히 강동서가 확보하지. 나중에 공조 부탁하겠지만 쉽지 않지. 자기들이 먼저 잡으려 하는데 말이야. 오늘 일 킥스(KICS 형사사법포털)에 남겨야 되는데. 할 수 있지?"

"경찰학교 연수받을 때 배우기는 했는데, 능숙하지 않아요. 시험 삼아 해봐서요."

"가르쳐줄게. 일단 이 사건은 강동서 관할이긴 하지만, 우리도 인지했으니 설희연 사기 사건을 임시사건 파일에서 이제 범죄인지 서류부터 시작해서 정식수사서류로 올릴 거야. 어차피 우리 일은 보고서가 30%를 차지해서 보고 절차와 올리는 시점과 작성하는 거 잘 배워놔야 편해, 그래도 손으로 쓰는 거보다 낫지."

"네, 알겠습니다."

선익은 아람과 수사 방향을 말하면서 밖으로 나왔다.

선익은 마침 전자 담배를 피우던 과학수사요원과 대화를 했다. 그사이 시신 운구차와 장례지도사들이 모텔 정문에 도착했다. 잠시 후, 시신을 내가는 걸 아람이 유심히 살폈다.

"이 남자, 원래는 선배님 직속 후배 될 사람이었잖아요. 중경 입학생."

"응."

"안타깝네요."

"그 정도가 아냐. 강동서 강력팀 형사 말 들으니 부모님은 기절했대. 경찰관 되려고 학교 들어간다던 아들이 이렇게 됐으니."

"정말 우리가 쫓는 설희연이 이렇게 만든 걸까요? 단순 소액 사기범인데요. 강동서 강력팀들은 그렇게 보고 방향 짜는 것 같던데요."

"모르지. 수사해 봐야지."

선익과 아람은 모텔촌 골목을 나오면서 얘기했다.

"특이하네요. 설희연은 우리가 조사한 바에 의하면 성관계 전에 돈 받아서 사라지지 않았어요? 모텔 방에 갔다는 진술은 없었잖아요. 데이트하고 돈을 꾸고 잠적하는 수법인데요."

"범죄의 패턴이 바뀌거나 진전하는 경우는 많아. 도둑이 살인범 되기도 해. 문제는 이 남자와 언제 어디서 어떻게 친해졌나 하는 거야. 두 사람 사이에 무슨 일이 있었느냐는 거지."

선익과 아람은 주차해둔 차로 이동하면서 말을 했다.

"강제적으로 했을 가능성은요?"

아람의 말에 선익이 화가 난다는 듯 말했다.

"강제? 남자가 질식사했어. 여자가 용의자고. 누가 강제로 했는지 모르겠어? 둘이 좋아지내다가 설희연이 뭐가 들통 나서 죽이고 갔는지 모르지만. 여자 편들지 마."

"편들다뇨. 그리고 아까는 범인이 아닐 수 있다고 했잖아요."

"아닐 수 있다는 말은 그럴 수 있다는 말과 같은 확률이야. 반반. 아람 형사, 사건은 편견 없이 봐야 한단 말이야."

"아뇨. 저도 추정을 해봤을 뿐입니다. 하나하나 가정을 해봐서 아닌 걸 소거하는 게 수사원칙 아니에요?"

선익은 흠, 하고 아람을 보았다.

"선배님, 어차피 강동경찰서 강력팀들 움직일 거잖아요? 우린 뒷전 아닌가요?"

"저쪽이 과수팀이나 국과수에서 다이렉트로 정보 받으니 유리하긴 해. 우린 지리감이나 연고감 등을 알아내서 그전에 찾아야지. 사실 우리가 쫓는 설희연이 범인이라는 증거는 거듭 말하는데 아직은 없어. 빨리 부검 결과 나와야 해. 비구폐색으로 자살하는 사람은 드물지만 없지도 않아."

아람이 의아한 얼굴로 물었다.

"그럼 자살일 수도 있습니까?"

선익은 고개를 끄덕였다.

"이 일 하다 보면 얼마나 의아한 방법으로 자살을 했는지 정말 놀란다. 이미 공부해 왔겠지만."

그들은 흰색 소나타를 세워둔 공터까지 왔다. 선익은 잠시 전자 담배를 물었다.

"후우, 아람 형사는 스트레스 어떻게 풀어? 형사도 임장이 힘든 건 사실이야. 여자들은 스타벅스 커피 마시면서 수다 떨어?"

선익은 별 뜻 없이 말했지만, 아람은 차갑게 답했다.

"말보로 레드 고등학교 때 끊었어요. 기숙사 강퇴당할 뻔 했거든요."

"수재들도 공부 스트레스 받으니까 피는구나."

"선배님, 말끝마다 수재 뭐 그런 식으로 저 지칭하는데 부담됩니다."

"알았어, 조심한다고. 뭔 말을 못 해, 후배한테. 하여튼 난 이거 냄새 안 나서 좋아."

"선배님, 그거 냄새나요. 차라리 그냥 담배를 피우세요."

"뭐어? 냄새 덜하지 않아? 몸에 덜 나쁘다고 해서 하는 건데."

19

"그게 그거죠. 왜 몸에 안 나쁜데 심신을 안정되게 하죠? 마약같이."

"그런가? 서울대 출신이 그런 말 하니 그럴듯한데?"

"그 말도 기분 나쁩니다. 저도 중경 출신 선배라고 할까요?"

선익은 전자 담배를 가슴 주머니에 넣고 입매를 굳게 다물어 기분 나쁜 표정을 드러냈다.

"설희연 사진은 구해왔어?"

"네. 지원팀에서 주셨어요. 그런데 주민등록증 사진하고 별반 다르지 않아요. 고소한 피해자가 보낸 사진입니다."

"봐봐. 강력팀장님께 주민등록증 사진하고 보내드리기로 했어."

아람은 핸드폰 사진 파일을 열어 보였다. 설희연이 무표정한 얼굴로 버터샵에서 액세서리를 들여다보는 사진이었다. 옆모습으로 우연히 찍은 사진인 듯했다.

"진짜 평범하게 생겼는데 신기하네. 하긴 잡아놓고 보면 살인범도 거기서 거기야. 길 돌아다니는 보통 사람 얼굴이라니까."

"민증 사진도 성인 전에 찍은 거라 지금과 비교하기 그렇잖아요. 성형했으면 어떡하죠?"

"인터넷상 조사는?"

"제가 구글링, 페북 등 SNS 뒤져봤는데 진짜 없어요. 어떻게 그렇게 숨어 사는지 모르겠어요."

"그러니까 사기도 치는 거지. 인스타하면서 다른 남자랑 사진 올려봐. 어떤 또 다른 남자가 넘어오겠어. 다 SNS 계정 홅잖아. 그러니까 선수지. 호감을 사서 소액 사기를 친다지만 무서운 여자야."

선익은 담배를 끄고 차에 올라탔다.

"어서 타. 차 문 살살 닫아. 뽑은 지 한 달 조금 된 거야."

"네. 알겠습니다."

"하여간에 선불폰에 주거지 불명확, 여러 건의 사기 건수가 있으니, 당장 수배 때려도 할 말 없지만 사기 금액이 적어 관심을 못 끈 거야."

선익은 운전을 하면서 말했다.

"어서 서로 복귀하자고. 피해자 기다릴라."

차는 송파경찰서 주차장에 도착했다.

경찰서에는 설희연에게 사기를 당하고 고소한 피해자 중 한 명이 진술실에 나와 있었다.

선익과 아람은 피해자 진술을 받기 위해 마주 앉았다.

"자, 사정 청취하는 거니까, 부담 갖지 마시고 편하게 말씀하십시오, 제가 질문할게요. 이름은 장민석 씨고, 나이 30세, 직업은 조명 스태프. 주소는 여기 적은 대로 거주하시나요?"

"네. 맞아요."

남자는 안경을 벗고 걱정스런 얼굴로 선익을 직시했다. 그의 표정에 절박함이 나타나 있었다.

"그러니까, 설희연 씨한테 100만 원을 엄마 병원비 명목으로 빌려줬고 연락이 끊겼다고요."

"네. 맞, 맞습니다."

장민석은 속이 타는지 물을 연거푸 마셨다.

"몇 번 만났죠?"

"두 번이요."

"그런데 돈을 100만 원이나 꿔줘요?"

아람은 선익과 장민석의 대화를 노트북에 입력했다.

"제가 바빠서 자주 못 만났어요. 촬영 현장 쫓아다니느라, 그치만 사이는 좋았어요."

"알겠습니다. 카톡 내용을 봐도 그러네요. 그런데 돈을 받자마자 이후로는 톡이 거의 없네요."

"네. 엄마 병간호로 바쁘댔으니까요."

"그럼 고소장 작성하시는 거 맞죠? 오늘 정식으로 사건 올리려고요."

장민석이 걱정스러운 얼굴로 되물었다.

"아, 아뇨. 불러서 오긴 했지만, 고소 가접수 한 거 취하하러 왔어요."

"네?"

"그게 저. 아무래도 희연 씨가 사정이 있어 연락 안 되는 거지, 속이려던 건 아닐 거예요, 분명히. 그냥 핸드폰이 망가졌다거나 어머니 간병으로 연락을 못 받는 거 아닐까요?"

아람이 고개를 들어 장민석을 보았다. 그의 표정은 절박했다. 예스라는 답을 바라고 있는 절실함이 묻어났다.

"무슨 소리예요?"

선익이 목소리를 조금 높이고 그와 시선을 맞췄다.

"아무리 바빠도 그렇게 연락이 두절되나요? 돈 꾸고 나서요."

"사, 사실 희연 씨를 어떻게든 만나고 싶어 경찰서 왔습니다. 주소라도 알고 싶어서요. 그런데 그거 형사님들도 못 알아내면 고소 같은 거 필요 없어요."

"영화 스태프들 일은 고되고 월급은 적다고 며칠 전에 인터넷 기사에서 봤는데, 그런 피 같은 돈 건네고 연락은 두절되었는데 안 속상해요?"

선익이 차분하게 물었다. 장민석은 다급한 표정으로 답했다.

"그래서 더 미치겠어요. 저도 힘든데 그녀는 얼마나 힘들기에 연락도 안 되죠? 그깟 100만 원 받자고 그러는 거 아니에요. 저 돈 없으면 월세방도 쫓겨나 고시원 갈지도 모르지만, 그딴 거 상관없어요. 희연 씨만 만나면 돼요."

"어구 답답해라. 정말 고소 취하해요? 지금 설희연 씨 꼭 찾아야 하는 상황입니다! 그래서 부른 겁니다. 정확하게 어디 있는지 알아내려고. 100만 원 언제, 몇월 며칠에 줬어요?"

"저 사실, 200만 원 줬어요."

"네?"

"200만 원 꾸고 사라졌다고 하면 혹시 희연 씨에게 무겁게 죄 씌우고 감옥 갈까 봐 일단 100만 원 뀌주었다고 했어요."

선익이 한숨을 쉬었다. 그는 장민석을 달래면서 말했다.

"사실, 사랑하는 사이에 돈 주는 거 법에서 중요하게 안 봐요. 그냥 선물로 줄 수도 있죠. 그래도 장민석 씨 맘이 크게 상했잖아요. 법적인 것보다 설희연 씨 밉지 않아요?"

장민석이 풀 죽어 말했다.

"두 번째 만난 7월 13일에 줬어요."

"어디서 줬어요?"

"촬영 끝나고 회식 후에 강남역에서 만났어요. 바빠서 잠깐 얼굴만 봤는데. 엄마 아프다고 해서, 그냥 맥주 한 잔 정도하고 갔어요."

선익은 자세한 장소와 시간을 물었다. 이번에는 첫 만남 장소를 물었다.

"그건 잠실역 교보문고요. 영화 관련 책을 보는데 희연 씨가 다가왔어요. 아주 미인은 아니지만, 친근한 미소가 좋았어요. 첫눈에. 영화 일하냐면서 자신도 관심 있다고 말을 걸었어요."

선익은 그가 답답했다.

"그런데 어떻게 그렇게 짧게 만나고 돈을 빌려줘요?"

"말했잖아요. 톡으로는 아주 깊은 이야기도 나눴다고. 우리는 영혼을 공유하는 사이라고요!"

장민석이 흥분했다. 선익이 달랬다. 아람은 묵묵히 지켜보며 계속 입력했다.

"톡으로는 어떻게 거주지 파악 안 돼요?"

"안 되죠. 그것도 본사에 영장 보내서 기다리는 중인데, 지금 큰 사건 얽혀서 그렇게 됐다고요. 그걸로도 정확한 주소는 모를 가능성이 큽니다. 포털 회원 가입할 때 주소를 적어도 거기에 안 살면 찾을 방도가 없죠. 거기다 구글 아이디는 본사가 미국이라 영장도 안 먹혀요."

"제, 제발. 희연 씨 만나게 해줘요. 제가 찾아가 말할 거예요. 혹시 오해한 게 있다면 제발 모두 내 잘못이니 용서해달라고요. 돈 돌려받을 필요도 없고 얼굴만 한번 보고 싶어요. 연락 끊기기 전에 다리도 다쳤다는데 희연 씨 정말 걱정돼요. 부탁해요. 형사님."

"우리가 도우려면 사진이 필요한데 정말로 같이 찍은 것 더 없습니까? 앞모습으로요."

장민석이 망설이다 주섬주섬 폰을 꺼냈다.

"저기, 사실 몰카 같은 거라 혹시 걸릴까 봐 없다고 한 건데요. 같이 찍은 건 아니고, 제가 희연 씨랑 만났을 때 잠깐 몰래 찍었어요. 희연 씨가 사진 찍는 건 싫어해서요."

"빨리 봅시다."

장민석이 선익의 폰으로 보낸 사진의 설희연은 길에서 무연한 얼굴로 누군가를 기다리는 중이다. 아마도 장민석을 만나기 전인 것 같았다. 어깨를 넘는 구불거리는 갈색 헤어에 몸에 붙는 베이지색 니트를 입고 짧은 반바지에 하얀 허벅지가 드러났다. 전반적으로 키가 크고 통통한 체형이었다. 얼굴은 주민등록상 사진과 아주 크게 달라지지 않았다.

무심한 듯한 시선과 평범한 얼굴이었다. 아람은 내심 짙은 화장과 화려한 스타일을 예상했지만 달랐다. 평범해 보였다. 다만 가슴 굴곡이 드러나 글래머같이 보였다.

아니, 그보다는 더 통통해서 이른바 속된 말로 육덕미가 있어 보였다.

"설희연 씨 친구 아시는 분 있어요?"

"전혀요."

선익이 재차 물었다.

"그럼 갈만한 데나 관심 보이는 거, 취미 그런 거는요? 뭐 아는 거 아무거라도 얘기해주세요. 도움이 무척 됩니다.”

“저어, 제가 성소수자들 모임에서 다큐 영화를 촬영했다고 하니까 관심을 보이긴 했어요. 꼬치꼬치 캐묻고요. 거기 갔을까요?”

“흠, 그 모임은 어디서 열리는 거죠?”

장민석은 선익에게 성소수자 관련 포털 카페 주소와 오프라인 모임 정보를 주었다.

아람은 선익의 지시로 강동서 강력팀에 사진을 보내줬다. 그쪽에서 정보를 서브 받지 못해도 사안이 커서 사진 같은 귀중한 정보는 바로 공유해야 했다. 강동서 강력팀에서 고맙다는 연락이 바로 왔다.

물을 찾아 헤매는 그녀

희연이 왁싱숍의 문을 열고 들어간다.

"2시에 예약했어요."

"설희연 씨. 브라질리언 왁싱 예약하셨죠?"

"네."

"저기서 잠시만 기다려 주세요. 처음이신가요?"

"아뇨."

긴 머리를 당고머리로 묶고 하얀 브이넥의 블라우스에 청 반바지를 입은 희연은 소파에 앉았다. 허브티를 마시는데 문이 열리고 야구모자를 푹 눌러쓴 큰 키에 날씬한 체구의 남자가 들어왔다. 남자는 피부가 무척 하얬다. 면티에 다리가 보일 정도로 찢어진 청바지가 경쾌해 보였다.

"저어. 여기 아까 오전에 예약했는데요."

"네. 김민동 씨 맞죠? 저쪽에서 기다려 주세요. 앞 손님이 아직 안 끝나서요. 두 분 모두 잠시만 기다려 주세요."

민동은 희연이 앉은 소파 옆에 앉았다. 소파가 작아서 둘이 거의 무릎이 닿을 듯했다.

왁싱숍 주인은 희연과 민동에게 종이와 볼펜을 건넸다. 무슨 광고를 보고 왔는지 질문이 있었고 나이와 주소를 적는 난이 있었고 왁싱 후 주의사항 등이 적혔다. 희연은 남자가 쓴 종이를 슬며시 넘겨봤다.

남자는 왁싱 종류를 묻는 항목에 브라질리언에 표시했다.

희연이 모른 척 다른 곳을 보다 그에게 은근하게 물었다.

"처음이세요? 왁싱."

희연은 말하며 민동 쪽으로 다리를 꼬았다. 반바지 아래로 드러난 희연의 하얀 다리에 민동의 시선이 아래로 향했다. 희연은 마스크를 살짝 내리면서 잔잔한 미소를 띠었다. 마스크로 입은 가려서 보이지 않지만 다정한 눈웃음은 언제나 남자를 무장해제시킨다.

그녀는 일부러 머리카락을 풀었다가 다시 묶었다. 남자들은 여자가 긴 머리를 쓰다듬거나 자신의 앞에서 묶는 걸 이상하게 좋아했다.

"네."

그는 고개를 끄덕이면서 웃었다. 키가 제법 컸다. 희연보다

20센티는 더. 아이처럼 부끄러운 듯 고개를 숙였다.

"여름에 너무 덥고 해서요. 수영복이 브리프 타입이라 정리도 해야 되구요."

"남자들 많이 해요. 창피한 거 아니에요. 통계적으로 미국 남성의 63% 정도는 한대요."

희연은 거짓말했지만, 남자들이 통계나 논문이라는 말에 약하다는 걸 안다.

희연의 말에 민동은 고개를 들었다. 눈빛이 제법 맑고 고왔다.

"그렇군요. 저는 처음인데 넘 부끄러워서요. 변태로 보일까봐…."

"앞서 나가는 사람이 리드하는 건데요."

희연은 무릎을 슬쩍 부딪쳐 보이고는 얼른 거두고 부끄럽다는 듯이 다소곳이 앉았다. 남자는 뭔가 움찔한 표정을 지었다가 이내 풀었다. 아주 자연스러운 약간의 터치로 그의 마음을 열리게 만든다.

"이름이 어떻게 돼요?"

"김민동이요."

"저는 설희연이요."

"이름이 무척 예쁘시네요."

"고마워요. 민동 씨 이름도 예뻐요."

희연이 미소 지었다. 민동은 뺨에 홍조가 올랐다. 남자들은 예쁘다는 칭찬을 들으면 놀란다. 생소하게 듣기 때문이다.

"여기 오기 쉽지 않았죠?"

"정말 어렵게 준비한 경찰관 시험 붙은 후에, 문신하고 이거 둘 중에 고민했거든요. 둘 다 하기로 했어요. 문신은 다리에 했답니다. 친구 녀석은 자영업이라 성인이 되고 바로 했는데 나는 이제서야 한 거죠."

희연은 남자의 찢어진 바지를 봤다. 허벅지와 무릎까지 드러나 보였지만 문신은 어디에도 없었다. 골반 즈음에 했다는 걸까. 희연은 무슨 문신을 했을까 잠깐 궁금했다.

"문신은 경찰관 시험 볼 때 안 돼요?"

"네. 신체검사 때 걸려요."

"경찰관 시험은 체력이 중요하다면서요."

"그럼요. 머리는 진짜 좋은 녀석이 경찰시험 필기 붙어도 체력시험에 떨어져서 삼수했어요. 난 그 반대죠. 필기는 두 번 떨어지고, 체력은 단숨에 붙었죠. 제대로 몸 키워서 보디빌더에 도전도 해보려구요. 경찰 안에 동아리도 있어요."

민동은 어깨를 쭉 폈다. 너른 어깨에 잔 근육들의 실루엣이 티셔츠 밖으로도 보였다.

희연은 왜 그런 운동을 억지로 힘들여 하는지 늘 궁금했다. 둔해 보였다. 하지만 생각과 다른 말을 꺼냈다. 무조건

네네, 하면서.

칭찬은 친밀감을 높이는데 일등 공신이다. 여자는 경계를 하지만 남자는 일단 마음이 열리는 진입단계로 들어선다.

"지금도 넘 멋지지만, 더 멋져질 거 같아요."

민동은 쑥스러워하면서 고개를 숙였다.

"고맙습니다. 히히."

"들어오세요. 설희연 씨."

희연은 하얀 가운을 입은 관리사의 안내로 작은 문으로 들어갔다. 어차피 벽으로 막힌 것이 아니라 문 위가 뚫려 있어 소리가 다 들린다. 민동은 반대편 칸막이 안으로 들어갔다.

"비키니 라인만 정리해드려요?"

"아뇨. 다 정리해주세요."

"네."

관리사는 왁싱 재료를 온열기 위에 올려 데운 후, 장갑을 꼈다. 스패츌러로 하드 왁싱을 떠서 희연의 다리 사이에 발랐다. 정확히 10초 후에 확 뗐다. 약간의 따끔한 고통.

희연은 이 아픔이 무척 좋았다. 뜨끈한 액체가 발려 기분이 좋아지고 나서의 아픔. 그게 그렇게 좋았다. 과거의 아픔을 희석시키려면 더 큰 고통이 필요하다.

"다리 들어보세요, 기저귀 가는 자세로. 네. 좋아요. 마저 왁싱 다 할게요."

"네."

브라질리언 시술이 끝나고 희연은 냉찜질팩을 10여 분 한 후 가게를 나왔다. 상가 건물의 에스컬레이터를 타고 1층으로 내려가는데 민동이 저 밑에서 서성이고 있었다. 그는 희연보다 일찍 끝내고 나와 있었다. 희연은 눈썹 왁싱도 해서 그보다 시간이 더 걸렸다.

희연은 등을 펴고 몸을 꼿꼿이 세워 자신의 몸매를 돋보이게 했다.

남자들이 여자들의 가슴이나 엉덩이에 시선을 줄 것 같지만 오히려 다른 데를 보았다. 가슴은 쳐다보기 힘들어하고, 엉덩이는 뒤태를 볼 때만 슬쩍 보지만 다리는 무연하게 보아도 거리낌 없다고 생각하는 것 같았다.

희연은 약간 사선으로 다리를 쭉 뻗어 슬며시 꼬면서 잘 보이게 했다. 약간 두근거렸다. 여기서 그냥 엇갈리거나 남자가 용기를 내지 않으면 그대로 끝난다.

어떻게 될까?

에스컬레이터를 내려가서 밖으로 나가는데 그가 불렀다.

"저, 희연 씨. 커피 한잔할래요?"

희연은 민동의 시선이 자신의 달라붙는 블라우스 위로 향하는 걸 놓치지 않았다.

"좋아요."

희연은 민동과 건물 1층의 스타벅스로 들어갔다. 희연은 앉아있고 민동이 아이스 아메리카노를 두 잔 사 왔다. 희연이 민동에게 티슈를 가져다 달라고 부탁하자 그는 얼른 일어나 사이드 테이블에 놓인 티슈를 가져와 그녀에게 건넸다.

남자들은 자신이 좋아하는 여자의 자잘한 심부름에는 엉덩이도 가볍게 벌떡 일어나 달려갔다 온다. 그럴 때면 희연은 가끔 보더콜리나 골든리트리버 같은 대형견을 훈련하는 느낌이었다.

"무슨 일을 하세요? 희연 씨는?"

희연은 지금 알바 하면서 공무원 시험을 준비 중이라고 했다. 민동은 신이 나서 어떤 종류의 시험을 준비하는지 자신이 도와줄 수 있고 교재나 학원 소개도 가능하다고 했다. 희연은 자세히 말하는 걸 피하고 다른 이야기를 했다. 좋아하는 영화나 음악 이야기를 하다가 민동이 희연의 신상을 물었다.

"저기, 희연 씨는 나이가 어떻게 돼요?"

"저 나이 많아요. 민동 씨보다 많을 수도 있는데."

"괜찮아요. 편하게 말해 봐요."

"서른이요."

"별로 차이 안 나네요. 저, 저는 스물여덟이요."

민동은 그렇게 말하고 두 뺨에 홍조를 띠었다.

"남자친구 있어요?"

희연은 심각한 표정을 잠시 지었다.

"아, 불편하면 말하시지 않아도 돼요. 저는 실연당한 지 2년 됐어요. 오랫동안 사귄 여친이었는데. 대학교 때부터 만났거든요. 그런데 시험 준비하면서 자연스레 연락이 뜸해졌죠."

민동의 얼굴에 살짝 그늘이 졌다.

"엄마도 저한테 소홀해요. 사실 한 달 전에 집에서 20년 기른 바니가 하늘나라로 갔거든요. 요크셔테리어인데 오래도 살았죠. 엄마는 저한테는 밥 안 차려줘도 그 녀석은 챙겼거든요. 더 잘해주지 못해 안타깝다고 아직도 유골 항아리 끌어안고 우시죠. 얼마나 섭섭한데요. 바니 장례식에 500만 원넘게 쓰셨어요."

희연은 놀란 표정을 지었다.

"향나무 관 100만 원, 수의 90만 원, 전신 단장하는 화장 비용만 70만 원, 뭐 이런 식으로 하니까 500만 원 나온대요. 저도 양복 입고 장례식에 다녀왔죠. 놀랐어요. 그렇게 초호화판 장례를 치르는 줄 몰랐어요. 내가 맥북 산다니까 그 돈은 아까워하시면서. 하여간 그런 거 서운해요. 그 녀석만 끼고도 셨죠. 내가 녀석 밀어내면 서운해하시고. 오빠가 바니 미워한다면서. 저 사실 외로워요. 후후."

희연은 싱그러운 미소만 보여주면서 눈을 맞췄다. 시선을
주고받는 건 굉장히 중요하다. 상대방에게 신뢰감을 준다.

"난, 소외되는 거 되게 싫어해요. 그래서 남자애들하고만
대학 내내 같이 우루루 몰려다니곤 했는데 어느 순간 더 외
롭더라구요. 누군가가 나를 위해 지켜봐 주고 곁에 있어주는
그런 여친이 필요했어요. 그런 생각에 여친을 사귀었지만 2년
전에 실연당했고 무척 아팠죠."

희연이 컵을 잡는 척하면서 민동의 가운뎃손가락에 슬쩍
터치하며 나지막하고 다정하게 물었다.

"왜 실연당했어요?"

"내가 시험 준비하면서 무관심하다고 여겼나 봐요. 조금
소홀해진 것뿐인데. 톡에 답을 잘 못 했죠. 시험 관련해 공부
도 하고 인터넷 강의도 듣고 그러느라. 그게 그렇게 서운한
걸까요? 왜 사람 맘을 믿지 못하죠?"

"그렇구나. 안타까워요."

희연은 동의하면서 그와 눈을 마주쳤다.

민동이 어색해하면서 긴장된 눈빛으로 물었다.

"혹시 웨이크보드 타본 적 있어요?"

"아뇨. 겁 많아요. 근데, 민동 씨가 원하면 한 번쯤 같이
타보고 싶어요."

희연은 수줍게 말하며 눈을 민동과 맞췄다. 민동이 쑥스러

워 시선을 피했다.

"아니 아니, 희연 씨는 그런 거 하면 안 돼요. 같이 타자는 게 아니라 전에는 웨이크보드를 즐겨 탔는데 실연당하고 나니 마음이 보드를 타다가 떨어져 물에서 대기하는 시간 같았어요. 물에 혼자 떠 있으면 한국에는 당연히 없는 거 아는데 그래도 혹시 상어라도 나타나서 다리를 뜯나, 아니면 이대로 물에 빠져 죽나, 보트가 되돌아올 때까지 별 상상을 다하거든요. 얼마나 무서운데요. 아무리 즐기고 잘 타도 그렇더라구요. 구명조끼를 입어도 빠져 죽을까 두렵고, 보트 프로펠러도 무섭고. 그렇게 고통스러운 시간을 아주 길게 보냈어요. 가슴도 아팠고, 공부하는데 지장도 많았고…."

희연은 차분하게 이야기를 들었다. 그리고 슬쩍 고개를 숙여서 잔을 들어 한 모금 마셨다.

가는 목선을 쭉 뻗어 보여주면서 마시면 상대방이 긴장했다. 어떤 책에서 남자들은 세이렌 같은 섹시한 요부의 관능에 무너진다고 했다. 그렇다면 가슴의 곡선이 유혹에 효과적일 거 같지만, 희연의 경험으로는 쭉 뻗은 다리나, 목선, 하얀 손이나 가느다란 발목에서 매력을 느끼는 사람도 많았다.

희연은 잔을 내려놓고 손을 가볍게 테이블 위에 올려놓았다. 손가락을 가지런히 해서 귀 옆의 잔 머리카락을 쓰다듬어 뒤로 넘겼다. 민동이 침을 꼴딱 넘기는 소리가 들렸다.

"미안해요, 이런 얘기 부담되죠."

"아뇨, 저도 그런 기분 잘 알 거 같아요. 누구나 아파하잖아요. 이러저러한 일들로."

희연은 슬쩍 가슴을 드러내면서 다리를 꼬았다. 민동의 시선이 잠시 희연의 다리에 머물다 다시 얼굴을 보았다.

"희연 씨…, 남친 있어요?"

민동은 뜸을 들이다 간신히 입 밖으로 말했다.

"희연 씨는 그럴 사람 아닌 거 같아요. 일방적으로 이별 선고하는 여자요. 무척 친절하고, 그리고 남의 마음을 잘 이해해주고…."

희연이 살짝 미소 짓다가 진지해졌다.

"두 달 전에 헤어졌어요. 지금은 없어요."

민동의 얼굴이 활짝 피었다.

"아, 미안하네요. 곤란한 걸 물어서."

"사실 요즘 어떤 남자가 계속 스토킹해요."

민동의 얼굴에 의문이 드리웠다. 불안을 조성하는 건 둘만의 비밀이나 약속을 만들어 갈 기회를 제공해 관계의 진척을 돕는다. 경험해본 결과 특히 단기간 관계 진전에 좋았다.

"민동 씨, 경찰관이라니까 도와주실 수 있어요?"

"말씀해보세요. 아직은 경찰 아니고 후보생이죠. 경찰학교에 입교해야 하는데 시간적 여유는 있어요."

"그 남자에게 제 남친이라고 하고 이제 그만 괴롭히라고 말 좀 해줄 수 있을까요?"

"할 수 있어요."

민동은 어깨를 쭉 폈다. 자신 있게 말했다.

"어려운 사람 도우려고 경찰관 시험 2년 넘게 준비한 거예요."

"부탁해요. 몇 번 우연으로 마주쳤는데 절 힘들게 해요. 사귀는 것도 아닌데요."

"그럼 희연 씨. 저도 부탁할게요. 내가 경찰학교 기숙사에 들어가도 나 잊지 말고 주말에는 꼭 만나요. 내가 서울로 올라올게요. 저는 어차피 집도 서울이니까. 희연 씨 이 근처에 살아요?"

희연은 고개를 저었다.

"아뇨. 알바하는 데가 여기여서 오늘 왁싱숍에 들른 거예요. 일 끝나고."

"집은 어딘데요? 난 여기 천호역 근처에 살아요."

"그건 좀 말하기가 그러네요. 나중에 알려드릴게요. 지금은 가야 돼요. 미안."

희연은 부드럽게 말하고 일어섰다. 민동도 따라 일어났다. 아쉬운 얼굴이었다.

"제가 나중에 카톡으로 그 남자 연락처 드릴게요. 꼭 도와주실 거죠?"

민동은 순종적인 눈빛을 보내며 고개를 크게 끄덕였다. 희연은 남자의 팔목을 부드럽게 손으로 잡고 고개를 숙이며 눈가에 촉촉한 물기를 담아 간곡하게 말했다.

"고마워요. 걱정 하실까 봐 엄마한테도 말할 수 없었어요. 이렇게 민동 씨가 도와주신다니까 안심돼요. 경찰학교 거기 놀러 가도 돼요? 군대처럼 면회 있죠?"

"정, 정말요? 면회까지 올 거 없어요. 주말에 제가 올라와서 만나면 돼요."

"네. 그렇게 할게요. 도와준다니 고마워요. 민동 씨는 정말 좋은 경찰이 될 거 같아요. 손도 너무 부드러워 보이구요."

희연은 민동의 손을 손가락 끝으로 살짝 잡았다. 손끝으로 스치듯이 손바닥을 긁었다. 민동의 뺨이 약간 발그레해졌다. 희연은 약간의 터치만으로 상대방을 숨 막히게 할 수 있다는 걸 안다.

"아직, 경찰 아닌데요."

"제가 치울게요. 줘요."

희연은 컵을 카운터에 주고 스타벅스를 나왔다. 민동이 지하철역까지 데려다줬다. 희연은 개표구로 들어가면서 살짝 미소 지었다. 민동이 손을 흔들었다.

희연은 지하철을 타면서 민동에게 톡을 보냈다.

– 남자 이름은 하민준. 제발 저 잊어달라고 해주세요. 전화로 만나 달라고 협박해요. 010-8899-XXXX

– 걱정하지 말아요. 희연 씨. 꼭 그럴게요. 그리고 이번 주말에 영화 볼래요? 제가 희연 씨 집 근처로 가도 좋아요.

– 생각해 볼게요.^^

첫 만남은 이 정도로 불안감을 조성하면서, 또 다른 만남을 시작한다. 그 남자가 전에 만나던 남자를 을러서 떼 줘도 나쁠 건 없다.

희연은 늘 이렇게 시작을 했다. 목표 대상자가 정해지면. 항상 성공하는 건 아니지만.

남자의 말을 들어주며 맞장구를 쳐주고 칭찬을 하고 시선을 응시하면서 소통을 한다. 톡으로 또 다른 만남을 기대하게 하고, 진솔한 감정이나 좋아하는 노래 등을 링크로 주고받다가, 두 번째 만남에서는 남자의 성격을 파악해서 좀 더 적극적으로 공략한다.

그 남자에게 늘 함께 있기를 원하고, 네가 만나는 눈앞의 이 여자가 앞으로 애인으로 발전할 거란 희망을 준다.

항상 이 단계별 공식대로 움직였다.

김민동은 경찰 후보생, 곧 기숙사에 들어가니까 반드시 여자친구를 만나 의지할 마음이 있고, 현재 애견이 죽은 것에만 신경 쓰는 어머니에 대한 반발심이나 과거의 여자친구에 대한 보상을 받으려고 한다.

그는 보디빌딩을 하고 문신, 왁싱을 하고 브리프 타입의 수영복을 걸치고 워터 스포츠를 즐기는 스포츠 마니아다. 즉 자신의 몸에 대한 자부심이 대단한 사람이다. 분석은 끝났다.

희연은 민동의 얼굴을 떠올렸다. 자신을 바라볼 때 수줍어하면서 설레는 표정이 귀여웠다.

하지만 거기까지. 더 이상의 감정교류나 목표 대상자 이상의 감정을 가지면 이쪽이 진다.

희연은 생각에 빠져 있다가 지하철 차창에 비치는 얼굴을 쳐다봤다. 어깨까지 내려오는 갈색 머리. 하얀 피부에 길게 꼬리가 빠진 눈. 오종종한 코와 입술. 평범한 얼굴에 전반적으로 통통한 체구다. 그래도 여름에는 늘 남자들이 다가왔다. 희연은 그 이유를 안다. 그리고 그걸 이용했다.

H컵의 가슴을 흔들면서 상대방에게 다가가면 남자들은 자동 무장해제 된다. 가슴을 안 보는 척 시선을 회피하지만 훔쳐보는 걸 느꼈다. 희연은 그런 남자들에게 이러저러한 자질구레한 부탁을 해본다. 그들은 무연한 척하지만 곧 대형견 골든리트리버가 되어 희연에게 순종하며 말을 듣는다.

오로지 여름 두 달에 한정된 일이다. 겨울이 되어 온몸을 코트나 카디건으로 감싸면 이런 일은 없다. 평범한 얼굴로는 불가능하지만, 여름에 육감적인 몸을 드러내면 열에 다섯 명 이상은 부탁을 들어줬다.

가벼운 터치와 미소 그리고 따뜻한 말이 들어가면 일고여덟 명까지도 가능했다. 단 나이가 젊어야 한다. 나이가 든 사람은 오히려 경계했다. 조금 신경을 쓰면 그들도 포섭 가능했지만 희연은 그러고 싶지 않았다. 나이 든 사람은 지속적 관계를 원한다. 안정적이고 신뢰를 주는.

일회용 만큼만 관계 맺고 싶었다. 긴 건 싫었다. 남자가 몸이 달아서 정신적, 육체적 관계를 간절히 원하고 희연의 요구를 들어주는 만큼만 이용했다.

깊은 지속적 관계를 가지면 그들은 희연에게 지배권을 행사한다. 희연이 무엇을 하는지 몇 시에 집에 들어오는지 체크한다. 종종 결혼 이야기를 내비친다. 그녀를 통제하려 한다. 희연이 가장 싫어하는 삶의 방식이다. 누군가 사생활을 통제하고 간섭하는 것. 내 세계관을 파괴하고 들어오려 하는 것.

희연은 여름철 두 달간 죽어라고 일하고 1년 치 월세 1,000만 원을 번다. 그 기간 남자들의 호의를 이용하기 위해 노력한다.

왁싱, 필러시술, 짧은 치마와 반바지, 가슴 라인이 드러나는 티셔츠와 필요하다면 타투 스티커까지. 더하여 말간 피부에 평온한 눈빛, 웃음 한방이면 됐다. 더 이상은 과했다. 너무 섹시하고 세 보이고, 남자를 신분 상승의 도구로 삼아 외제 차만 골라서 얻어 타고, 클럽에 매일 출퇴근하는 여성의 모습은 절대 No였다. 그건 남자의 마음을 불안하게 한다. 희연은 단 10분이라도 그들에게 안심감을 들게 하고 고분고분하게 말 잘 듣는 그런 분위기를 풍겼다.

그들이 듣고 싶은 말을 해줬다. 부드럽고 나긋나긋하고 친절하고 잘 만나주고 튕길 것 같지 않은, 상대의 스펙을 재지 않고 가벼운, 그러나 따뜻한 스킨십을 허용하고 따뜻한 마음을 안정적으로 줄 것 같은 친밀한 느낌의 여자로 보이면 된다.

그것만이 남자를 사로잡았다.

희연이 그간 살아온 경험으로 체득한 결과였다. 그거면 됐다. 남자의 호의를 사서 살 방도를 찾는다.

그녀는 잠실역에서 내렸다. 인근의 작은 오피스텔. 지은 지 20년이 넘어서 낡았지만, 빌트인으로 가전이 갖춰져 있어 살기에 괜찮았다. 어차피 방은 맘에 들지 않으면 금방 뺄 수 있었다. 누군가 들어오려는 사람은 많았으니까. 1층에 자체 경비실이 있어 안전했고, 월세도 주변에 비해 65만 원으로 저렴했다. 희연은 이런 오피스텔을 몇 개 알아두고 번갈아가면서 방을 옮겼다.

　대상자였던 남자가 지속적으로 사귀길 원해 스토킹을 하면 주저 없이 옮겼다. 그게 지금까지 안전하게 산 이유였다. 방세와 관리비 20만 원을 합치면 한 달에 80만 원 정도. 그래서 1년 치 1,000만 원의 월세. 그걸 희연은 여름 두 달간 벌어야 한다.

　그러려면 괴롭히는 남자는 일단 떼버리고 새롭게 시작해야 한다.

흙 속에서 진주 캐내는 법

춘기 언니는 한국에 온 지 10년이 넘어서 연변 사투리가 거의 없다. 비자도 여러 번 갱신해서 이제 한 번만 더 갱신하면 한국 영주권을 얻을 수 있다고 했다.

춘기는 신문을 보면서 말했다.

"야야, 여기 잠비아는 닭 요리에서 닭이 다리를 모은 게 손님에 대한 예의를 나타내는 거란다. 웃긴다. 그지? 얘 희연아. 사진 봐봐라. 빅토리아 폭포라는데. 물보라가 500m 아래까지 솟구친단다. 이런 데 가보라는데 우리가 평생 갈 수나 있을까? 아무리 코로나가 끝나도 돈이 있어야 가보지."

희연은 테이블 위의 뚝배기에 김치를 채우다가 멈춰 서서 신문을 잠시 넘겨다봤다.

"야, 설희연. 좀 앉아서 쉬자. 손님도 없다."

춘기와 희연은 가게 뒷문으로 나와 허름한 계단참에 앉았다. 상가 뒤쪽이라 사람이 잘 다니지 않았다.

"담배 한 대 줄까?"

희연은 고개를 도리질 쳤다. 춘기는 에쎄 담배를 물고 불을 붙였다. 짙은 검은색 눈썹 문신, 주근깨 있고 붉은 기가 도는 얼굴이지만 건강한 혈색과 목소리에 힘이 넘쳤다. 몸은 날씬하고 키는 적당했다. 식당 고객 중에는 춘기를 예뻐하는 어르신들이 많았다.

희연은 춘기와 나이 차이가 열두 살이나 났지만, 그녀를 친언니처럼 따랐다.

손님이 끊긴 이 시간에 잠시나마 계단참에서 춘기와 이야기를 나누는 게 일과 중 하나다.

"너는 여기 애들 같지 않아 순진해 좋아."

"응?"

"연변서는 20대 여자애들이 길에서 담배 피면 뺨 맞는다."

춘기는 그렇게 말하고 담배를 바닥에 지져 껐다.

"나도 여기서 자유로운 거야. 남편을 것다 두고 왔으니. 술만 지긋지긋허니 퍼먹는 양반."

"지금 사귀는 남자는?"

"이 남자는 나를 진심으로 대해. 아내를 두고 왔지만 잊은 지 오래랬어. 우리 여기서 새로이 시작할 거다. 여기 한국 부부들은 신혼이어도 관계는 안 한다면서. 주변에 애 봐주는 친구들이 그러더라. 그게 얼마나 중요한데. 우리는 일주일마다 방에서 서로의 진심을 뜨겁게 확인하고 노래방 가서 노는데 난 그게 그렇게 즐겁더라. 삶의 낙이야.”

춘기는 늘어난 티셔츠를 위로 올리면서 가슴골을 감췄다. 그리고 팽개쳐둔 앞치마를 둘렀다.

“너도 남자 잡아 결혼하면 그거는 꼭 일주일에 한 번이라도 해. 여기처럼 안 하지 말고. 남편 맴 잡아둬. 야, 넌 가슴도 크고 예쁜데 좀 드러내고 다녀라. 꽁꽁 싸매지 말고.”

희연은 춘기와 이야기하면 마음이 편했다. 유일하게 말도 하고, 가끔 속말도 아주 가끔 한다. 하지만 과거 이야기는 거의 하지 않았고, 지금 1년 치 월세를 비축하기 위해 하는 일도 말하지 않았다.

“이제 유행이 바뀌었어. 신문에서 봤는데 바이러스로 선진국도 몇만 명씩 사망하니, 이제 종족 보존하려고 결혼이 늘지도 모른단다. 섹스도 지금보다는 더 하겠지. 그러니까 너도 좀 드러내고 남자도 만들어. 맨날 어둡게 살지 말고. 너 진정 사랑해주는 사람 만나면 얼굴이 절로 피어난다.”

희연은 배시시 웃었다. 춘기와 희연은 쭈그리고 있던 다리를 펴고 일어났다. 이제 손님 맞을 채비를 한다.

신소 설렁탕 가게에 출근한 지 3개월이 됐다. 여름에는 손님이 드물어 일하기 편했다. 희연은 낮에 5시간만 일하고 알바비를 받는다. 10시에 출근해서 일을 시작해 3시까지 점심시간 손님을 받고 퇴근한다. 그에 비해 춘기는 종일 12시간 넘게 일한다. 물론 보수는 춘기가 훨씬 많이 받는다. 희연은 퇴근 후에 지하철역으로 간다.

그리고 화장실에 들러 옷을 갈아입는다.

넓은 장애인용 화장실에 들어온 희연은 먼저 티셔츠를 벗고 가슴을 둘렀던 미니마이저 브라를 풀고 가슴을 해방시킨다. 미니마이저 브래지어는 가슴을 움켜잡듯 쥐어 가슴을 작게 보이게 한다. 큰 가슴이 드러난다. 희연은 그 위에 가슴을 모아주는 푸쉬업 브래지어로 하고 니트 나시를 입고 티셔츠를 입었다.

엄마는 가슴이 컸다. 희연은 어려서부터 엄마의 유전으로 큰 가슴을 감추고 다녔다. 체육 시간에 달리기를 할 때면 출렁거리는 가슴에 남학생들의 시선이 집중돼서 창피했다.

버스나 지하철에서 성추행을 당한 적도 꽤 있었다. 아저씨가 팔꿈치로 툭 치다가 희연이 몸을 돌리니까 아예 만지고 도망쳤다. 무서워서 그냥 당하고만 있었다.

수영장에서는 간식을 사려고 줄 서 있으면 매점 직원이 희연에게 먼저 주문을 받기도 했다. 그는 희연의 가슴에 시선을 잠시 두고 엄청 친절하게 굴었다.

희연은 어려서부터 가슴이 큰 게 창피했다. 등을 구부리고 가슴을 최대한 드러내지 않으려고 했다.

지금, 그녀는 가슴을 한껏 드러낸다. 굴곡 있는 라인을 보여준다. 그 덕에 두 달간 1년 치 방의 월세는 벌 수 있다.

집이 안정되면 굶어도 살 수 있다.

희연은 이 철칙을 어려서부터 지독하게 깨달았다.

희연은 언젠가 기사에서 초봄 개구리가 겨울잠에서 깨 활동하는 온도를 발육 영점이라고 부른다는 걸 읽었다. 개구리의 성장과 발육이 시작되는 온도이다. 희연은 자신의 발육 영점을 여름 시작 온도인 25도에 설정했다. 25도 이상 되는 날씨에서만 남자를 만나고 가슴을 한껏 드러내고 다녔다. 그 기간 동안 성장하면서 방값을 구하는 게 희연의 유일한 연중 목표다.

그 이하의 온도에는 조용히 알바를 하면서 삶을 살았다.

희연은 화장실을 나와서 지하철역 내의 화장품 가게를 들렀다. 기초 화장품이 하나도 없다. 마침 세일한다는 가게로 들어갔다.

"어서 오세요. 무슨 제품 찾으세요?"

"아무거나 싼 로션 있어요?"

"여름이라고 아무거나 바르시면 안 돼요."

"여기 5천 원은 뭐예요?"

희연은 화살표와 5천 원이 붙은 팻말을 가리켰다.

"아, 그거요? 5천 원으로 세일하는 아이크림이요. 원래는 3만5천 원인데, 엄청 세일해요. 사세요. 다음 주면 정상가로 돌아가요. 두 개 사세요. 정말 좋아요."

희연은 하나를 집어 계산했다. 민동을 만나러 늦지 않게 가야 했다. 약속 시간에 제때 도착하는 건 나쁘지 않았다. 상대가 안심을 하게 했다.

밀당은 첨부터 들어가면 안 된다. 처음에는 신뢰를 형성해야 한다.

여름 두 달 7월과 8월, 사람들의 정신이 해이해지는 날들. 희연은 그때를 위해 준비를 한다.

바스트 모핑이 두드러지게 보이는 날들. 그러기 위해서 지금은 화장품을 사서 피부를 고와 보이게 하는 것도 도움이 될 것이다. 지금은 민동에게 집중하고 있다.

간밤에 희연은 민동과 밤새도록 톡을 주고받았다. 희연은 톡으로 자신이 찍은 사진이라면서 푸른 하늘 사진과 노을 사진, 그리고 한강 물 흘러가는 사진 등을 보냈다. 민동은 감성이 아름답고 좋다면서 거듭 칭찬했다. 모두 누군가 보내준 사진들이었다. 희연은 그걸 저장했다가 다시 보냈다. 희연은 민동의 실연한 얘기, 부모님과 잘 안 맞았던 이야기들, 친구 관계에서 힘들었던 이야기를 모두 들어주고 맞장구를 쳐주고 위로했다. 나이 차이도 별로 나지 않는다며 민동은 희연에게 친구처럼 편하게 얘기하자고 했고 그렇게 또 한 단계 진전했다.

– 민동 씨는 정말 잘생긴 거 같아. 몸도 진짜 좋구. 아주 좋은 훌륭한 경찰이 될 거 같아.

반복적으로 칭찬을 해도 남자는 좋아한다.

– 정, 정말?
– 그럼요, 귀엽고 남자답고, 대존잘입니다~.

민동이 하늘로 날아오르는 귀여운 천사 이모티콘을 보냈다. 그리고 커피 쿠폰도 몇 개를 선물로 보내줬다.

희연은 예전에 고객들에게 톡과 이모티콘, 기프티콘으로 단골을 만드는 노하우를 익혔다. 톡에도 바로바로 답하면 안 된다. 처음에는 친밀하게 '점심 뭐 드셨어요?'로 시작해서 남자가 다다다 바로바로 대답하고 달려들면, 희연은 다른 일이 바쁜 척 답을 5분 30초 정도 뒤늦게 보냈다. 그때 상대방 마음이 얼마나 애탈지 잘 알고 있다.

어릴 때 엄마에게 간식이나 밥을 차려달라고 해도 엄마가

1시간도 넘게 대답도 안 하는 걸 자주 겪었다. 그래서 그게 얼마나 사람을 애타게 하는지 잘 안다.

기다리게 하는 것.

희연은 엄마에게 다시는 부탁하지 않고 마음의 문을 닫았다. 남자는 그렇게 만들면 안 된다. 밀당을 하면서 자신이 원하는 걸 받아낼 때까지 기다리면서 끈을 죄었다 풀었다 해야 한다.

목표는 확실했다. 아주 최단기간에 관계를 중독시켜, 자신에게 의존성을 가지게 하고 관계가 발전할 수 있다는 신뢰를 주고 마음을 연다. 마지막 단계로 돈을 얻어낸다.

열 명 중에 다섯 명 정도는 그렇게 확실하게 목표에 도달했다. 희연은 안다. 이성 관계에 있어서 남녀 모두 거절 공포증으로 접근을 안 한다는 것을. 자신도 접근을 해 보지만 대상자의 70% 이상의 호감을 얻어도, 더는 진척이 어려운 케이스도 많았다. 하지만 월세를 벌기 위해 죽기 살기로 작업한다.

희연은 김민동이 외로운 마음이 있어 잘 될 것 같지만, 한편으로 경찰이 된다는 게 조금은 꺼려졌다. 이럴 때는 목적 달성이 안 되면 단기간 만나보고 빨리 헤어져야 했다. 민동의 톡이 2시간 후에 또 왔다.

– 희연 씨. 영화 좋아해? 이제는 위드 코로나로 영화 보러 가도 될 것 같아. ㅎㅎ. 좀비 영화 하던데.

– 민동 씨, 영화는 다음에 보고 내일은 맥주 한잔하자. 지난번 부탁한 일도 어떻게 됐는지 궁금하고 말이좋.

– 아, 희연 씨 원하는 대로. 어디로 갈까용?

다음날 희연은 민동과 데이트 약속 시간에 딱 맞게 도착했다. 이 남자는 정확한 시간에 나오는 여자에게 호감을 보일 것 같은 직감이 들어서였다.

민동은 베이지색 반바지에 피케셔츠를 입고 야구모자를 썼다. 희연은 몸의 윤곽이 드러나게 하얀색 니트를 입었는데 가슴골이 약간 보이는 클리비지룩이었다. 너무 많이 드러나면 천박하고 아주 답답하게 입어도 진척이 너무 느리다. 물이 빠진 청반바지는 밑단이 재단되어 있지 않아 실밥이 자잘하게 나 있었다. 엉덩이 아래까지 살짝 내려오는 반바지 아래 희연의 두툼한 허벅지가 하얗게 드러났다. 베이지색 샌들을 신은 발가락은 초록색 바탕에 은색 반짝이는 큐빅이 박힌 페디큐어가 되어 있었다. 발톱 페디큐어는 받은 지 좀 되어도 손톱만큼 빠르게 자라지 않으니까 경제적이다.

나오기 전 스타일러로 머리에 컬을 주어 약간 구불거리게 했다. 얼굴 피부 톤은 하얗게, 입술은 붉게 틴트를 발랐다.

뺨에는 살짝 치크를 했다. 청순하되 귀여운 스타일, 거기에 아찔하게 몸매의 곡선이 드러나는 옷으로 포인트를 주어 섹시한 느낌을 연출했다.

희연은 정확하게 한 달에서 두 달 사이에 목적을 이루고 싶었다. 남자들이 여자에게 목을 매는 두 달의 시간. 그 작업 시간이 필요했다.

그들의 시선은 관심 없어 보이지만 가슴 부분에 멈춰 놀라는 표정을 감추거나 부끄러워 헛기침을 하는 걸 신호의 징조로 여겼다. 희연이 필요한 걸 들어줄 수 있는 단계에 들어간다는 사인이다.

오늘 스텔라 아르투아 맥주를 사이에 두고 희연은 민동의 눈을 뚫어지게 보다 잠깐 시선을 맥주에 두었다. 희연은 맥주를 마시다 조곤조곤한 목소리로 웃으며 민동에게 부탁했다.

"민동 씨, 냅킨 좀 가져다줄래?"

그는 부리나케 일어나 냅킨을 집어왔다. 물티슈도 같이 집어왔다.

"물티슈도 가져왔지~요."

"고마워요. 민동 씨는 진짜 친절하다니까. 오늘 스타일도 좋은데."

남자들은 칭찬에 정말 약하다. 민동은 입가에 웃음이 활짝 걸렸다.

"정, 정말? 사실은 뭐 입고 나올지 한참 망설였는데."

"스타일 괜찮아. 참, 참 지난번에 부탁한 건 어, 어떻게 됐어?"

희연은 겁에 질린 얼굴로 살짝 목소리를 높여 물었다.

"전화했지. 그 남자 용건을 말하니까 정말 무섭게 나오던데. 스토커 맞지?"

희연은 하민준의 전화가 왔지만 차단해 두어서 받지는 않았다. 무섭게 욕을 퍼붓는 문자가 올 때부터 미리 차단했다.

"오히려 희연 씨를 막 욕하고 그래서 화가 나 맞대응해줬지. 이런 거 다 폭력이고 성추행이고 스토킹하는 거니까 괴롭히지 말고 귀찮게 하지 말라고. 그런데 그 남자 희연 씨를 나쁜 사람이라고 말하던데. 혹시 데이트폭력 같은 거 행사하는 남자?"

희연은 고개를 저었다.

"몰라 몰라. 전에 이미 번호 다 차단했는데, 자꾸 번호 바꿔 가며 전화하고 그래서 너무 무서워서 민동 씨에게 부탁한 거라니까."

"잘했어요. 이제 전화 안 올 거야. 내가 법 규정을 조항까지 들어서 차근차근 얘기하면서 스토킹하지 말라고 했으니까. 스토킹과 데이트폭력 그리고 가정폭력 관련 법안들이 개정돼서, 이제는 예전처럼 여성들이 당하지 않아도 됩니다요. 나도 경찰 되면 어려움에 처한 여자들을 도우려고."

희연은 활짝 미소 지으면서 민동의 손등을 가볍게 어루만지면 어깨에 살짝 기댔다.

"진짜 고마워. 민동 씨 덕분에 살았어. 민동 씨는 운동을 해서 그런지 어깨도 태평양 급이네. 후후, 이런 말 하니까 넘 부끄럽다요."

민동의 두 볼이 발그레 붉어졌다.

"정, 정말요? 희연 씨는 모든 게 다 예뻐."

희연은 민동의 인중을 집게손가락으로 살짝 터치하면서 쓰다듬었다.

"언제 왁싱숍 같이 가. 인중 수염도 숍에서 왁싱하면 거뭇거뭇한 거 없이 자연스러워지거든."

"지난번에는 희연 씨 아니었으면 부끄러워서 포기하고 도망쳤을 거야. 지금은 자신 있게 수영장 간다니까. 깨끗해 보이고 아주 좋아. 언제 같이… 수영장 갈래요?"

민동은 맥주를 마시면서 희연의 위아래를 옆눈으로 살짝 훑으며 주저하면서 말했다.

"그럼요, 좋아요."

남자는 섹스를 의미하는 19금 단어나 말들을 주고받을 때, 실제로 관계할 기회가 높아진다는 생각을 한다. 실제로 남녀가 19금 농담을 주고받으면 성적 관계가 빨라진다는 통계도 나와 있다.

희연은 책에서 읽은 스킬을 기억했다. 그녀는 민동과의 작업을 앞당겨서 해야겠다는 생각이 들었다.

"근데 민동 씨는 여친과 헤어진 지 2년이나 지났는데 여자랑 자고 싶다거나 잔 적은 없어?"

희연은 안주로 나온 땅콩을 입에 넣고 굴리면서 달콤한, 하지만 약간은 나른한 목소리로 말했다.

민동이 선뜻 대답 못 하고 희연의 눈치를 살피다 알겠다는 듯 희연의 검은 눈동자를 찬찬히 쓰다듬듯이 보았다. 그는 차근하게 말했다.

"여자 생각나면 클럽도 가봤지만 번호 따고 연락 안 한 적도 많아. 여자친구와 헤어지고 나서 몇 번 길거리에서 헌팅도 해 봤는데 그것도 잘 안 되고. 데이팅 앱으로도 여자 만나긴 했는데…. 희연 씨 나한테 실망할 수도 있는데…."

희연은 이야기가 잘 진행된다는 걸 직감했다. 민동은 이제 거의 진입로에 들어섰다.

"괜찮아요. 난 다 이해한다니까. 그래서 묻는 거야. 나 심리학 공부했잖아."

목소리에 물기를 담아 부드럽게 얼렀다.

"근데 혹시 민동 씨. 이런 거 묻는다고 나 헤픈 여자라고 오해하면 서운해. 사실 우리 은밀한 비밀도 있잖아, 서로 왁싱숍에서 만난 사이."

희연은 창피한 듯 시선을 내리고 손가락으로 민동의 반바지 아래 허벅지 부분에 댔다가 내려오며 무릎을 아주 가볍게 터치했다. 민동이 순간 당황했다는 듯 살짝 다리를 오므렸다가 입가에 미소를 띠었다.

"그지, 우리가 은밀한 비밀이 있는 사이긴 하지. 사실 데이팅 앱으로 공들여 채팅해서 만났는데 여자 얼굴이 톡에 있는 프사처럼 예쁘지도 않고 화장이 엄청 진하더라고. 나이도 속인 거 같고⋯."

희연은 약간 고개를 숙이고 물었다.

"그래서?"

민동은 희연의 가슴골이 보이자 긴장했다.

"그 여자가 썩 맘에 들지는 않았지만 싹 돌아서 나올 수는 없으니까 계속 애기는 좀 했었지. 여자가 나보고 친절하고 편하다고 좋아하더라고. 밤늦게까지 같이 있었⋯."

민동은 시선이 흔들리면서 희연의 눈치를 살폈다. 희연은 엄한 선생님 같은 눈빛을 해 보였다.

"위험하지 않아?"

"나도 알아. 그 여자분한테도 미안했어. 서로 합의는 했지만 자고 나서도 기분이 막 좋지는 않더라고."

"그렇게 첨 본 남자와 원나잇 하는 건 여자한테도 위험하지만, 남자도 그러다가 성폭행 신고당해서 탄원서 들고 다니는 사람 본 적 있어. 민동 씨는 앞으로 그러지 마. 내가 걱정돼 그러지. 부탁이에요. 위험하잖아."

희연은 눈가에 눈물을 담으면서 민동의 두 손을 강하게 힘주어 잡고 부탁했다.

"미, 미안해요. 희연 씨. 나 그날 욕구가 너무 강했나 봐. 누가 나를 진심으로 케어해 줬으면 하는 마음도 있었어. 성욕이 전부가 아니라 나를 아껴주는 부드러운 손과 마음을 원했던 거지…. 그 욕구가 유달리 강하게 드는 날은 미치겠어. 일에 열중해도 10분에 한 번은 일어나. 완전 미치지. 그런 날은 야동 보고 자위해도 안 돼. 누군가에게 인정받으며 사랑을 나누고 싶은…."

그는 사력을 다해서 희연에게 항변하고 용서를 구했다.

"정, 정말 미안. 정당한 일은 아니지. 앞으로는 절대 그렇게 안 할게!"

"그게 왜 나빠? 여자도 성욕을 느끼는걸. 남녀 구분 않고 다른 사람에게 인정과 지지를 받고 싶어 하는 게 사람이야. 부모님이나 남녀 간 사랑, 친구와 우정 모두 본질은 같잖아. 부끄럽고 창피하게 여기지 마. 죄책감 가지지 말아요."

희연은 희미한 미소를 지으며 안주를 손으로 잡아 민동에게 건넸다. 민동은 희연의 벌어진 니트 사이로 보이는 가슴을 안 보는 척했다.

요부이면서도 숙녀를 원하는 남자들의 이중적 태도는 영원한 관계 지속에 대한 희망을 품게 하고 그건 곧 남자들의 투자를 끌어낸다.

희연은 민동의 눈빛과 시선, 행동을 모두 1, 2초 만에 눈치챘다. 그가 자신에게 빠져 있다는 확신이 들고 있었다. 여러 번의 경험에 의한 알아차림이다. 그의 눈이 살짝 풀어지고 입꼬리는 들려 있다.

희연은 소주와 맥주를 추가로 시켰다. 술을 민동에게 따라주고 자신도 조금 마셨다.

"민동 씨, 나 좋아하지? 아님 여기까지 왜 와?"

희연은 민동에게 소맥을 말아주었다. 민동이 어색하게 술을 마시며 고개를 끄덕였다. 그의 볼이 발그레해졌다. 희연은 민동의 맞은편에서 일어나 옆으로 와서 앉았다. 주변의 연인들도 애정 어린 행동을 하는 편이라 민동은 다른 사람들의 시선을 신경 쓰지 않았다. 희연이 슬그머니 웃으며 물었다.

"나 뚱뚱하지 않아?"

민동은 고개를 저었다.

"전혀."

"거짓말. 근데 가슴하고 힙, 허벅지에만 20Kg 이상 몰린 것 같아. 넌 돼지 같지. 쉿, 이건 비밀인데 속옷 가게 갔을 때 사이즈를 재보니 H컵이더라고. 한국 여자들은 잘 없는데 말이야."

민동은 침을 꼴딱 넘겼다.

"민동 씬 경찰 될 거라며 왜 이렇게 손목이 가늘어? 팔뚝은 전혀 안 그런데."

희연은 나긋나긋한 목소리로 귓속말하듯 작게 말하면서 민동의 팔과 손목을 집게손가락으로 어루만졌다.

민동의 손가락을 쓰다듬는 것 이상은 조금의 진도도 더 나가지 않았다. 다만 민동이 보기에 여성스럽고 수줍고 친절하고, 예쁜 모습은 보여줬다. 다리를 번갈아 꼰다든지, 약간 사선으로 돌려 앉아 목선이나 쇄골과 바스트 라인을 몰래 엿보게 한다든지. 때때로 그의 손가락을 만져 장난치면서 터치하며 교감을 느꼈다. 픽업녀들에게 섹스는 정말 최후의 보루였다. 그걸 목표로 돌진하는 남자들을 잘 어르고 달래서 원하는 걸 얻어내는 게 그녀들의 목표다.

"희연 씨 피부는 정말 하얗다. 정말 백설 공주 같은 피부야."

"친구들이 이름이 설희연인게 어울린대. 눈 설(雪)자 같다고. 희연이란 이름도 희다라는 형용사와 비슷하고."

민동은 웃으며 대꾸했다.

"초등학교 때 한자 급수 따느라 한문학원에서 배웠는데, 눈 설 자에는 다른 뜻도 있다는 거 알아?"

"뭔데…?"

눈을 맞추며 이야기하던 희연은 민동의 어깨에 머리를 슬쩍 터치하면서 요염한 목소리로 물었다.

"더러움을 씻는 거, 치욕을 벗는 거, 누명 벗는 거 그런 뜻도 있대."

"사실 설이라는 한자가 눈 설자는 아냐."

"이를테면 그렇다는 거지."

민동이 아주 조심스럽게 말을 꺼냈다.

"머리카락 만져 봐도 돼?"

희연은 고개를 가만가만 끄덕였다. 민동은 희연의 머리카락 끝을 보물 만지듯 살짝 만졌다.

"아, 부드럽다. 흠, 희연 씨한테서 좋은 향기 나."

"머리를 감고 향수를 머리카락에 뿌리면 향이 은은하게 더 오래가."

"그렇구나."

"실연하고 좀 아팠어. 두 달 전에."

남자들은 실연 기간이 1년 넘었다 하면 관심도가 떨어지며 긴장감이 사그라진다. 하지만 불과 몇 달 전에 헤어졌다 하면, 혹시 내가 대시해볼까 하는 생각을 하는 모양이었다. 희연은 작업할 때면 늘 애인과 두세 달 전에 헤어졌다고 했다.

"저기, 내, 내가 희연 씨와 정식으로 만나도 될까요? 현재 남친이 없다면."

"괜찮을 거 같아. 후후."

희연의 수줍은 듯한 말과 웃음에 민동은 몸을 미세하게 떨었다.

"민동 씨. 경찰학교에 들어가면 월급도 나와?"

"그럼. 120만 원씩. 지금도 학생들 과외해서 그 정도는 벌어. 과외 교육회사에 교사로 등록해서 요청이 오면 강동구나 송파구, 강남까지 가르치러 가. 나 수학 선생이라구."

"그렇구나. 민동 씨는 정말 능력잔데? 경찰에 과외도 하고. 대단해요."

희연은 민동의 손을 칭찬하면서 툭툭 쳤다.

민동은 어깨를 으쓱했다.

점차 밤이 되었다. 민동과 희연은 멀티플레이 방에 가서 게임도 하고 같이 영화도 보았다. 민동에 대한 스킨십이 조금 더 진전됐다. 하지만 그가 희연을 안으려 하면 슬쩍 빠져나오며 밀고 당기기를 반복했다. 민동은 점차 희연에게 꼼짝 못 하게 됐다.

쉬운 여자 아니라는 듯 눈을 크게 치켜뜨며 귀엽게 노려봤다.

희연은 밤이 늦었다면서 통금 시간이 되었다고 일어나자고 했다. 거리로 나와 민동은 진지하게 말했다.

"담에 아니, 내일 꼭 만나. 나 시간 돼."

희연은 배시시 웃으며 고개를 저었다.

"아아, 내일은 안 돼. 내가 알바 가야 해. 별거 아닌데, 그냥 카페 카운터 봐주는 일이 있어. 대신 내가 연락할게."

희연은 그가 집까지 데려다준다고 하자 고개를 저었다.

"지, 지금은 좀 그래. 그 스토커 남자가 따라와서 집 앞에서 보고 있을까 무서워. 만약 내가 다른 남자와 같이 있는 걸 본다면? 생각만 해도 끔찍해. 집은 혼자 갈게. 집은 누구도 모르게 하고 싶어요. 대신 지하철역까지는 같이 가. 내 맘 알지?"

"알았어, 이해해."

민동은 아쉽지만 희연과 지하철역으로 걸어갔다. 희연은 가는 도중에 은행 지점의 현금입출금기 센터로 들어갔다. 민동은 밖에서 기다렸다. 희연이 돈을 찾으려다 못 찾은 듯 심각한 얼굴로 나왔다.

"민동 씨, 큰일 났어."

"응? 무슨 일인데. 말해 봐요, 도와줄게."

"아, 아니야. 내가 알아서 할게."

"아니. 말해 봐요. 난 희연 씨 곤란한 거, 난처한 거 싫어."

민동은 진지한 얼굴로 당황한 희연을 빤히 봤다. 그리고
그녀의 손을 잡았다.

"그, 그게 엄마가 올 때 돈을 찾아 오랬는데, 돈이 안 찾아
져서. 엄마가 쓸 곳이 있다고 꼭 찾아오라고 했는데. 미, 미
안해. 아니, 그냥 됐어. 괜찮아."

"카드 있음 무인 대출기에서 뽑아도 되는데?"

설희연은 난감한 얼굴로 답했다.

"그게 저, 카드도 지금 유효기간이 지나서 새로 받아야 해
서 없거든. 괜찮아. 신경 쓰지 마요."

"희연 씨, 기다려 봐, 얼마 정도면 되는데?"

"아니, 신세 지는 거 싫어. 남한테."

민동이 기분 나쁘다는 듯 말했다.

"우리가 지금 남이야? 사귀는 사이잖아. 또 만날 거잖아.
그때 여유 되면 갚으면 되잖아."

"그, 그럼 담에 만날 때 꼭 갚다줄게. 100만 원, 아, 아니
50만 원만 빌려줄래요? 엄마가 이자를 갚아야 된다고 해서.
내일까지 못 내면 신용등급이 하락한다고. 그런데 이, 이렇게
돼서. 은행에 내일 오후에 가도 되는데 아침까지 넣어야 된
다고 해서. 급해서…."

민동은 강하게 고개를 끄덕였다.

"딱 기다려."

민동은 인출기에서 150만 원을 찾았다. 그리고 봉투에 넣어 건넸다.

"여기. 넉넉하게 넣었어."

희연은 무안한 얼굴로 걱정 어린 표정을 지었다.

"고, 고마워. 이러지 않아도 되는데…. 창피하게스리."

"희연 씨, 미안해하지 마. 이걸로 엄마 도와드릴 수 있다니 다행인데. 기분 좋아."

"늦어서 빨리 가봐야 할 것 같아. 톡 남길게. 담 만날 때 꼭 갚을게요."

희연은 거기까지 말하고 민동의 손에 손가락으로 하트를 그렸다. 민동은 입가에 큰 웃음이 걸렸다. 희연은 손을 꽉 한 번 잡았다 놓고 뒤돌아서 지하철역으로 향했다. 민동의 눈은 오래도록 희연의 힙과 허벅지 등 뒷모습에 멈춰 있었다.

희연이 지하철 플랫폼으로 들어가는데 민동의 톡이 여러 개 왔다.

- 꼭 연락 줘.

- 다음에 또 도움 필요하면 말하고.

- 다음엔 어디서 만날까. 내가 데이트코스 짜볼게. 영화도 카페도 맛집도 모두 서치할게.

희연은 톡을 읽고 알았다는 짧은 답만 보내고 하트 이모티콘을 보냈다. 민동이 귀여운 고양이 이모티콘을 보냈다. 희연은 가방 속의 돈 봉투의 두께 감촉을 느끼며 지하철을 탔다.

뿌듯했다. 일단 대략 두세 달 정도의 월세는 확보했다. 이 남자 전에도 만든 돈이 있으니 이제 남은 여덟 달 정도의 월세만 만들면 된다.

아픔은 다시 새로운 작업에 들어가게 하고

희연은 머릿속으로 최근에 목표 대상자를 상대로 받은 돈을 계산했다. 앞으로 넉넉하게 800만 원 정도만 작업하고 사라지면 된다.

지하철 안, 옆에 앉은 고등학생 남녀가 서로 등을 치면서 웃고 떠든다. 누가 봐도 시작하는 연인이다. 알콩달콩하다. 희연은 언제 저런 연애를 해봤나 더듬어 봤지만, 기억에 없다.

희연은 안다.

민동을 몇 번 더 만나면 그는 어떻게든 다섯 달 치 월세라도 줄 것이다. 하지만 그건 위험했다. 오랫동안 만날 생각도 없는데 깊게 빠져들게 하면 위험하고 경찰서에서 연락 올 수도 있다. 헤어질 때도 가슴 아프고 미안할 뿐이다. 버려도 좋을 정도의 돈과 사랑만을 남긴 채 떠나야 한다.

그날 밤 희연은 잠을 잘 자지 못했다. 민동을 떠나보낼 생각에 마음이 아팠다. 헤어지더라도 만날 때만큼은 본인에게 진짜 연애하는 것처럼, 사랑하는 것처럼 마음의 주문을 외운다. 그렇게 순간이나마 그와 연인 관계가 된다. 그때만큼은 진짜 연인이 되어 러브게임을 즐긴다. 마치 메타버스의 가상 연애처럼.

진짜 사귈 수는 없다. 그렇게 되면 언젠가 그는 떠날 것이고 희연은 버려지니까. 버려지기 전에 반드시 먼저 사라진다. 그 아픔을 너무 잘 아니까. 진짜로 가슴이 찢어질 듯이 아프니까 두 번 다신 그 통증을 느끼고 싶지 않다.

희연은 다음날 오후 지하철을 탔다. 밤새 민동의 톡이 왔지만 폰을 무음으로 해 두어서 알지 못했다. 희연은 톡을 열어보지 않고 그냥 뒀다. 세수를 하고 얼굴에 선크림을 바르고 그 위에 파운데이션을 공들여 발랐다. 핑크빛 치크를 하고 베이비핑크 립스틱을 바른 후 수영복과 타월, 바디 워시 등을 챙겼다. 비치 가방에 물건들을 집어넣고 가벼운 원피스를 하늘거리며 지하철역으로 향했다.

지하철에 올라 1시간 넘게 갔다. 도중에 갈아타기도 했다. 희연은 무연하고 말간 얼굴로 지하철 바깥 풍경에 시선을 두었다. 머리가 텅 빈 것 같았다. 생각이 차단되고 온 신경이 피부 바깥에 집중되면서 감정이 무디어졌다. 얼굴은 점점 표정이 없어지고 눈빛은 총기를 잃고 슬픈 감정이 돌았다. 작업에 성공하고 나면 허탈감에 무너질 때가 있다. 항상 경쾌하고 밝고 요염하고 귀여운 여성으로 비쳐야 새로운 목표 대상자의 마음과 돈을 얻을 수 있으니 이런 식의 우울감은 금물이다. 희연은 억지로 입가를 끌어올려 미소를 지어 보았다.

이때 남자 기관사가 전하는 지하철 안내 음성이 나왔다.

"다음 역은 보평, 보평역입니다. 내일은 비가 오며 여름치고는 쌀쌀한 날씨라 합니다. 우산을 저녁에 미리 준비해두시고, 외출하실 때 얇은 겉옷 한 벌 정도 준비하는 것도 좋을 것 같습니다. 그럼 가시는 곳까지 안전하게 가시고, 좋은 하루 보내십시오."

이런 친절한 멘트는 거의 처음 들었다. 희연은 눈물이 눈시울에 왈칵 맺혔다.

울면 안 된다. 아무것도 아닌 일에 울기 시작하면 나중에는 정말 울보가 돼버린다.

슬픈 노래 가사를 들으면 그렇게 될까 봐 듣지 못하겠다. 지금보다 더 슬퍼질까 봐서. 그냥 무덤덤함, 무표정함. 생각 없이 흘러가는 대로 절박하고 힘든 대로 필요한 걸 얻어서 사라지면 된다. 그러면 된다. 그것만 생각하자.

희연은 지하철역에서 나왔다.

보통 클럽에서 사람을 낚는 것이 제일 쉽다고 생각한다. 그러나 그곳은 이미 여러 종류의 남자와 여자가 있다. 숫기도, 친구도 없는 희연이 자연스레 다가가기 쉬운 건 아니다. 게다가 희연은 클럽에서 어떤 남자가 준 술을 마시고 정신을 잃은 다음부터는 그곳에 발도 디디지 않는다.

남자, 여자. 수많은 사람들이 한 공간에서 부대끼는 게 두렵고 싫었다. 가까이서 맡는 그 사람들의 숨결이 싫었다. 희연의 내면에 숨겨진 비밀이 들통날 것 같고 자신의 숨결이 남들에게 불쾌감을 유발할 것 같았다.

접촉, 허그 그리고 스킨십은 작업에서는 꼭 필요하지만, 클럽의 무작위적인 건 또 싫었다.

일을 제외한 모르는 사람들과의 접촉은 사절이다.

희연은 현금을 내고 입장권을 산다.

워터파크 입장권은 인터넷에서 사면 싸지만, 꼬리가 남는 건 싫었다. 통장도 엄마 이름으로 된 통장을 여러 개 사용 중이다. 되도록 현금을 써서 어딘가에 자신의 흔적을 남기지 않았다.

희연은 모노키니 수영복을 입었다. 잠실역 지하상가에서 3만 원에 사둔 것이다. 올해 유행 수영복이었다. 가슴 부분이 확 파여 있어서 골이 드러나는 디자인이고 검은색이라 섹시한 느낌을 주었다. 희연은 풍만한 가슴을 드러내며 선글라스를 끼고 탈의실에서 워터파크로 들어가기 전 입술에 분홍색 립스틱을 덧발랐다.

남자들의 마음을 열기 위해서 유행인 통 넓은 바지나 명품 옷들이 필요한 게 아니다. 몸에 붙는 섹시한 디자인이 좀 더 그들의 시선을 얻었다. 희연은 그 사실을 너무나도 잘 알았다.

볼에는 핑크색 볼 터치를 화사하게 더 발랐다. 어려 보이는 느낌을 주고 싶었지만, 얼굴이 평범한 편이라 그다지 큰 효과를 발휘하지 못했다. 평소 무덤덤한 얼굴이 작업을 할 때면 생기 있는 표정으로 변하는 것도 신기하긴 했다. 거울 속에는 또 다른 희연이 있었다. 화장을 마친 그녀는 마스크를 쓰고 워터파크로 나갔다.

파도 풀과 워터슬라이드 사이에서 희연은 홀로 서 있는 남자가 있는지 찾아봤다. 왜소한 체구에 조용한 타입의 남자가 있었다. 다른 사람들은 활달하게 오고 가는 가운데, 혼자서 아이스크림을 먹고 있는 그 남자에게 다가갔다. 희연은 눈치를 보다가 슬쩍 말을 걸었다. 적극적으로 남자와 눈을 마주쳤다.

"혼자 오셨어요?"

남자는 희연의 몸을 안 보는 척 살짝 훑고는 고개를 저었다.

"저, 친구 있는데."

"오빠. 누구야?"

희연은 황급히 손으로 몸을 가리면서 피했다. 여자친구로 보이는 한 여자가 다가오며 희연을 노려보았다. 멀리서 보니 여자가 남자를 혼내는 듯했다. 살짝 수치심을 느꼈다. 짝이 근처에 있는 남자는 건드리면 화를 당한다.

희연은 워터파크 티켓값이 5만 원이 넘는 걸 기억했다. 투자금도 회수 못 하고 돌아갈 수는 없었다. 희연은 주변을 훑었다. 벌크업 운동으로 거대한 체구의 남자가 지나갔다. 등에 문신도 있었다. 희연은 고개를 돌렸다. 체구가 너무 크거나 세 보이면 위압감이 들고 무서웠다.

희연은 자쿠지에서 조용히 입욕하고 있는 남자를 봤다. 안경을 낀 남자는 눈이 작고 체구는 마르고 배가 조금 나왔다. 20대 후반으로 보였고 아무리 보고 있어도 친구들이 다가오지 않았다. 희연은 천천히 자쿠지 풀 안으로 요염하게 다리를 꼬면서 스르르 들어갔다. 남자는 뒤로 물러나 다른 곳을 쳐다봤다.

희연은 입욕하다가 슬쩍 놀란 티를 냈다.

"어머, 귀걸이가 떨어졌는데 어디 갔지?"

희연은 미리 손에 귀걸이를 들고 있다가 물에 슬쩍 내려놓았다.

"죄송한데 저 좀 도와주세요. 제가 렌즈를 껴서 물에 얼굴을 넣을 수가 없어요."

희연은 몸을 숙여서 찾는 척하다가 남자에게 부탁했다. 남자는 희연의 가슴골을 의도치 않게 보고 있다가 고개를 아래로 향하며 친절하게 답했다.

"기다려 보세요."

남자가 자쿠지 풀에 얼굴을 깊숙이 밀어 넣고 2, 3분 있다 달랑거리는 귀걸이를 찾았다.

"여기 있네요. 자 받으세요."

"감사해요."

희연은 남자에게 미소를 지었다. 1초, 남자가 반응을 보이는지 기다렸다. 1초 후에 남자가 관심이 없으면 그대로 다른 목표를 찾아야 했다. 정확하게 1초 후 남자는 희연과 눈을 마주치고 입을 열었다.

"혼자 오셨어요?"

걸렸다.

희연은 남자의 눈을 보며 미소를 활짝 지었다. 그녀의 웃는 얼굴에 남자들은 마음이 활짝 열리면서 경계심을 풀기도 했다. 특히 남자들은 여자들이 늘 자신을 배척하고, 무시하고 경계하고 밀어낼까 두려워하는 존재들 같았다. 그들에게 첫 만남은 절대 너를 배척하지 않는다는 믿음을 주어야 한다.

"네. 혼자 왔어요. 호호."

환영하는 미소는 그들의 맘을 풀어주었다. 그렇다고 방정맞은 큰 웃음은 물론 금물이었다.

나긋나긋하고 조용한 그리고 부드러운 음성과 끝을 흐리는 듯한, 어떻게 보면 아기를 다루는 엄마처럼 그들을 다뤄야 말을 듣고 결국에는 자신이 목표한 바를 달성했다.

"어쩌다가 혼자 오셨어요?"

"사실은 친구들이 입구에서 만나자 했는데 바람맞혀서. 어쩔 수 없이 망설이다 표 예매해 놓은 걸로 들어왔죠. 아깝잖아요. 뭐 여자 혼자 왔다고 위험할 것도 없고요."

미리 연습한 대로 최대한 자연스럽게 거짓말로 둘러댔다. 스토리를 만들어 답을 내놓으면 경계심 많은 상대도 맘을 연다. 희연은 그 스킬을 만들기 위해 늘 내놓을 답이나 톡 내용을 궁리했다. 그녀가 본 무수히 많은 심리학 관련 책들은 그렇게 유용하게 이용되었다.

"잘하셨어요. 저랑 비슷하네요. 나만 빼고 다들 여친 데리고 와서 저 혼자 솔로 플레이입니다. 학생이세요?"

"아뇨. 번역 일을 하는데 재택근무라 프리랜서죠."

"저는 근처에 직장이 있어요. 회사에서 여기 티켓을 대량으로 사서 복지 차원에서 엄청 싸게 주죠."

"아, 거기 S그룹 다니시는 거예요?"

"잘 아시네요."

희연이 이 워터파크를 온 거는 근처에 큰 회사와 공장이 있기 때문이다. 거기 젊은 직원들이 자주 온다.

"저, 귀걸이 찾아준 거 고마워서 커피 한 잔 사드릴게요. 기다리세요. 가져올게요."

의외로 여자의 작은 호의에 남자들이 감명을 받을 때가 있다.

희연의 제안에 남자는 벌떡 일어났다.

"아니요. 같이 가서 마셔요. 물도 너무 뜨거워 나가려던 참이었어요."

"그러실래요?"

희연은 남자와 워터파크 안쪽에 천막으로 만들어진 간이 카페에서 커피를 마셨다. 남자는 즐거운 듯이 회사 얘기며 친구들 얘기를 했고 희연은 맞장구를 치면서 웃었다.

상대방의 이야기를 들어주고 적당한 호응과 칭찬을 해주고 답을 해주면 남자들은 맘을 열었다. 경계심을 풀고 친밀감을 느꼈다.

서로 간에 비슷한 취미와 관심사 공유는 대화를 지속하게 한다. 마음이 통하면서 상대방과 진심으로 소통됐다고 생각이 들게 하는데 그 착각은 남자들의 지갑을 보다 쉽게 열었다. 그래서 희연은 남자가 다니는 회사에 대해 웹으로 미리 알아보고 왔다.

희연은 오른 다리를 왼쪽 다리 위에 올려 요염하게 다리를 꼬았다. 늘씬하고 긴 다리는 경쾌하면서도 섹시한 느낌을 연출했다. 수영장에서 가슴이나 엉덩이만 쳐다보면 변태라고 비난받을지언정 다리를 보는 걸로 욕하기는 그렇다. 그래서 희연은 늘 다리를 강조했다.

남자는 희연의 다리를 보다가 발목 부분의 은색 발찌에 시선이 머물렀다.

가느다란 발목 부분에 발찌가 달랑거리면 시선이 집중되는 걸 잘 알았다. 희연은 손목이나 발목의 가느다란 곡선에 남자들 시선이 머물고, 좋아하는 걸 알았다. 남자들은 자신에게 없는 걸 여자의 몸에서 쳐다보는 걸 좋아했다.

가슴, 허리와 골반의 S라인, 가느다란 발목과 팔목. 부드러운 살결과 고운 피부, 긴 머리카락 그리고 아담한 체구와 골격, 친절하고 나긋나긋하면서 애교를 부리는 태도.

관능적이되 절대로 싸구려로 보여서는 안 된다.

희연은 계속 남자와 눈을 마주쳤다. 그는 희연의 다정함에 매료된 듯 친절하고 최대한 매너를 발휘해 간식을 사다 주고 물티슈를 가져다줬다. 희연도 자연스레 테이블을 닦아달라고 부탁했다. 남자는 희연이 건넨 마스크가 구겨지자 매점에서 방수 마스크를 사다가 교체해주면서 웃었다. 그는 기꺼이 자잘한 부탁을 들어주었다.

눈을 자주 마주치며 남자는 점차 부끄럼 대신 적극적으로 리드했다. 희연은 도리어 말수가 줄었다. 남자는 희연이 혹시 화가 난 건지 관심이 없는 건지 오히려 눈치를 살폈다.

희연은 이런 밀고 당기는 줄다리기에 능숙했다.

워터파크를 나와 남자는 희연에게 늦은 저녁 식사를 같이 하자 청했고 근처 한우 식당으로 갔다. 밥을 먹은 그들은 남자의 차를 타고 서울로 향했다.

헤어지기 전 남자는 희연의 연락처를 물었고 명함을 건넸다.

"저기, 내일 일요일인데 뭐 하실 거예요?"

희연은 딱히 할 일은 없었지만, 수줍게 답했다.

"일해야 해요. 근데 무지 심심해요…. 시간 나면 넷플릭스나 보는 정도? 로맨스나 19금 영화 좋아해요."

남자가 슬쩍 웃었다.

"나랑 취향이 비슷하신데요? 넷플릭스에서 19금 아닌 거 찾기가 더 힘들죠."

희연은 머리카락에 손을 넣어 뒤로 쓸어 넘기면서 남자의 얼굴을 향해 상반신을 내밀었다. 남자가 눈이 살짝 풀어지면서 헛기침을 큼큼했다.

희연이 19금이라는 말을 던진 것은 한 마디로 테스트다.

남자가 미끼를 물고 달려드는지, 아니면 유머러스하게 돌려 승화를 시키는지, 모른 척한다든지 그런 걸 지켜보는 것이다. 만약 남자가 너무 무관심해도 실망하지만, 또 너무 강하게 다가서면 자신을 헤프게 볼까 두려워한다. 희연은 작업을 하면서 나설 때, 던질 때, 물러날 때를 줄타기하듯 오갔다.

"그럼 제가 희연 씨 데리러 올게요. 영화 어때요? 웹툰을 원작으로 만든 영화 요즘 대박 났다던데."

희연은 고개를 저었다.

"영화야 늘 보는 거고 야외로 놀러 가요. 페북에서 봤는데 양평에 고기와 냉면을 같이 주는 데가 있대요. 가격도 적당하고 물론 맛도 있고요. 같이 갈래요? 이름은 잘 모르겠는데. 맛집 검색으로 알아보면 돼요."

희연은 양평에 모텔촌이 많다는 것은 이 남자가 알 거라 판단하고 '양평'이라는 장소를 던졌다. 거기에 떡볶이는 너무 싸고 스테이크는 비싸다. 냉면 정도 가격이면 부담도 없다. 거기까지 계산했다. 자신이 페북서 찾아봤다는 뉘앙스의 말은 이 남자가 페이스북을 뒤지며 자신을 찾아볼 계기도 준다. 물론 활성화된 계정은 없지만.

모르는 여자를 SNS를 통해서 심리나 생활을 파악하고 알아나가고 싶다는 남자의 욕망에 불을 지피는 충동을 일으키면 성공이다. 희연은 인스타그램이나 페이스북을 가명으로 가입만 해두었다. 과거의 경험으로 보면 바람둥이들은 절대 SNS를 하지 않았다. 바람핀 게 들키면 대대적 망신을 겪는 데다가 사진을 보고 문어발 연애라는 걸 눈치챌 수 있기 때문이다.

이 남자가 지금 자신에게 따라와 줄 것인지 아니면 도망갈지를 가늠하고 판단해야 했다.

남자가 미소를 지었다.

"알았어요. 제가 검색해서 알아볼게요. 내일 오후에 여기 지하철역으로 올게요. 나와 있어요."

희연은 웃으며 고개를 끄덕이고 차에서 내려 손을 흔들었다. 남자는 손을 흔들고 차를 돌렸다.

희연의 경험상 영화를 보고 식사를 하는 일반적인 데이트에서는 평온함을 추구하니까 지속적 데이트가 될 확률이 높았다. 희연은 그런 걸 원하지 않았다. 짧은 만남과 원하는 걸 획득하고 끝. 그렇게 되려면 야외에서 스킨십을 곁들인 친밀한 데이트 후에 앞으로 육체적 관계로 발전할 수 있다는 꿈에 부풀게 하고 헤어지기 전에 갑자기 급한 일이 생겨 다음에 만날 때 갚겠다며 돈을 빌리는 게 나았다.

야외 데이트는 필수였다. 모텔들이 즐비한 곳을 남자와 걸으면서 뭔가 기대감을 갖게 만드는 게 효과가 높았다.

그날 밤, 전화가 연달아 왔다. 김민동이었다. 톡에 응답을 하지 않자 애가 타서 직접 전화한 것이다. 희연은 전화를 받지 않으려다 계속 여러 번 걸려오자 받았다. 한번은 받아서 달래야 한다. 그래야 잠적하기 전까지 안전할 수 있다.

"여보세요."

"희연 씨. 좀 만나."

"저 요즘 바빠요."

전화를 하며 손으로 코알라 열쇠고리를 더듬었다. 오래전에 길에서 주운 물건이다.

"왜 이렇게 연락이 안 돼요? 우리 다시 만나기로 했잖아."

"미안해. 지난번에 빌린 돈 갚으려 했는데 이러저러해서 바쁘다 보니. 정말 미안, 아빠가 갑자기 병원에 입원하시는 바람에."

"진짜? 힘들었겠네. 내가 병문안 가도 돼?"

잠시 침묵이 있었다.

"그건 안 돼요. 내가 민동 씨 보러 갈게. 아빠 보러 갔다가. 어디 있을 거야?"

"정말이지? 나 집에 있을 테니까 무조건 전화 줘. 서울 어디로든 1시간만 주면 바로 나갈게. 아버님 병원도 가고 싶은데. 혹시 또 돈 필요하면 말해줘. 내가 어떻게든 도와줄게. 난 희연 씨 곤란한 거 싫어."

희연은 잠시 생각해봤다. 다시 작업에 들어가는 건? 곧 고개를 저었다. 한 남자에게 돈이 너무 많이 물리면, 그만큼 잠적했을 때 귀찮게 할 확률이 높았다. 욕심은 위험했다.

"알았어요. 전화할게. 연락 늦어져도 걱정하지 마."

"알겠어. 그럴게. 희연 씨. 다 이해해. 지금 더 얘기할 수 있어?"

희연은 여지를 주지 않고 단호하게 전화를 끊었다. 여지를 주면 이 남자는 더 힘들어질 것이다. 아닌 건 빨리 포기시켜야 한다. 관계를 끊고 도망갈 때도 분노하는 감정을 보이면 더 물고 늘어진다. 침묵, 그리고 연락 두절이 가장 효과적으로 안달 나게 하거나 관계를 포기하게 만드는 방법이었다.

이제 김민동과 연결된 폰은 잠시 꺼두었다. 선불카드로 개통한 다른 번호의 폰이 두 개 더 있다. 워터파크 남자는 그중 하나의 번호를 알려주었다.

다음 날 오후, 벨이 울렸다. 워터파크에서 만난 남자였다. 희연은 100초쯤 지난 후 전화를 받았다. 단번에 받으면 너무 쉽게 보인다. 기다릴 줄 알아야 한다.

"여, 여보세요. 희연 씨?"

"네."

"이따 약속 시간에 봐요. 가는 중입니다."

"그럴게요."

어제 밤늦게 톡을 하면서 오랜 시간 공들여 재밌는 말을 나누고 서로에 대해 알아가면서 그와 더 친밀해졌다.

희연은 나갈 준비를 다 마쳤지만, 15분 이상 침대에 앉아서 음악을 들으면서 기다렸다. 가끔 그에게 초조함과 애태움을 주는 건 뭔가를 끌어내기에 좋은 조미료였다.

지각 시간도 사람에 따라 달랐다.

애착에 길들여지길 원하는 남자에게는 제시간에 나타나 불안감을 해소했고, 자신만만한 남자에게는 조금 뜸을 들이고 나가 애타게 했다.

희연은 집 근처 지하철역에서 다섯 정거장 떨어진 데서 보자고 했다. 집과 연결된 지하철역까지 남자가 오면 위험했다. 희연은 역에서 약속 시간이 10여 분 지나기를 기다리다 나가서 남자를 만났다. 이 남자는 약속 시간까지 조금 뜸 들이는 게 좋을 것 같았다.

남자는 희연을 보자 문을 열어 주고 테이크아웃 해온 아이스커피를 건넸다. 희연은 커피를 마시며 살짝 웃었다. 짧은 청반바지 아래로 희연의 가지런한 두 다리와 글리터링 페디큐어를 받은 발톱이 샌들 사이로 보였다. 남자는 희연을 곁눈으로 훑으면서 입가에 미소를 띠었다.

"그 집 알아냈어요. 냉면 가게요. 가요. 내비에 찍어뒀어요."

희연은 속으로 남자가 페북에서 절대 자신의 계정을 못 찾아 허탈하거나 신비감에 더욱 불탔을 거라 확신했다.

남자와 식사를 하며 희연은 눈에 띄지 않게 부드럽게 챙겨주면서 남자의 외모를 칭찬하고 사근사근하게 웃으면서 가벼운 터치와 스킨십을 했다.

식당 뒤는 강 주변으로 여러 가지 꽃과 나무들이 가득 찬 정원이 있어 커플들이나 가족들이 여유롭게 산책했다. 희연은 남자의 팔에 자신의 팔과 가슴이 살짝 부딪게 했다. 걸을 때마다 아주 조금씩. 남자의 긴장하는 기색이 보였다.

울퉁불퉁한 돌들이 가득한 산책길이 나왔다.

"어머."

희연이 돌에 헛디뎌 넘어질 뻔했다. 남자가 희연의 하얀 팔을 잡았다.

"고, 고마워요."

희연은 남자와 손을 잡고 30여 분 넘게 강 주변을 돌며 산책하다 주차장으로 갔다. 야외 데이트에서 스킨십은 무척 자연스럽게 그리고 빈번하게 발생한다. 희연은 그런 사실을 알고 일부러 야외를 선택했던 것이다.

남자는 나온 김에 다른 카페에 가자고 했지만 희연은 차가 막히기 전에 서울로 가자고 말했다. 남자는 아쉬워하면서 시내로 차를 몰았다.

시내 주차장에 차를 주차하고는 가기 아쉽다며 희연이 커피를 마시자고 했다. 커피를 마시던 희연은 핸드폰으로 시간을 확인했다.

"헤? 어쩌죠? 입출금기 10시까지 하죠? 빨리 돈 찾아야 해요."

"네?"

"시간을 모르고 있었네. 급해요. 나가요. 제가 엄마 드려야 할 돈을 좀 찾아야 해서요. 깜박 잊었는데 지금 톡 확인해보고 알았어요. 잔금이 좀 부족하기는 한데…."

희연은 카페에서 전에 민동에게 했던 것과 비슷한 대사를 쳤다. 그녀가 난처해했지만 남자는 별 반응을 보이지 않았다. 희연은 좀 더 적극적으로 나가기로 했다.

"신경 쓰지 말아요. 그렇지만 진짜 급해서 그런데…, 아, 아니에요."

남자는 단번에 희연의 속뜻을 눈치채고 거절했다.

"그게 저, 미안해요. 내가 지금 현금을 주식에 다 묶어놔서 좀 힘든데."

희연은 상냥하고 다정하게 미소를 지으며 남자의 손을 잡았다.

"괜찮아요. 정말요. 오히려 내가 미안해요. 맘 불편하게 해서요."

희연은 그렇게 말하고 남자의 손을 가볍게 쓸어내렸다. 눈을 마주쳤지만, 남성의 자그마한 눈동자가 단단해 보였다. 흔들리지 않았다.

희연은 안다. 거절당하면 절대로 화를 내거나 무안한 얼굴을 하면 안 된다. 상냥하고 부드럽게 대하면 다음번에 상대방은 그 일이 생각나 미안한 마음에 더 큰 걸 주게 된다.

희연은 안다. 자애로운 미소로 미안하다고 말한다.

이 남자는 다음에 더 큰 부탁을 들어줄 게 분명하니까.

아니면, 만약 남자가 인색하다면 여기서 놔주는 것도 방법이다. 여러 명에게 시간 투자를 할 수 없다. 가능한 될 성싶은 상대에게 올인하는 게 빠른 시간 안에 필요한 돈을 모으는 법이다.

돈 얘기가 나오는 본 목적의 시간. 너무 초조해도, 아무렇지도 않게 괜찮아도 안 됐다.

적당하게 애태우고, 긴장을 주고 태연해야 남성의 마음을 얻어서 돈을 빌린다. 하지만 빌리고 난 후에는 어떻게 해야 할지 아직도 정확히 해답은 모르겠다.

폭언 문자를 보내는 남자, 경찰에 신고한 남자, 희연의 집을 어떻게든 알아내려 한 남자 등 다양한 유형이 있었다. 연락이 두절 되면 그냥 포기하고 물러나는 사람도 꽤 있었지만 반대로 집요하게 화를 내고 만나려고 노력하는 사람도 있었다.

　김민동은 희연을 만나려고 노력하고 톡을 계속 보냈다. 희연이 무시했지만, 가슴 한구석이 아렸다. 미안했다. 다시 만나고 싶었지만 그럴 수 없었다. 헤어지는, 버려지는 아픔을 다시는 느끼기 싫었다. 그건 어린 시절로 충분하다. 민동과 정상적인 연애 관계나 결혼으로 이어지리라고는 생각지 않았다. 그건 확실하다.

　설희연은 워터파크에서 만난 이 남자를 놔주어야겠다고 여겼다. 아무래도 마음에 방어벽이 많고, 의심도 많고 인색한 성격도 있는 것 같았다. 목표를 이루기는 힘들 것 같았다.

　헤어지기 전에 남성은 다음 데이트로 언제가 가능한지 물었다.

　"저어, 제가 요즘 일이 바쁘고 해서 힘들 것 같아요. 당장은."

　희연은 아쉬운 표정으로 난처하다는 듯 말하며 남성의 손을 살짝 잡고 웃어 보였다. 남자가 화내서는 또 곤란하다.

　"담에 제가 연락드릴게요."

　남자가 다급하게 말했다.

　"저어, 그거 돈 급한 거 그런 거 때문이에요?"

　"아뇨, 아, 아니에요…. 다른 데서 번역 일을 맡았는데 급하게 해줘야 돼서요. 대학 선배 부탁이에요."

"내가 도와줄 수는 없을까요?"

희연은 고개를 저었다. 그대로 남자와 헤어져서 편의점으로 들어갔다. 일이 잘되지 않으면 마음이 허탈했다. 달콤한 밀크티를 사 마시고는 했다. 밀크티를 마시면서 마음을 다졌다. 실패할 수도 있다. 다른 데서 또 다른 타깃을 찾으면 된다.

그날 밤, 민동의 톡이 이어졌지만 희연은 무시했다. 민동의 집착에 더 이상 상대하다가는 만날 수밖에 없다. 워터파크에서 만난 남자는 연락이 없었다.

희연은 포기하고 자려는 찰나, 톡이 왔다.

– 혹시 아까 말했던 돈 해결됐나요?
– 아뇨, 아직은요. 그래도 신경 쓰지 말아요. 어떻게든 할 수 있어요. 사실은 번역한 일이 아직 정산이 안 돼서 잔액이 모자란데 걱정 말아요. 미안해요. 걱정 끼쳐서요.
– 내일 만나요. 제가 희연 씨 도와줄 수 있어요.
– 네? 아뇨 그렇게까지는.
– 제발 만나요. 돕고 싶어 그래요.

희연은 코엑스에서 저녁을 산다고 했다. 워터파크 남자는 코엑스로 저녁 8시까지 온다고 했다.

다음 날 저녁 희연은 화사한 분위기의 핑크빛 원피스에 5cm 굽의 구두를 신고 머리는 자연스러운 컬을 주어 아름답게 보이게 하고 코엑스 쇼핑몰로 나갔다. 남자는 회사가 일찍 끝났다면서 먼저 와 있었다. 그는 희연의 손을 반갑게 잡았다. 희연은 남자의 팔짱을 다정스레 끼고 웃었다.

"반가워요. 참, 일한 거 정산도 곧 될 거 같아서 굳이 그럴 필요 없어요."

"아, 아뇨. 주식 계좌 하나 해약했어요. 어차피 오르지도 않고 희연 씨랑 맛있는데 찾아다니려면 금전적 여유도 필요한 거 같아서요. 괜찮아요. 금방 찾아줄게요. 5만 원짜리가 나아요? 수표가 나아요?"

희연이 배시시 웃었다.

"수표는 신분증 없이 쓰기 힘들잖아요. 엄마가 신분증을 자주 깜박하셔서 안 돼요. 그런데 정말 안 해주셔도 돼요."

남자는 은행으로 들어가 입출금기 앞으로 갔다. 희연은 밖에서 무신경하게 지나가는 사람들을 보며 입가에는 미소를 지은 채 바라봤다. 너무 웃어도, 너무 심각한 얼굴로 폰만 쳐다봐도 신뢰를 주지 못한다.

항상 친절하고 여유 있고 언제든 약속장소에 나오는 신뢰감을 주는 여자친구로 보여야 한다. 길게 사귀어서 시들은 관계도 아니고, 소중히 여겨지지 않는 싸구려 관계도 아니고,

지속적이고 안정감을 주는 싱싱하고 알찬 그런 관계처럼 여겨져야 한다.

남자에게서 봉투를 건네받고 희연은 다음 주까지 반드시 갚겠다고 약속했다. 눈으로는 다정한 시그널을 보냈지만, 마음은 불안했다. 눈치채지는 않을까, 내가 잠적하리란 것을.

희연은 남자와 눈을 지그시 맞추면서 심야 영화를 보러 가자고 했다. 마침 유명한 팝스타의 전기를 다룬 영화가 흥행 중이었다.

그날 밤, 희연은 남성의 어깨에 기대고 몸을 밀착 시켜 영화를 봤다. 희연이 뿌린 달콤한 조말론 잉그리쉬 페어 앤 프리지아 향이 남자의 코를 근질였다. 영화가 끝나고 남자는 희연에게 술을 마시자고 했지만, 그녀는 아직 일이 남았다며 거절했다. 대신 주말에 다시 만나자며 약속했다. 희연은 엄마 집에 들러야 한다며 지하철을 타고 집으로 왔다.

민동이 자꾸 만나자고 했던 것이 희연의 마음에 걸렸다. 민동을 만나도 될까. 마음 한편에서는 그를 보고 싶었다. 다른 마음으로 귀찮기는 해도 잠깐 마음의 위안을 얻으며 사귈 수 있을지 가늠도 해보았다.

폴리아모리와 무성애자들의 모임

이틀 후, 선익과 아람은 카페에서 하인영을 만났다. 단발머리에 수수한 흰 블라우스와 청바지를 입은 30대 여성이 들어와 두리번거렸다. 아람이 다가갔다.

"하인영 씨 맞죠?"

"네. 맞아요. 강아람 형사님?"

"네. 앉으시죠."

"다큐 감독님 말씀 듣고 나왔지만 글쎄요, 제가 도움이 될까요?"

하인영에게는 장민석이 같이 일했던 다큐 영화감독을 통해 연락했다. 하인영은 네이버 포털의 폴리아모리와 무성애자 모임 카페 운영자였다.

"이분 기억나시나요? 이름은 설희연인데요."

선익은 설희연의 사진을 건넸다.

하인영은 고개를 갸웃했다.

"본 것 같기는 해요. 본명은 모르겠고요. 우리는 닉네임으로 부르거든요."

"닉네임은 뭐였는데요?"

"스노우요."

"카페 운영자는 개인 정보 알죠?"

하인영이 고개를 저었다.

"요즘 개인정보 보호법이 강화돼서, 자기가 공개하지 않으면 나이대와 성별만 알 수 있어요."

하인영이 폰을 꺼내 포털 카페로 들어가 '스노우'를 찾아서 보여줬다. 여성, 30대로만 적혀있지 다른 정보는 없었다.

"사실 우리 오프 모임은 원칙적으로 정보 공개하고 나온다고 댓글 달아야 되는데 이분은 쓱 그냥 조심스레 찾아와 그런가 했죠. 사실 가장 진상이 뭐냐면 유부남들이 폴리아모리를 가장하고 다중연애를 지향한다며 나와서 물 흐리는 거거든요. 여자보다는 중년 남자를 가장 경계하죠."

선익은 처음 접해보는 세계라 호기심 있는 눈을 반짝였다. 여자의 말이 이어졌다.

"폴리아모리는 일차적으로 배우자에게 허락을 받아야 해요. 그래야 정당하게 인정받는 거죠. 유부남들은 여성 회원에게

접근해서 골치 아프게 했어요. 스노우 님은 여자라 일단 오
프에서 봤었는데….”

“그런데요?”

“이상하게 스노우 그분도 여성 회원에게는 데면데면하면서
남성 회원들에게 뭔가 목적 있게 접근하는 것 같아서 제가
쪽지로 다시는 나오지 말라고 했죠.”

“연락처는 안 받으셨나요?”

하인영이 아람의 물음에 고개를 끄덕였다.

“여기가 성소수자 모임이라 몇 번 만나고 진심을 확인하기
까지 폰 번호 서로 몰라요. 정말 폴리아모리나 무성애 사상
을 존중해 주는 회원만 남죠.

저번에 어떤 20대 남자가 좀 이상해서 주의를 줬더니 자
유게시판에 다시는 오지 않는다면서 욕하고 우리보고 저질스
럽다고 비난하는 글을 올렸더라구요. 불순한 목적으로 접근
하는 사람들이 있어요. 그래도 다큐 감독님은 우리 뜻을 영
상에 진실되게 표현해 주셨어요.”

설희연이 남자에게 소액 사기를 치기 위해 이리저리 인터
넷 모임을 찾아다닌 것은 분명해 보였다. 문제는 어디에도
폰 번호나 주소를 남기지 않았고 페북이나 인스타 계정도 가
지지 않고 있다는 것이다.

그리고 이 모든 움직임이 최근 한 달 내에 벌어진 일들이

다. 장민석에게 사기 친 것도, 포털 카페 오프 모임에 간 것도, 그리고 김민동이 죽은 것도.

서선익은 아직은 설희연이 용의자에 불과하지만, 만약 범인이라면 돈을 목적으로 남자를 물색하다 들통 나서 죽이고 도망간 게 아닌가 의심했다.

아람과 선익이 명함을 주고 헤어지는데, 갑자기 하인영이 다급하게 불렀다.

"저기 형사님!"

아람이 하인영에게 재빠르게 달려갔다.

"생각난 게 있어요. 그 스노우 님 제가 떠보려고 직업이 뭐냐고 물었더니 시나리오 작가라고 했어요. 그런 게 단서가 될까요?"

"완전요. 감사합니다."

그 틈을 타 선익이 설희연에 대해 특이한 게 더 있었는지 재차 물었다.

하인영은 미간을 찌푸리며 뭔가 생각하다 답했다.

"좀 까칠했어요. 보통은 처음 나오는 회원들은 아무래도 나이브하죠. 어려운 자리니까요. 그런데 그분은 한 남자 회원에게 유독 살가워서 제가 그 사이에 끼어들어 친목 금지라고 살짝 주의를 줬더니 얼굴이 확 변하면서 차갑게 이러는 거 있죠. '좀 그러네요. 제가 뭘 한 것도 아니고요.' 남자 회원에게 친절하고 나긋나긋하다가 갑자기 그래서 이상했어요."

선익이 고개를 갸웃했다.

"뭐 어떻게 이상했는데요?"

"표정이 정말 천국에서 지옥 끝까지 간 것처럼 한순간에 변했어요. 나중에 돌이켜보니 표정 진짜 살벌하더라구요. 나오지 말라고 하길 정말 잘했구나 싶었죠."

"잘 알겠습니다. 혹시 나중에라도 이런 식으로 뭔가 더 생각나면 명함으로 연락주세요."

그들은 하인영과 헤어졌다.

아람은 차에 올라타면서 고개를 갸웃했다.

"장민석이 영화 스태프잖아요? 그래서 장민석한테 들은 지식을 써먹으려고 시나리오 작가를 한다고 했을까요?"

"그럴 확률이 무지 높지. 그런 범죄자들 많아. 모방하는 거야. 어차피 전공이란 게 없고, 학교를 제대로 나오지 않았으면, 들은 지식을 자기 거 마냥 포장해."

"그럼 시나리오 작가 사칭이라는 이 단서로 어떻게 찾을까요? 선배님."

"작가가 뭘 할까? 혹시 영화사 구직하러 어딘가 회사에 가지 않았을까? 아닐 수도 있지만, 가능성을 열어두자고."

아람이 고개를 끄덕였다.

"관련 사이트에 작가 찾는 게시글 있는지 한번 알아볼게요."

"오케이. 일단 저녁 좀 먹자. 무지하게 배고프다."

"설희연 씨 가족 사정 청취는 언제 가요?"

"지금 강동서에서 움직이니까. 좀 시간 차이 두고 가야지. 살인과 사기는 경중이 달라. 우리가 너무 설레발 치면 그쪽서 불편해하지. 아까 하인영 씨가 한 말 말이야. 설희연 표정이 확 변했다는 거 어떻게 생각해?"

"뭐, 기분 나빠 그런 거겠죠."

"아니 그보다 감정 변화가 그렇게 골이 깊고 큰 데다 주변에 그런 감정을 받아줄 친구 없이 고립된 상황이라면 분노조절이 어렵다는 건데. 설희연은 본인도 불안한 성격이면서 한편으로 희생물이 될 외로움을 지닌 남자를 대상물로 삼아."

아람은 고개를 끄덕였다.

"심리학에 관계중독이라는 게 있어요. 트라우마나 학대 경험을 겪은 사람은 타인에게 의존성이 강하죠. 그루밍 범죄자들은 귀신같이 이런 사람들을 찾아내 타깃으로 삼고요."

"거 재미있네. 설희연도 그런 목표물을 찾는다는 거지? 설희연이 사기를 치다가 김민동을 죽이기까지 한 걸까. 뭔가 틀어졌거나 꼬리를 잡히거나 경찰에 붙잡힐 위기에 처해서."

"에이, 선배님. 늘 저한테 하신 말씀 기억하세요. 먼저 추론하지 말자고. 증거와 단서 잡고 그런 논의 합시다. 저는 단지 심리학적 관점만 풀어본 겁니다."

"알겠다. 가자, 오늘은 고기 구워 먹자. 선배가 사준다."

아람과 선익은 근처 음식점에서 소맥을 말아서 한 잔씩 마셨다. 아람은 삼겹살을 구웠다.

"줘봐. 익은 다음에 단번 뒤집자고. 깔짝대면 고기 별로야. 공부는 잘하면서."

"아, 선배님. 그 말 좀 하지 말라니까요. 저보다 잘하는 애들 겁나게 많았어요. 다 의대 가고, 경영대 가고 그랬다니까요."

"아, 알았어. 하긴 그 말도 매일 들으면 질리겠지."

"고기 왜 이렇게 잘게 잘라요? 이빨 안 좋아요?"

"아람 형사를 위해서지. 근데 사실은 나 앞니 보철이야."

"혹시…."

"뭐, 범죄도시 마동석 같은 거? 아니. 그랬다면 어디 가서 입이라도 재밌게 털지만, 서울청에 근무하는 선배 만나서 술 마시고 집에 오다 광화문 한복판에서 넘어졌어. 크라운 보철 밥 먹다 빠진 적 있어서 엄청 조심한다, 나."

아람이 슬쩍 웃었다. 보철 빠진 모습을 상상했다.

선익이 술을 두 잔 연거푸 마셨다.

"임플란트하세요. 물고 뜯고 마음껏 드셔야죠. 고기."

"내가 그렇게 나이 먹었냐? 게다가 임플란트도 나사째 빠진다던데. 지금은 이빨 뿌리 남은 걸로 버텨야지."

"가만 보면 제가 생각하는 열혈 형사님 모습은 아닌데요."

"아이고, 아람 형사님. 그 허상 빨리 깨. 처음에 경찰학교 들어갈 때나 마동석이지, 일하다 다치고 피곤하고 가족 생기고, 애들 눈에 밟히면 몸 사리지. 좀 지나면 운전면허 갱신이나 범죄경력증명서 같은 업무 하고 싶어진다고."

아람은 잔을 비웠다. 선익은 조용히 소맥을 한 잔 더 말아 주었다.

"근데 왜 아직 수사 일하세요?"

"일 배우고 싶어서. 벌써 그런 데 가면 무슨 일을 나중에 어떻게 배우겠어. 나이 들면 굼떠지는데. 그러니 아람 형사도 부지런히 나한테 배울 거 쏙쏙 빼먹고 돌아가서 수사 경력 프로파일링 연구하는데 응용하세요."

"갑자기 웬 존댓말?"

"그냥, 뭐 범죄 심리 파악하는 프로파일러는 TV 인터뷰도 많이 나오고 경찰의 꽃이잖아. 나보다 더 높고 깊게 공부도 하고, 나중에 스타 프로파일러 될지도 모르잖아. 미리 존경할게."

아람은 피식 웃었다.

"됐습니다. 지금은 공부보다 현장에서 수사하는 게 더 재미있네요. 고치라코소 오네가이시마스."

"역시 일본어도 할 줄 알고."

"아휴 참, 미야자키 하야오 애니 보면서 대화만 조금 익혔어요. 구글 번역기 돌리면 뭔들 못해요."

"난 것도 못 해. 맹탕이라."

"네, 받들어 모시겠습니다. 사수님. 한잔 더 주세요."

"오늘 잘 달리네."

"생각보다 주당입니다. 고등학교 때부터 자작해서요. 후후."

선익은 아람의 컵을 반만 채웠다.

"이것만 마셔. 잘 마시는 여자 난 별로야. 걱정시키잖아. 꽐라될까 봐. 나같이 보철하면 평생 장애야. 사과 베어 먹을 때도 걱정한다니까."

아람은 화를 버럭 냈다.

"거참, 말끝마다 여자, 남자. 공부 잘한다 못한다 이런 식으로 이분법 좀 하지 말아요."

아람이 큰 소리로 말했고 식당 안 사람들이 쳐다봤다.

"그럼 아람 형사도 강력계 형사 어쩌고 편견 갖지 마요!"

"아, 알았어요. 우씨."

"아이고. 미안 미안. 그만 마시자고."

"선배, 안 취했어요. 걱정 말아요. 하여간 제 앞에서 남자 여자 편 가르기 한 번만 더하면···. 후우, 아, 집에 가고 싶다. 술 마시면 자야 하는데."

아람은 눈을 감고 팔을 테이블에 올리고 고개를 파묻었다.

"하 귀찮아. 술도 진짜 약하고만. 이 주량으로 무슨 형사야. 빨리 일어나."

선익은 짜증을 내면서 남은 고기를 마구 입에 집어넣고 반 남은 소주병은 마개를 닫아 백팩에 넣었다.

"집에 가서 이거라도 반주해야지. 아휴. 아람 형사! 어서 가자고. 집 어디야. 이씨. 나 여친도 집에 안 데려다주는 스타일인데. 알아서 들어가야지. 증말, 참."

선익은 아람을 부축해서 일으켰다. 아람은 비틀거리면서 일어나 휘청거렸다.

"차는 두고 택시 타고 가자. 집 어디야! 강남 어디라며."

"본가서 나왔어요. 도저히 안 맞아서. 강남구, 구청역, 아유 토할 거 같다."

"어서 화장실 가서 싹 다 토해. 안 그러면 내일 숙취로 개고생한다."

"괘, 괜찮아요. 선, 선배."

"미치겠다. 증말."

선익은 아람을 택시에 태워 강남구청역에 도착했다.

"영수증 주세요. 기사님."

"거, 여자친구 왜 그렇게 취하게 만들었어요?"

기사가 영수증을 건네면서 한마디 했다.

"아후, 여친 아니고요. 술 잘 마신다면서 지가 마셨고요. 저도 지금 짜증 납니다, 이 상황. 갑니다, 기사님. 고맙습니다."

선익은 아람과 내려서 아람이 잘 가누지 못하자, 하는 수 없이 지갑을 찾으려 했다.

"어딜 만져!"

선익은 짜증이 나서 아람을 근처 벤치에 앉혔다.

"아람아. 니가 알아서 들어가. 핸드폰 패턴 뭐야? 엄마 전화번호 찾게."

"아, 안 돼요! 제발 클나요. 저, 저 집 파라곤 오피스텔 8, 8⋯."

"8모?"

선익이 버럭하자 지나가던 사람들이 한번 쳐다보다 그냥 갔다.

이때 한 젊은 여성이 선익을 노려보다가 결국 다가왔다.

"아저씨, 이분이랑 아는 사이 맞아요?"

"네?"

"술 취한 여자한테 접근해 뭐 하려던 거 아녜요?"

"저기요, 쓸데없는 말 하지 말고 제발 그냥 가세요."

"저 112 신고할게요. 아무래도⋯ 아는 사이 아닌 거 맞죠?"

선익은 경찰 신분증을 얼른 꺼냈다.

"제가 경찰이고 이 여자분도 경찰인데요. 술 취해서 선배 물 먹이는 경찰 맞아요. 그리고 지금 집 데려다주려는 거니까 걱정하지 마세요!"

여자는 선익의 신분증을 한참 들여다보다 가던 길을 갔다.

선익은 아람을 부축해서 파라곤 오피스텔로 가서 경비원에게 물었다.

"이분 아세요? 제가 회사 선배인데, 보시다시피 이 지경이어서요."

"옴마. 작가님 따님 맞는데. 나한티 책 나오면 꼬박꼬박 이름 넣어서 사인해 주면서 딸 잘 부탁하지라."

"작가요?"

"네? 유명하던데. TV도 나오고."

"누구요?"

"오영주 작가요."

"누구지?"

"뭣이라더라. 추리소설 쓴대요."

"그래요? 나한테 그런 소리 없던데. 하여튼 집 아시죠? 데려다주세요."

"같이 합시다."

경비원은 아람을 양쪽에서 부축해서 805호에 도착했다. 아람은 습관대로 비밀번호를 눌렀고, 선익이 막아서서 경비원

103

이 보지 못하게 했다. 경비원이 피식 웃었다.

"이 양반, 노파심도. 내가 그럴 사람으로 보여요?"

선익은 신분증을 보였다.

"죄송해요. 형사라는 직업이 직업인지라 누구나 일단 경계하고 봅니다. 하도 그런 사건만 봐 놔서."

"아, 그럼 이 따님도 그거예요? 경찰?"

"예, 맞습니다. 잘 나가는 어화둥둥 형사입니다. 이분은 넘 똑똑한 사람이라 제가 모시고 댕겨요."

"아유. 잘 부탁합니다. 오 작가님이 노심초사 혼자 사는 딸 걱정만 하는데."

집으로 들어가 아람을 침대에 눕혀 놓고 선익은 밖으로 나와 문이 잘 잠겼는지 확인하고 톡을 남겼다.

– 야, 내일 늦지 말고 나와! 아람 형사님. 좀 짜증은 났어요. 술 잘한다면서!!

선익은 다시 가게 주차장으로 돌아갔다. 술은 이미 흘린 땀으로 다 깼지만 대리운전을 불러 집으로 돌아왔다.

꽃을 삼킨 픽업아티스트

다음날 이른 아침, 선익은 아람에게 차를 오피스텔 앞에 대 놓았으니 내려오라고 톡을 남겼다. 20분 있다가 아람이 나왔다.

아람은 미안한 얼굴로 말했다.

"어제 힘드셨죠? 죄송해요."

"알면 됐고. 대신에 집은 어딘지 확실하게 알았네."

"선배님, 오늘처럼 오실 것 없어요."

"알아, 나도 이 근처 볼일 보러 온 거야."

"이 아침에 볼일이요?"

"있어, 있어."

"드세요, 커피 사 왔어요. 1층 커피숍에서."

아람은 선익에게 커피를 내밀었다.

"땡큐. 그나저나 오늘 회사 내부 연락망 봤지. 울산경찰청 얘기인데, 퇴근 후 이성 부하에게 카톡 하지 말라는 내부 규칙 어때?"

아람은 고개를 갸웃했다.

"우리 사이에서 말인가요?"

"비슷해. 그렇게 할까 하는데."

선익은 커피를 한 모금 마신 후 홀더에 끼우고, 차를 강남역 방면으로 몰았다.

"일 때문에 급한데요. 전 그 규칙 별론데요."

"알았어. 비록 우리 경찰서 지침은 아니지만, 걱정은 되잖아, 민감하고. 오죽하면 펜스룰도 나왔겠어."

"전 괜찮다니까요. 그럼 저도 퇴근 후에 선배님에게 전화 못 하잖아요. 길 가다 설희연 보면 어떡해요. 전화하지 마요?"

"그건 그렇지. 하여간 알았어. 나도 조심할 테니 어제처럼 주량 넘게 술 마시고 그런 일은 다시는 없도록. 민망해. 남들이 오해할 수도 있고."

"알겠습니다. 죄송합니다."

"자, 그럼 수사하러 가자고."

"넵."

"그거나 먹어. 나 숙취 해소하려고 사다 놓은 건데. 그쪽 대시보드 밑에 열어."

아람은 글로브 박스를 열어 컨디션을 꺼냈다. 그리고 마시면서 피식 웃었다. 어제저녁에도 볼펜 찾다가 열어봤는데, 분명히 없었다. 선익이 아침에 사 온 거였다.

아람이 숙취해소제를 마시는데 선익이 말했다.

"김민동 폰에 있는 설희연 번호 개통한 대리점은 강남역 근처야. 전화해보니 신분증 사본만 받아놨어. 설희연은 지금 전화 꺼놓은 상태고."

아람이 날카롭게 물었다.

"요금 결제방식은요? 계좌 추적해보죠."

"외국인들처럼 선불카드 사서 그만큼만 쓰는 방식이야. 번호가 더 있을지도 몰라."

"그거 알아보러 일찍 나오신 거예요?"

"응, 아침에 대리점 일찍 문 열라고 해놨어. 설희연은 차량도 없고 등록 주소지도 명확하지 않아서 폰 번호가 유일한 단서야. SNS 계정이라도 확실하면 올린 사진이라도 분석하겠는데 말이지. 출입국관리사무소에선 해외에 드나든 흔적 없고 강동서에서 출국 금지신청 해놨음."

"엄마나 다른 가족들 집에 숨어 있을 수도 있잖아요."

"일단 강남역 대리점 가보고 수사 방향을 정하자."

선익은 차를 빠르게 몰았다.

희연은 어제 엄마에게서 한 통의 전화를 받았다. 형사들이 무슨 이유인지 말은 안 하고 집으로 온다고만 했다는 것이다. 희연은 식겁했다. 엄마는 그 말만 하고 전화를 급하게 끊었다. 희연은 짚이는 게 있었다. 어서 피해야 했다. 잡히면 큰일 난다.

희연은 캐리어를 끌고 오피스텔을 나왔다. 어차피 보증금은 없다. 3개월 치 월세로 치렀다. 일단 짐을 모두 뺐다. 늘 옷밖에 없다. 화장품이나 있을까. 인형 같은 건 없었다. 잦은 이사에 사치다. 희연은 지하철역으로 향했다. 어디론가 가서 잘 곳을 찾아야 했다.

언제 집이라고 부를 수 있는 곳에서 평안하게 쉴 수 있을까.

희연은 공중전화로 설렁탕 가게에 전화해 알바를 급하게 관둔다고 전했다. 춘기에게도 미안하다고 문자만 남기고 전화를 끊었다. 폰을 꺼뒀다가 급할 때만 켜두거나 다른 번호를 이용할 셈이었다.

역으로 걸어가는데 초등학생이 엉덩이를 실룩실룩 흔들며 학원 가방을 어깨에 메고 긴 머리를 팔랑거렸다. 리드미컬하게 움직이는 게 귀여웠다. 무슨 신나는 일이 있을까 궁금했다.

그 옆으로는 사람들을 쫓아다니며 대나무 복조리를 파는 외국인 여자가 보였다. 여자는 태국 수제품이라면서 복조리를 사람들에게 권했다. '3천 원입니다. 태국 수제품입니다.'를 서툰 한국어로 말하면서.

희연은 의아했다. 누가 저걸 사줄까 싶었다. 손을 넣어 보니 주머니에 마침 3천 원이 잡혔다. 희연은 망설이다 여자한테 다가가려 했지만, 그녀는 여러 사람에게 거절당하고 다른 사람을 따라잡느라 바쁘게 뛰듯이 걸었다. 도저히 따라잡을 수 없었다.

무슨 절박한 사정이기에 저렇게 빨리 여러 사람에게 다가갈까.

희연은 과거를 떠올렸다. 돈을 벌고 싶은 맘은 급했지만 주성이가 말렸다. 주성이는 길거리 생활을 하던 때 도움 주던 언니였다.

급하게 굴면 줄 돈도 안 나온다고 했다.

길거리도 밀당이라고 했다. 매달리면 돈 없이 일만 치르고 도망치는 게 사람 심리라 했다. 그러니까 서두르지 말고, 돈을 미리 받고 불안해하지 않는 게 중요하댔다.

남자에게는 돈을 받고 잠깐이나마 편안하게 해주면 된다고 했다.

그러려면 이쪽에서 서두르지 않아야 한다고 했다.

희연이 다급하면 주성이는 단호하게 말했다.

"확신이 서지 않으면 '네'라고 하지 마. 만나기 전에 서로 간을 보는 톡도 5분의 간격을 둬야 해. 5분. 것보다 길면 남자는 딴 데 정신을 팔고 관계가 끊어져. 것보다 짧으면 우리가 애닯는 줄 저쪽이 눈치채. 남자는 값을 깎으려 들지.

그러니까, 5분! 보내놓고 5분 후 남자가 목맬 때 답을 보내. 네, 라는 답은 확신이 서기 전에 함부로 답하지 않는 거야. 5분 후가 답이야. 시간차는. 이 일에도 순서와 방법이 있는 거야."

주성이는 희연에게 늘 인생사는 법을 자세하게 가르쳐주었다.

"서두르면 안 돼. 우리가 줄다리기를 잘해야 해. 그리고 이제 부모도 그만 미워해. 이렇게 만든 토대지만 결국 선택은 우리가 한 거야. 대신 어떻게든 적응해서 살아남아. 그러니까 미운 엄마도 잊고, 누구도 믿지 마. 나만 믿어. 희연이 너 뒤에 내가 있어. 남자들에게는 우리가 믿는다는 신념을 심어줘야 해. 그래야 안도하고 잠시나마 우리에게 평온을 느끼게 돼. 돈값을 해줘야 한다는 거야. 우리가 하는 이 일도 결국은."

희연은 연달아 주성이가 했던 말이 떠올랐다. 언니라기 보다 어른이었다. 엄마 대신이었다.

희연은 저 태국 여성의 맘을 십분 이해했다. 맘이 바쁘면 저럴 수밖에 없다. 결과적으로 물건을 하나도 못 판다.

부디 저 여성에게도 주성이 같이 도움을 주는 언니가 있었으면 했다.

희연은 지하철을 타기 전에 지하 통로의 마트에 갔다. 어제저녁부터 아무것도 먹지 않았다. 김밥 한 줄과 생수를 집었다. 계산을 하려는데 바로 앞에 머리가 하얀 할머니가 다섯 개들이 라면 한 팩을 들고 주머니에서 천5백5십 원을 동전으로 꺼내 계산했다. 할머니는 키가 크고 말랐다. 마스크와 중절모를 썼고, 피부가 고와 보였다. 하지만 허름한 회색 남방과 배낭은 초라해 보였다. 일반 할머니들과 달라보였다. 눈길이 경계하는 듯 보였다.

희연은 어릴 적부터 사람들의 눈을 보고 심리를 파악해서 눈치가 빨랐다. 이런 비슷한 스타일의 할머니들은 특이했다.

희연이 초등학교 5학년 때 살던 집주인 할머니가 그랬다.

마트에서 방금 본 할머니와 외모나 차림새가 비슷했는데, 바이러스 유행 시기도 아니었는데, 하얀 마스크도 종종 썼다. 희연이 학교 갔다 와서 엄마가 술 취한 걸 지켜보다 냉장고 열어 음식을 찾을 때 할머니가 노크했다.

"집 앞에 분리수거한 거 다시 해놔."

희연이 학교 가기 전에 플라스틱과 소주병 등을 내놓았었다. 깨끗하게 씻어 정리해도 할머니는 똑바로 일렬로 간격을 맞춰 세우라고 했다. 희연은 한다고 했지만 이건 아이가 아닌 어른들도 쉽지는 않을 것 같다.

할머니는 그 말만 하고 말하느라 턱까지 내린 마스크를 다시 쓰고 쌩하니 나갔다. 눈에는 늘 못마땅한 기운이 가득했다. 쫓겨나듯이 다른 집으로 이사 갔다. 아빠에게는 희연이 간신히 연락해 집으로 찾아올 수 있게끔 했다. 그만큼 아빠는 집에 잘 들어오지 않았다. 사귀는 여자가 따로 있는 것 같았다.

기억을 더듬던 희연은 마트를 나왔다. 스타벅스로 들어갔다. 희연이 종종 망연히 생각을 정리하는 3층 구석 자리로 갔다. 대학생이 노트북을 보고 있었다. 희연은 하는 수 없이 그 자리를 포기하고 옆에 앉았다.

1층에서 가져온 잡지를 펴봤다. 상상할 수 없는 금액의 명품 옷들과 보석들이다. 그걸 착용한 모델들은 아주아주 말랐는데 얼굴은 무척 배고픈 듯 피로했다. 대조적인 모습에서 이질감보다는 아름다움을 느꼈다. 가난한 분위기와 최신 명품 옷들이 이상하게 잘 어울렸다.

희연이 유흥업이나 길거리에서 터득한 바로는 극과 극은 통한다.

돈을 인터넷 도박판에서 번 사람들이 돈을 흥청망청 써버린다. 희연에게 용돈을 많이 주는 사람들은 대부분 안정적으로 버는 사람들보다는, 한꺼번에 돈이 들어온 불안정한 사람들이었다.

그들 말로는 모아도 미래가 해결 안 난다며 어떻게든 있는 대로 쓰면서 버틴댔다. 그리고 떨어지면 어떻게든 또 없는 대로 버틴다.

그러다 끝은?

희연은 잘 알고 있었다. 인터넷 뉴스에서 종종 읽는다.

<쪽방에서 고독사. 죽은 지 40일 지나 발견. 위에는 음식물 흔적이 전혀 없이 발견됨.>

그들이나 자신이나 인생의 끝은 비슷할 거 같았다.

카페를 나왔다. 지난번에 지하철역 안의, 화장품을 5천 원에 샀던 가게 앞을 지났다. 분명히 직원은 할인이 끝나면 다시 정상가가 되니 더 사라고 했지만, 그 가게는 공사 중이었다. 철거하는 집기들을 보니 마음이 스산했다.

감건호는 여의도 방송국에서 스튜디오 녹화를 끝내고 주차장으로 나왔다. 오늘은 썰이 잘 풀려 그럭저럭 말한 게 분량이 꽤 나올 것 같았다. 한 마디로 분량확보에 성공했다. 감건호는 기분이 좋았다.

"아니 이게 누구야? 여현정 박사!"

그는 자신의 차 문을 열려다가 심리학과 후배를 만났다. 여현정은 부풀린 머리에 몸매가 드러나는 와인 빛 원피스 차림에 힐을 신고 벤츠에서 내리는 중이었다.

"감 선생님, 안녕하세요."

여현정은 거리를 두고 딱딱하게 말했다.

지난번 고한 실종 미제 사건 관련 프로그램을 찍는데 여현정에게 도움을 받았지만 (《청년은 탐정도 불안하다》 참조), 감건호는 이후 고맙다는 전화 한 통 안 했다. 프로그램이 대박 나서 바쁘기도 했거니와 굳이 그럴 필요를 못 느꼈다.

반면 여현정은 내심 그 부분이 불쾌했다. 잘되면 자기 덕, 못되면 남 탓하는 전형적 이기적 성격을 본 것 같았다.

여현정은 불편한 시선이지만 입가에 억지웃음을 띠었다.

"요새 잘 나간다더니 방송사 프로그램 어디 나오는 거야?"

"네. 고정 하나 하게 됐어요. 패널인데 감 선생님 비하면 아직 멀었죠."

"무슨 소리야? 범죄심리로 유명한 뉴욕 존 제이 대학교서 박사 따고 FBI 인턴십도 다녀온 사람이. 지금 교수잖아? 뭐가 아쉬워서 TV 프로도 나와? 그럼 격 떨어져. 나 같은 하수나 TV 나오려고 아등바등하는 거지."

여현정은 피식 웃었다.

"TV에도 나오고, 신문 기사에도 자주 나와야 교수직도 종신고용에 가까워져요. 저 계약직 교수예요."

"아니, 그런 사람이 무슨 차가 이리 좋아. 월급 가지고 돼?"

"안 되니까 프로 나오죠. 저 바빠요."

여현정은 힐 소리를 따각따각 내면서 방송사 건물로 향했다. 감건호는 흥, 하며 돌아섰다.

"이제 개나 소나 다 프로파일러로 방송에 얼굴 비치는구만? 현장 경험도 없이 뭔 짓이야? 흥!"

한편 여현정은 건물 계단을 올라가기 전에 감건호를 노려봤다.

"와, 인간이 어쩌면 저리 하나도 안 변하냐. 에이 씨."

여현정의 기억 속 감건호는 심리학과 선배이자 교수들이 좋아하는 과 대표였다. 일 처리도 잘하고, 모임도 잘 이끌고 학점도 좋았다.

여현정은 졸업 후, 감건호와 잠깐 사귀었다. 학부 때는 여현정이 짝사랑했고 졸업 후에는 그가 먼저 만나자고 했다.

하지만 감건호가 바빠지면서 연락이 뜸해졌고 이후 여현정은 다른 남자와 결혼했다. 감건호와는 완전히 연락이 끊겼다.

여현정은 결혼 후 남편과 사이가 좋지 않아 아들을 하나 두고 이혼을 했다. 유학을 마치고 돌아와 대학교에 계약직으로 채용됐다. 아들은 엄마가 길러줘서 이제 중학생이 되었다.

아들은 사춘기에 접어들자 슬슬 반항했다. 게다가 유학비를 대 주던 친정아버지도 은퇴하시고, 졸지에 여현정은 친정

부모님과 아들까지 먹여 살려야 했다.

세단 자동차도 몸이 불편한 아버지를 위해 마련한 것이다. 여현정은 몸이 세 개여도 모자라게 바쁜 생활로 돈을 열심히 벌었다. 그런데 감건호는 그런 사정도 모르고 오랜만에 마주쳐서 저러는 게 눈꼴시었다.

여현정은 피디가 계단에서 내려오자 얼른 웃으면서 반갑게 악수를 청했다.

"어머나, 피디님."

여현정은 립서비스를 하면서 피디와 살갑게 대화를 나눴다.

"어? 여기 맞지?"

선익이 손가락으로 가게를 가리켰다. 핸드폰 개통 대리점은 강남역 뒷골목 안쪽에 위치했다.

통신사 이름을 써놓고 각종 개통 사은품을 내걸고 있었다.

배가 불룩 나오고 사각 은테 안경을 낀 젊은 남자가 선익을 맞이했다. 그가 입은 파란색 유니폼 아랫단은 낡았고 단추가 슬쩍 벌어져 있었다. 남자는 선익의 물음에 이것저것 설명을 했다.

"그러니까 이분 선불폰 카드 구입처가 천호동의 연호 핸드폰 대리점이라고요?"

선익이 되물었다.

"네. 선불카드 유통하는 데가 따로 있거든요. 천호동에 외국인들이 많이 들락날락하는 데예요. 그리로 가보세요."

"시스템 좀 자세히 말해주시죠."

"근데 강동서 형사님들 이미 다녀가셨는데요."

"공조하는 중입니다. 그러니까 어떻게 그 대리점에서 판 카드를 여기서 개통하는 거죠?"

"보통 이렇죠. 우리는 개통해서 030으로 시작되는 번호를 줍니다. 그 번호로 선불카드에 충전해서 폰을 연장해 쓰는데요. 선불을 다 쓰면 다른 폰으로 갈아타면서 다시 충전을 시작하죠. 그런데 그 충전 전에 고유 넘버가 적힌 선불카드는 어디선가 사야 해요. 유통업체가 따로 있거든요. 거기서 카드를 사고 개통은 우리한테 하죠."

선익은 고개를 끄덕였다.

"그럼 여기 CCTV 녹화자료 강동서에서 수거했나요?"

"네. 그리고 자료 관련 압수수색영장도 가져오셨어요."

선익은 고개를 끄덕였다.

"잘 알았습니다."

강동서는 살인사건으로 전담해 수사하니 모든 인력을 동원해 총집중하는 중이었다.

선익과 아람은 직원에게 추가로 물었지만 이미 확보한 단서 외에는 얻을 수 없었다.

대리점을 나온 선익이 주차장으로 가면서 물었다.

"이제 어떻게 했으면 좋겠어? 하던 대로만 하면 건지는 것 없더라. 후배 의견 말해봐."

"천호동 선불카드 가게 가봐야죠."

"그래야겠지? 그 하인영 씨 말이야, 설희연이 시나리오 작가라고 했다잖아. 혹시 그렇게 위장했는지 파봤어? 난 그쪽으로 연줄이 전혀 없어서."

"제가 운전하겠습니다. 쉬세요."

선익은 아람에게 운전대를 맡겼다.

선익은 포털에 '시나리오 작가'를 검색했다. 유명한 시나리오 작가들 인터뷰가 나왔다.

"만약에 시나리오 작가로 위장하고 쭉 밀고 나간다면 말이죠. 저라면 영화사 구직 사이트에 접근했을 거 같아요."

"정말? 그거 아무런 기술 없이 작가 되는 거 아니잖아."

"제 친구 중에 영화감독 되겠다는 애가 있어 독립영화 찍는데 스태프로 가줬거든요. 조명판 들어줬어요. 근데 걔 하는 거 보니 시나리오 쓰는 데 시간이 걸리더라고요. 작가가 뭐, 테스트해서 들어가는 직업도 아니고, 필모그래피 있다고 거짓말 치면 다 들어가지 않을까 해서요."

선익이 코웃음 쳤다.

"헤에, 말도 안 돼. 그런 일을 쉽게 벌일 수 없지. 지금은 신용사회야. 다 페북이나 포털로 서치하는데, 작가로 위장하고 들어간다? 난 아니올시다로 봅니다."

"저한테 물으시기에 추리를 해본 겁니다."

아람은 말을 멈추고 라디오를 틀었다. 핑크 스웨츠의 〈17〉이 흘러나왔다. 감미로운 멜로디가 흘러나오자, 선익이 가만히 듣다가 물었다.

"노래 좋다."

"'세븐틴'이란 노래입니다. 선배님."

"가만 보면 아는 것도 많아."

"제 요가 선생님이 요가 할 때 들려주시는데, 92세가 되어도 17세의 감성을 그대로 간직하자는 거예요. 92세에도 17세처럼 감각적인 그루브로 춤추자는 거죠."

선익은 리듬을 타 살짝 움직이면서 고개를 끄덕였다.

"괜찮다. 근데 요가도 배워?"

"선배님도 배워 보세요. 코어 근육에 꽤 도움이 됩니다."

"오키. 자, 다와 가네."

차가 많지 않아 올림픽대로로 달리다 빠져나가 금방 천호역에 도착했다. 내비게이션이 안내하는 데로 가다 보니 성내시장 쪽 골목으로 들어갔다. 몇 군데 선불카드 파는 가게를 탐문 다니다 마지막 가게로 들어갔다.

시장 생선가게와 과일가게 사이에 있는 연호 폰 대리점은

5평 됨직한 작은 공간이었다. '선불카드', '임시폰', '외국인 환영', '개통 쉬워요.' 등이 중국어로도 번역된 코팅 종이가 걸렸다. 문 앞에는 열쇠고리나 귀걸이 등의 액세서리를 진열해 놨다.

문이 잠겨 있어 아람이 '식사 중' 팻말에 적힌 번호로 전화를 걸었다. 선익은 깃털이 달린 열쇠고리를 들어보았다. 드림캐처 같았다.

잠시 후, 안경을 끼고 마르고 키 큰 40대 남자가 왔다. 그는 허리가 살짝 굽었는데, 유약한 인상을 풍겼다.

"무…슨 일이시죠?"

"뭐 좀 물어보러 왔습니다."

선익은 공무원증을 내밀었다. 남자의 표정이 굳었지만 이내 문을 열어주었다.

"들어오시죠."

선익은 찾아온 이유를 말하고, CCTV가 있는지 물었다.

남자는 고개를 저었다.

"가게가 소형이라서 보다시피요. 훔쳐 갈 것도 없어 설치 안 했습니다."

선익은 설희연의 사진을 내밀었다.

"이 여자분 여기서 선불카드 사 갔는데 기억나세요?"

남자가 고개를 갸웃했다.

"글쎄요. 한국인인가요?"

"한국인이요. 이름은 설희연입니다."

남자가 개통 서류를 뒤적였다. 선익에게도 보여줬지만 이름이 나오지 않았다.

"우리 가게에서 카드 사서 다른 데서 개통 많이 해요."

남자의 뒤로 사춘기 딸들과 찍은 가족사진이 보였다.

아람이 재촉했다.

"잘 기억해보세요. 여기 오시는 분 중에 젊은 여성은 드물지 않나요?"

"무슨 소리예요? 요즘 중국에서 20대 여성들이 얼마나 많이 일하러 입국하는데요. 일일이 다 기억하기 힘들어요."

"따님들이 모범생 같아요. 공부 잘하죠?"

선익의 말에 남자의 입가에 웃음이 걸렸다.

"그럼요. 제 희망입니다. 하나는 공무원, 하나는 간호사 한대요. 아 참! 우리 가족사진에 관심 보인 여자가 약간 흡사한데요."

"네?"

아람이 놀라자, 선익은 잠시 가만있으라는 신호를 보내고 되물었다.

"말씀해보세요."

"이 사진 보고 엄마는 어딨냐고 물은 여자분 있었어요. 20

대 후반이나 30대 초반? 체구가 좀 통통했는데 조용한 편이
었고 선불카드 사러 와서 진열장에서 꺼내 주는데, 사진을
보고 물어봤죠. 아내가 이 사진을 찍어줬다고 했죠."

선익은 다시 설희연의 사진을 보이면서 되물었다.

"이 여자 맞습니까? 언제 사러 왔어요?"

"잘은 모르겠어요. 좀 됐는데. 여기 우리 가게가 처음은 아
닌지 선불카드에 만리장성 그려진 걸로 달라고 했어요. 그게
전화 요금 충전이 좀 더 쉽다구요. 드림캐처 열쇠고리도 사
갔어요."

남자가 내미는 만리장성이 그려진 카드를 선익이 보다가
눈빛을 빛냈다.

"그럼 대략 언제 온 겁니까?"

"그게, 가만있자. 카드가 몇 개 비나?"

남자는 선불카드 개수를 확인하고 장부를 보더니, 고개를
끄덕였다.

"8일 전입니다. 아마 2개 사 갔던 걸로 기억하는데요."

선익과 아람은 가게를 나와 선불카드 번호를 수사팀에 전
화해 불러주었다.

가게 주인 말로는 아직 강동경찰서에서는 형사들이 오지
않았다고 했다. 그들은 다른 곳을 집중적으로 탐문하느라 미
룬 듯했다.

이건 독점 수사 정보였다.

수사팀에서 선불카드 번호로 개통된 번호가 있는지 알아본다고 했다.

선익은 온몸에 아드레날린이 나오면서 흥분했다.

"이제 어느 정도 실마리가 나온다. 이러면 어느 순간 순식간에 해결돼. 내 경험상 그래."

아람은 고개를 끄덕였다. 그간 선배들 수사 과정을 따라다니면서 희열을 느낄 때가 바로 범인에게 한 발자국 접근했을 때였다. 모래사장에서 바늘 찾기보다 어려운 수사도 일일이 발로 밟고 인터넷 공간을 샅샅이 훑으면 범인이 산에 들어가 살지 않는 이상 꼬리가 잡혔다.

선익은 아람과 이동하면서 어느 식당을 갈지 의논했다.

"해장국 어때? 선지 진하게 먹자. 강동경찰서 근처 잘하는 곳 있어."

아람이 난색을 보였다.

"선배님, 저 해장국 못 먹어요. 선지 어려서부터 싫어했어요. 피 공포증 있어서요."

"형사가 피를 무서워해? 케이스 사진 많이 봤을 텐데. 범죄심리 공부하면서."

"그거랑 이거랑 다르잖아요. 피가 입에 들어가는 거만 가려요."

"그럼 추어탕 어때?"

"선배님. 것도 좀."

"뭐가 이리 복잡혀, 라떼는 말이야, 선배가 가자면 그냥 철도 씹어 먹었는디. 들깨 오리탕은 어때?"

"저 텁텁하게 만든 거 잘 못 먹어요. 편육도 안 먹어요. 햄버거 괜찮으세요? 저기 맥도널드 있는데요?"

선익은 고개를 도리질했다.

"니글댄다. 알아서 먹고 다시 만나. 1시간 후에."

"네, 알겠습니다."

아람이 고개를 꾸벅 숙였다.

"죄송합니다."

"죄송은 그렇고. 나는 강동경찰서 아는 형사 좀 만나고 올게. 경찰학교 동기가 근무하거든."

"알았습니다."

"그럼 차 주차장에 두고 간다. 알아서 다녀와."

"네."

선익은 차에서 내려 강동경찰서로 들어갔다. 아람은 차 키를 들고 잠시 있다 나왔다.

입맛의 차이만큼이나 다양한 삶의 방법

선익은 순찰차와 기동버스가 있는 경찰서 마당을 지나 로비로 들어갔다. 곧바로 종합조회처리실로 들어갔다. 경찰 서너 명이 앉아서 업무를 보고 있었다. 선익은 범죄경력조회 팻말이 붙은 데스크 앞에 섰다.

선익은 장난스레 말했다.

"범죄경력조회서 떼 주십시오."

"어? 웬일이야? 말도 없이 와. 서선익!"

"어이, 정영준. 어떻게 지내?"

하얀 피부에 곱상하게 생긴 남자가 웃으면서 일어났다.

"그렇게 오래도 안 오고 바쁘다면서. 이 근방에 볼일 있어?"

"식사는?"

"구내식당서 먹었지. 넌?"

"너 먹었음 됐다. 커피나 한잔 하자."

정영준은 자리를 옆 경관에게 맡기고 일어섰다. 로비로 이동하면서 이런저런 이야기를 했다.

"심심하지 않아?"

"심심은, 야 서선익, 난 지금 만족해. 하루에 열 명 정도 범죄경력조회서류 떼 주고 민원 업무 이것 저것 본다."

로비 커피숍에서 선익과 정영준은 마주 앉았다.

"뭐 마실래, 커피?" 영준이 일어났다.

선익은 정영준의 다리를 보았다. 그는 절뚝이며 걸어갔다.

정영준은 강력계에서 강도 살인범을 쫓다가 담벼락에서 뛰어내리다 다리를 다친 후 수술을 여러 번 받았으나 완쾌가 안 됐다. 현재는 범죄경력조회업무 등 서류 업무만 보고 있다. 경찰학교 룸메이트가 되면서 친해졌지만 지금 그는 자신이 원했던 강력계 형사 업무를 1도 하고 있지 않았다.

히가시노 게이고 작품의 주인공인 가가 형사 같은 현장 수사관을 원했던 그였다.

"니 일은 어때?"

"맨날 안 풀리는 사건에 보고서만 수십 장 올리고 있다. 미치겠어."

정영준은 선익의 말에 배시시 웃었다. 아이스 아메리카노를 마시며 정문을 나가 뜰을 산책했다.

"커피숍 사모님 경찰 유가족이야. 남 일 아냐. 내가 다쳤을 때 해주 씨 보고 떠나랬는데 안 떠나고 대신에 안전한 데서 일해 달랬어. 그 덕에 결혼 날짜 조만간 잡으려고 한다."

선익은 그의 시원섭섭한 표정을 놓치지 않았다. 정영준이 웃으며 시선을 맞췄다.

"선익아, 너도 조심해. 선배님들 봐, 다들 현장에서 일 안 풀리니 스트레스에 두주불사하고 고기만 내내 드시다가 통풍에 발 자르고 싶댄다, 걷지도 못한대."

선익은 웃었다. 아닌 게 아니라 통풍 걸린 애주가 형사들이 꽤 있었다.

"얌마, 난 술 많이 안 먹어."

"스트레스성 독도 통풍 걸릴지 모르니 조심해."

"그럼 넌 사무실서 꿀만 빨아? 그런 거야?"

정영준의 얼굴이 어두웠다.

"그건 아니지만. 뭐, 소설 읽을 시간은 많아. 추리소설 신간 많이 나왔더라고."

"좋겠다. 시간 널널해서."

"좋은 건지 모르겠다. 사실 허탈해. 니가 부러운데 난 소설로 풀어. 소설이나 주변 형사들 수사로 대리만족하는 거지."

선익은 응, 짧게 답하고 고개를 끄덕여 수긍했다.

침묵 후에 커피를 조용히 마셨다. 잠시 시원한 바람 한 점이 그들의 머리를 날렸다. 말은 안 해도 이심전심이었다.

"내가 지금 뭐 맡은 사건 나중에 물어볼 게 있을지 모르겠다. 담에 또 올게."

선익은 그 말을 남기고 커피를 마저 마시고 차로 돌아왔다. 아람은 과자 봉지를 들고 차 옆에 있었다.

"점심은?"

"별로 배 안 고파서요."

"나도 그렇긴 한데. 삼치구이 먹으러 가자. 동기 녀석이 알려주더라. 맛 괜찮다고. 갈래?"

아람은 고개만 끄덕였다.

삼치구이 상이 차려졌다. 선익과 아람은 식사를 하면서 대화했다.

"진짜 여자들 쉽게 돈 버네. 그렇잖아. 설희연도 그렇고. 소액 사기지만 죄질이 나빠. 돈이 문제가 아냐. 장민석은 스스로 뭘 잘못해서 그녀가 사기 치고 떠났나 멘탈이 무너져. 어떤 형사들은 피해자한테 고소장 접수도 말려. 귀찮으니까. 소액이고 애인끼리 무슨 고소냐 한다고. 이런 사건은 해결한다고 살인사건만큼 기자가 달라붙지도 않아. 증거도 불명확하지. 그러니까 재판서도 불기소처분 받고 나면 헛수고 되지."

선익은 목소리를 좀 더 높였다.

"아람 형사가 범죄심리는 빠삭해도 실리에는 아직은 서툴러. 사람의 마음을 이용해 경제적 이익 취하는 기망 행위는 괘씸해. 왜냐면 진심 어린 감정을 이용해 편취하거든. 아주 쉽게 돈 버는 거지."

가만히 듣던 아람이 대꾸했다.

"그거 쉬운 거 아니지 않아요?"

아람은 삼치를 젓가락으로 조금씩 발라 먹으며 말했다.

"쉽지 않으면? 마트에서 종일 서서 일하면 한 달에 이것저것 떼고 백육십? 그거랑 비교해봐. 남자랑 데이트 몇 번에 정신 산란하게 해서 마음 들었다 났다 하고 돈 꿔달래서 꿔가고. 그게 쉽지."

"중요한 건 설희연도 상대방 남자들의 마음을 파고들면서 기대감을 가지게 만들어 돈을 받아냈다는 거죠. 마구잡이가 아니라 기술이 상당히 있어요. 그런 걸 수사 포인트로 삼아야 돼요."

"사기 재주도 용하다. 내 주변엔 그런 사람 없어. 결혼 못해서 다들 난리야. 연애도 포기하고. 설희연은 남자가 성욕이 강해 어떻게든 여자를 사귀고 싶은 걸 이용해. 단지 여성이라는 성으로 말이지."

"성적 매력만 있다고 돈이 쉽게 나오겠습니까. 형사님은

섹시한 여성이 커피숍에서 갑자기 말 걸고 그럼 돈 백 줘
요?"

"뭐, 남자들 비위 맞춰 감정 노동한다 그러는 거야? 그러
니까, 아람 형사는 설희연이 쉽게 돈 버는 것은 아니다 이거
지?"

"원인 결과 과정이 있겠죠. 그걸 알아내는 게 형사 일 아
니겠습니까?"

"말 잘하네."

아람은 식당을 나와 가방에 넣어둔 과자를 뜯어서 오드득
먹었다. 선익도 같이 먹으며 말했다.

"개인적으로 참, 이번 피의자는 괘씸해. 왜 공장에서 12시
간 일 못 하지? 돈 벌 수 있는데."

"저도 집안이 어렵고 내가 책임질 가족도 있고, 살 집도
없다면요? 학교도 제대로 못 나오고요. 다달이 이백 넘게 필
요하다면요."

선익은 피식 웃으며 아람의 손에 들린 봉지에서 과자를 집
어 먹었다.

"먹어도 되지?"

"이미 드셨잖아요."

"다들 사는 몫도 있고 다 다른 거야. 원래 그래. 형사는 진
짜 이상한 사람들 많이 보는데 일일이 감정이입 하지 마. 객

관적 피의자로 봐. 어려워도 반듯하게 사는 여자 많고 시집 가서 애 키우면서 잘 살아."

아람은 선익에게 과자를 봉지째 건넸다. 선익은 과자를 들고 차 문을 열었다. 아람은 조수석에 앉았다.

"네네, 알았습니다. 그래서 남자들 생각으로는 여자들이 예쁘게 꾸미고 다이어트해서 평생 먹여 살려줄 남자를 고르는 줄 알겠죠. 그건 옛날이구요. 직업이나 기반 없으면 여자도 스펙 없이 결혼 어려워요. 남자들이 얼마나 계산하는데요."

"가만 보면 아람 형사, 페미니스트야? 설마 그런 사이트에서 열혈로 글 올리는 거 아니지? 그러다 큰일 나. 직업 자체가 위태로워. 그리고 수사 때도 선입견 가지게 돼."

선익은 과자를 아그작 아그작 쩝쩝거리며 먹었다.

"맘대로 여기세요. 저 좀 커피 사러 나갔다 올게요. 답답해서요. 방금 하신 말씀 제가 형사님께 드리고 싶은 말입니다. 사실 삼치나 고등어 비려서 잘 안 먹는데 맛있었어요. 선배님 덕에 맛나게 먹었는데 방금부터 속이 불편합니다."

"내 커핀 사 오지 마. 나 안 먹어도 돼."

선익은 아람이 문 열고 나가자 과자를 내려놓고 한숨을 쉬었다.

"후배가 너무 똑똑해도 힘들어. 상명하복이 없어. 우리 때는 선배 형사 말이라면 사막에서 우물 판다고요. 내가 뭐라

그럼 꼰대 갑질이라 욕하겠지.”

선익은 한숨을 후욱 내쉬었다.

사람의 진심은 환경에 맞춰 진화한다

희연은 찜질방에서 잠을 자고 다음 날 아침에 나왔다. 패스트푸드점에서 햄버거를 먹으면서 전화를 켜서 여기저기 빈방을 알아봤다.

급하게 들어갈 수 있는 원룸 월세방 등.

희연은 햄버거를 먹고 나와 공중전화로 설렁탕 가게에 전화했다. 그냥 한 번 마지막으로 춘기 언니의 목소리가 듣고 싶어서였다. 설렁탕 가게 주인이 전화를 받았다.

"사, 사장님."

"야 희연이 맞지? 너 춘기 소식 알아?"

가게 주인은 대뜸 그렇게 말을 시작했다.

"아, 아뇨. 저 급하게 관둔 이후 못 봤어요."

"춘기 너 안 나오기 시작한 날에 남자친구한테 오지게 얻

어맞고 응급실 가서 입원했는데 오늘 죽었다. 며칠간 혼수상
태였어.”

“네?”

“남친한테 얼굴하고 머리를 심하게 언어맞았대.”

“뭐라구요?”

희연은 다른 손으로 입을 틀어막았으나 헉하는 신음이 흘
러나왔다.

“그래서 너 알바 급하게 나와 줘야겠는데. 사람 구하려는
데 없어. 휴가철이라 다들 어디 갔는지, 원. 내가 가게 열두
시간 넘게 매일 지킨다니까.”

희연은 전화를 급히 끊었다. 무서웠다. 진심을 보여준다던
남자가 여자를 죽인 것이다.

희연은 환하게 웃던 춘기를 떠올렸다.

오후마다 희연은 설거지 한 그릇과 수저를 제자리에 돌려
놓았다. 떨어진 냅킨 통에 냅킨을 채웠다. 정수기에서 물을
받아서 물병을 가득 채웠다.

그릇을 새로 돌려놓으면 유일하게 계단참서 잠깐 쉬는 시
간이 돌아온다. 춘기는 진심을 보이는 남자와 데이트를 한다
고 했다. 그 남자가 오늘 오랜만에 쉰다고 했다. 춘기는 데이
트를 위해 어제 미장원에서 펌을 했다.

“이 남자는 진짜 남자야. 날 영원히 버리지 않아. 진심이야.”

춘기는 얼굴에 마스크 팩을 붙이며 이런 말을 재차 했다. 희연은 잠자코 듣기만 했다.

춘기는 남자를 만나기 위해 미용에 돈을 투자했다. 그녀는 희연이 4천 원짜리 커피를 사 먹으면 아깝다고 타박하면서 자기는 미용실에 가서 4만 원이나 주고 머리를 했다.

그러던 춘기가 죽었다. 자신에게 진심이라는 남자에게 맞아 죽었다.

희연은 더 과거 기억을 떠올렸다. 억지로 봉인해놨던 문의 빗장이 슬그머니 풀렸다.

희연은 중학교 때부터 가출해 거리에서 지냈다. 가출팸에서 성매매를 시키면 도망쳐서 길거리에서 떠돌았다. 잘 방을 구하려고 몸부림치던 시절이었다. 부모 동의서도 없는 미성년은 알바할 데도 없었다.

하루를 벌어 하루를 먹고 잤다. 주성이와는 세 번째 팸에서 만났다.

길에서 잔다는 것은 세상 희한한 일을 다 보는 것이다. 한번은 공원에서 자는데 건너편에서 노숙인 남녀들이 하의만 벗고 섹스를 했다. 희연과 주성이는 도망쳤고 나중에 한숨을 돌리자 헛웃음이 나왔다. 배가 부른 임산부 노숙인도 있었다. 만삭이 되면 사회복지사가 서류에 사인을 받아서 아기를 시설에 보냈다. 여자 노숙인은 그러고도 이듬해 또 임신했다.

사람 사는 게 뭣 같았다.

그러다 방을 구해준다는 강호라는 스물다섯 살짜리 오빠 밑으로 들어간 적도 있었다.

노래방에 들어가 취객의 선택을 받아서 도우미가 되는 것이다. 야한 옷차림에 노래도 부르고 춤도 추고 그랬다.

단속이 나오면 알아서 연락이 와서 피신해 있었다. 관 작업이라는 것으로 경찰이 미리 알려줘 단속을 피했다. 그렇게 일하고 강호 오빠가 뒤를 봐주는 식으로 살았다.

그때 무서운 일도 겪었다. 강호 오빠 위의 유흥업소 사장님은 희연과 주성이에게 사이즈가 잘 나오는 몸인지, 즉 돈을 벌 몸인지 확인한다면서 벌거벗고 음란 행위를 시켰다. 희연이 18살, 주성이가 22살이었다. 주성이가 하기에 희연도 따라 했지만 콘돔도 쓰지 않고 그가 관계하려 하자 희연과 주성이는 반발했고 강호 오빠에게 나중에 맞았다.

강호 오빠에게 배신감을 느꼈다. 그는 지켜주지 못했다.

며칠 후 그들은 같이 도망쳤다. 다시 노숙 생활로 전전하다 주성이가 노래방에서 어떤 아저씨에게 잘 보이고 아저씨에게 얻은 돈으로 500에 월 30만 원짜리 지하 방에 처음 들어가 정착했다.

그때가 희연의 인생에서 가장 기분 좋은 날이었다. 발 뻗고 주성이와 나란히 잘 수 있는 방을 얻은 것이다. 가족과 집이 생겼다. 자신을 아껴주고 이끌고 보호해주는.

　지하 방은 외진 골목길에 있었다. 야밤에 언젠가 술 취한 젊은 남자가 뒤따라와서 어두운 골목 가로등 불빛 밑에서 전화번호를 따려고 해서 실랑이하다가 방으로 도망쳐서 문을 잠갔다. 희연은 종종 창문을 불안한 눈빛으로 내다보았다. 일 나간 주성이가 어서 들어오기만 바랐다.

　희연은 남자가 좋은 적이 거의 없었다. 그들을 뭔가 이득을 취하고 돈을 주고 떠나는 사람들이라 여겼다. 여자도 마찬가지였다. 주성이를 빼면 모두 경계해야 했다.

　하지만 그 생활은 오래가지 못했다. 또다시 돈이 필요했다.

　"희연아. 이번이 마지막이야. 우리 다시 일하자. 내가 지켜줄게. 걱정 마. 이 꼬진 집도 나갈 수 있어. 길거리 변태 성욕자들이 우리한테 집적대는 것보다는 아예 돈을 받고 일하자. 구 실장이라고 젊은 감각의 삼촌이 있는데 옛날 그 양아치 새끼처럼 안 굴어. 절대 우리 안 건드리고, 우리는 일하고 돈 제대로 받으면 돼. 일단 선금을 받아서 방부터 얻자."

　희연은 주성이 말대로 반전세로 두 개의 방이 있는 빌라에 들어갔다. 2천에 월세 100만 원을 내는 집이었는데 그동안 희연이 거친 방 중에는 가장 환경이 나았다. 주택가에 위치했고, 가로등이 제대로 서 있고 근처에 마트나 정류장이 있어 살기에 편했다.

밤에는 구 실장이 보내는 룸이나 가라오케에서 접대를 했다. 희연은 성 접대를 의미하는 2차를 나가기 싫어했지만 구 실장은 단골손님을 잡기 위해서는 필수라 했다.

"너한테 빌려준 돈을 당장 갚으라는 건 아냐. 나도 니들 마음 다 알아. 남자 받으면 아플 때도 있고 징그러운 놈들 아저씨들하고 관계하는 게 싫겠지. 하지만 불편하면 꼭 피임 기구 끼고 산부인과서 정기 검진받고 그럼 돼. 나도 어린 너희들 데리고 일하는 거 가슴 아파. 하지만 아저씨도 돈이 필요하고 너희들도 그렇잖아. 니들도 테이블서 차지 받으면서 술 계속 마시는 것보다는 2차 뛰고 다시 돌아와서 돈 버는 게 낫잖아. 니들 옷값, 미용실비, 월세방, 생활비는 모두 누가 메꾸냐?"

희연은 부당하다 생각했다. 돈을 벌려면 룸에 들어가 손님들에게서 초이스를 받아야 했는데, 날마다 드는 미용실비가 4만 원, 홀복 대여료도 3만 원. 거기다 네일이나 미용 시술비는 별도였다. 밤중에는 귀가할 때 얼마를 주고라도 카카오 택시 블랙을 불렀는데 이도 많이 들었다. 주성이는 술로 위장이 많이 상했고, 콘돔을 끼지 않은 손님 때문에 낙태 수술도 받았다.

"희연아. 이 생활 곧 정리하자. 우리 마이킹만 다 갚고 나가자고. 스트레스 받으면 본드 같이 할래?"

희연은 고개를 저었다. 주성이가 건네는 수면제나 본드는 늘 다음날 머리가 깨지게 아프게 한다. 그것만은 싫었다.

그때 희연은 지쳐만 갔다. 손님들을 단골로 만들기 위해 밖에서 식사나 커피를 하거나, 기프티콘이나 톡을 주고받아서 환심을 샀지만, 그들은 연애로 착각했고 결국은 스토킹을 당해 위험했다.

주성이는 계속 이렇게 돈을 벌어야 이 집에서 안전하게 산다고 했다. 희연은 곧 떠나자는 주성이를 믿었다.

집으로, 엄마 곁으로 돌아가기는 싫었다.

희연은 똑똑히 기억하고 있었다.

엄마는 희연을 남자를 붙드는 수단으로 쓰려 했다. 희연을 가리키며 집을 떠나는 남자에게 "쟤는 어때?"라고 시선으로 물었다. 희연은 눈빛으로 의도를 알았다.

희연은 그럴 때마다 몸을 오그리다 집을 뛰쳐나온 것이다. 엄마는 보호막이 돼주지 못하고 남보다 못한 존재였다. 아빠는 연락이 끊겼다. 엄마는 남자들에게 버림받고 술만 마신다.

희연은 늘 생각했다.

'엄마에게 나는 그저 물건이었을까.'

감건호는 방송사 로비에 도착해 촬영 들어가기 전 아메리카노 한 잔을 샀다. 저만치 여현정이 테이블에 앉아있는 게 보였다. 감건호는 커피를 들고 다가갔다.

"여현정 박사. 반가워요."

"아, 감 선생님."

"선생은 그냥 선배라 불러. 예전처럼."

여현정은 피디, 작가들과 미팅을 끝내고 홀로 남아 테이블에서 대본을 훑던 중이다.

"커피 사줘? 왜 커피도 없이 테이블 차지해."

"밤잠 안 와서 안 마셔요."

"그럼 레모네이드?"

"됐어요. 선생님."

"선배라고 하라니까. 근데 미니스커트 그 나이에 입기는 그렇잖아? 꼰대라 보지 말고 그냥 선후배 차원에서 말하는 거야. 진심으로 위하는 말에서."

"무슨 말을 원하는데요? 그럼 선배는 왜 살 안 찌고 그렇게 슬림하게 유지하는데? 방송이 신입 여성 게스트 나오면 똑똑한 거 원해요? 머릿결, 섹시한 옷차림, 피부 톤 이런 걸 원해요?"

"둘 다 원하겠지, 뭐."

"단번에 자리 잡으려면 하는 수 없어요. 난 방송 경력도 일천한데."

"아, 알았어요. 난, 남편이 불쾌할까 봐. 그럼 방송서는 노출하고, 평소는 감추던가."

"나 싱글맘 된 거 몰랐어요? 남편 있어도 뭔 상관? 내가 무슨 바바리맨이야? 감추고 다니다 때 되면 보이게. 여자 피디들이 더 원해. 시청률 때문에라도. 페미니즘이 안 통하는 데가 여기야. 그리고 기상캐스터는 젊어서 몸매 라인을 드러내도 되고 난 안 된다는 거 이상하지 않아?"

감건호는 두 손을 모아 기도하는 동작을 했다.

"마스크 좀 잠깐 내릴게, 코만. 후우. 미안해요, 불편했다면. 코로나 시대에 말하기 너무 힘들다."

여현정은 코웃음을 치면서 감건호를 노려보았다. 감건호는 화제를 돌렸다.

"여 교수. 요즘 코로나로 언택트 비접촉 비대면 시대에 범죄는 어떻게 발전할 거 같아?"

"별다를 게 있을까요?"

감건호와 여현정은 점차 반말과 존댓말을 섞어 했다. 편했다가 불편하기도 한 심리가 고스란히 드러났다.

"당연히 다르지요. 봐봐. 비대면으로 접촉도 금지야. 심지어 명절에 가족끼리도 그런데 키스는, 섹스는 어때? 조만간 금지법 안 나오나 몰라. 예전처럼은 안 되지. 감성주점과 클럽도 마스크 쓰고 있어야 돼. 이게 힘드니 SNS로 컨택하는 외로운 싱글에게 로맨스 스캠은 계속 늘어날 거 같아."

"로맨스 스캠 사기는 이제 끝물 아냐? 로맨스를 연출해서 명품 보낼 테니 통관비를 달라는 식은 널리 알려졌잖아."

감건호가 마스크를 올리고 목소리를 크게 냈다.

"아니. 범죄조직이 가만히 있나? 로맨스 스캠도 시나리오를 1대1로 짜서 페북에서 카톡으로 옮겨가면서 심하게는 1년 넘게 사귀어. 그럴 법도 한 게 이제는 언택트니까, 국내에 있어도 만나는 게 쉽지 않으니 랜선으로 친밀해지지. 관계중독 이론 알잖아. 여 교수 같은 사람도 까딱하면 넘어간다."

여현정은 무심한 듯이 다른 데로 시선을 돌렸다.

"기분 나빠? 아, 알았어. 사과합니다. 일어날게요. 그리고 미안하다. 싱글맘 된 거 정말 몰랐어."

감건호는 카운터로 가서 레모네이드 한 잔을 사서 여현정 테이블에 놓았다.

"저번 도움 받은 프로, 시청률 대박 나서 턱 낸다. 그 덕분에 공중파 방송사도 다시 들락날락하고 좋아."

"아, 그거 포털 추리 카페 애들이 하드캐리하고 선방해 준 거? 보긴 했는데 게네들 덕이 크더라."

감건호는 허탈한 표정으로 억지웃음을 지었다.

"아냐, 2회도 괜찮았어, 시청률. 그리고 2회는 거의 나 혼자 했는데. 게스트 소설가 한 분 빼고는."

"호호, 선배. 편하게 말 놓을게요. 인플루언서 된 거처럼 착각하는구나. 선배 별로야. 팔로우 수에 비해서 하트 수도 너무 적고."

"우와, 내 인스타도 와 보는구나? 관심 많네? 나한테."

"선배. 남자는 마흔 넘으면 개저씨 되지. 난 아냐. 육아도 끝냈고 인생의 황금기야. 즐기면서 일한다고."

"그래, 알았어. 그럼 이만. 나 또 다른 방송사 회의 들어가야 돼. 바쁘다. 나중에 밥 꼭 먹자."

여현정은 감건호가 얄밉게 손을 흔들며 가자, 레모네이드를 마시며 숨을 골랐다. 그리고 다시 대본에 집중했지만, 머리는 복잡했다.

인생의 황금기가 아니라 굴곡을 제대로 겪는 중이다. 가장으로 생활비 대기에 바빴고, 부모님이 아프면 병원으로 모시고 가야 했다. 게다가 아들은 학원도 빼먹고 피시방에서 게임을 하고 그걸 혼내도 모른 척 시선도 안 마주쳤다. 문을 쾅 닫는 아들만큼 무서운 사람이 없었다.

여현정은 지금 별로 안 좋은 상황이었다. 감건호가 질분질분 건드리는 게 마음에 퍽 들지 않았다. 프로그램 녹화 시간도 같은 요일과 시간대여서 자주 마주치는 것도 싫었다. 하지만 가끔 방송사에서 누군가 아는 사람이 한 사람이라도 있길 원했는데 그때는 그 얄미운 얼굴이 생각났다. 그만큼 애증과 추억이 뒤섞인 상대였다.

여현정은 조교에게 전화를 걸었다.

"허 선생? 응, 로맨스 스캠 범죄 시나리오 리서치 좀 해줄래요? 이번 논문 과제로 삼아도 좋구. 그래요. 실제 사례나 통계 위주로. 언택트 시대의 범죄에 관해 파보자. 내가 방송 작가들에게 아이템 주고 한번 이슈 몰이도 해볼게요. 그래요, 수고."

아람과 선익은 장민석에게 전화를 한 통 받았다. 설희연 관련해서 뭔가 떠올랐다는 것이다. 장민석이 설희연과 주고 받은 톡 중에 고시원에 살던 이야기를 하다가 설희연도 방을 급하게 빼느라 찜질방에서 살았던 이야기를 했다는 것이다. 그곳은 바로 길동역 인근에 위치한 찜질방이었다. 아람과 선익은 찜질방 건물 앞에서 잠복했다. 말이 찜질방이지 건물 지하에 사우나만 있는 자그마한 24시 찜질방이었다.

아람은 햄버거가 든 봉투를 차 안의 선익에게 건넸다.

"자네는?"

"저는 감튀만 먹어요."

"감자튀김만? 햄버거는?"

"별로요. 둘 다 드세요. 다른 종류예요."

"뭐야. 하도 햄버거 노래하기에 난 좋아하는 줄 알았더니만. 나 두 개 먹으면 더부룩한데."

선익은 햄버거 두 개를 까서 들고 한입씩 먹었다.

"신제품이라 그런지 맛은 있네. 우씨. 근데 일이 생각보다 더럽게 안 풀려."

아람이 감자튀김을 먹으면서 말했다.

"선배님, 제가 사우나 가서 때를 밀어달라고 하면 젊은 세신사 분이 때 안 나온다고 짜증 내요. 제 피부 성질이 그렇다네요. 그럼 할머니 세신사 분이 저를 인계받거든요. 그분은 때도 살살 달래가면서 밀어야 나온대요. 그런 것처럼 사건도 달래가야죠."

"하이고 나보다 빠삭한데? 그 나이에 때 미는 걸 남에게 맡겨?"

"네. 엄마가 밀어준 적 없어 밀 줄 몰라요."

"아니, 엄친딸 아냐? 공부 잘하고. 엄마가 모시고 컸을 거 같은데. 헬리콥터 맘처럼."

"엄마랑 친하지 않아요."

"모녀 사이가 안 좋다? 그럼 아빠랑 엄마는?"

"엄마는 아빠가 마사지 잘해준다고 헤어지지 않는다는데요?"

"뭐? 그거 말 된다. 푸하하! 어깨 아픈데 누군가 때때로 만져주면 중독이지. 암."

선익은 햄버거 하나를 뚝딱 먹고 말했다.

"독립한 걸 보면 대충 짐작은 가는데 왜 그렇게 엄마랑 사이가 안 좋아?"

"전반적인 거요, 비밀번호도 바꿀 거예요. 마음대로 문 열고 들어와 정리하는데 내 맘에 하나도 안 들어요. 속옷도 양말과 뒤섞여 집어넣고, 옷 개는 방법도 나랑 다르고. 한마디로 살림은 아니에요. 늘 반 조리된 식품으로 해 먹고. 그래서 저는요, 혼자 살면서 가끔 집에 있으면 재료 사다 요리해 먹어요."

"참, 이상하네. 엄마가 바빠서 그런 거는 이해 못 하고 직장여성들이 육아와 집안일에 치이는 것은 이해하고? 어떻게 그렇게 이중 잣대야?"

"엄마는 나를 귀찮아해서 기숙사 있는 고등학교에 보내고, 어릴 때는 작업실 방 들어가서 일만 했죠. 밥 먹을 때도 나와서 눈도 안 마주쳐요. 별로 안 친해요. 엄마는 자기 책 홍보하는데 일등이고 어디든 책 관련해서 빨대 꽂아요. 저한테는 관심 1도 안 줘요. 덕분에 공부에 집중했고 선배님 입에 늘 올리는 그 학교 나왔죠. 씁쓸해요. 그만 물어보세요."

"어머니가 오셔서 집 정리해주신다면서. 그만큼 애정이 있는 거야. 딸한테"

"제가 고독사라도 했는지 궁금한 게죠."

"정말 궁금한 게 있는데 다른 주제야, 여탕 세신사는 무슨 옷 입어? 야한 질문 아니고 남탕은 수영복 입어서 그래."

아람은 우물대다 삼키고 답했다.

"젊은 세신사는 나시와 돌핀 팬츠, 나이 든 분은 망사 속옷요."

"캑캑. 뭐? 할머니라면서."

선익이 사레들리자, 아람이 콜라를 권했다.

"네, 망사가 물에 금방 마르잖아요. 어어, 저기 선배. 저 여자 봐 봐요!"

"어, 어디."

"지금 사우나로 들어가잖아요. 설희연의 체형과 옆모습이 비슷한데 서른 즈음으로 보여요. 마스크를 써서 확실치 않지만."

"어서 따라 들어가. 여탕 가서 살피다가 전화해. 알았지? 비닐로 폰 싸서 들고 들어가. 급해."

"네. 그런데 확실치 않아요. 옆모습이 얼핏 비슷하기에. 체형도요."

"그래도 확인해야지, 어서 들어가!"

"네, 선배님."

아람은 차에서 뛰어나왔다. 찜질방 카운터에 사우나만 한다고 하고 7천 원을 내고 수건을 받았다.

"사우나 문 여기 밖에 없죠?"

"네. 무슨 일이시죠?"

"아, 아니요."

아람은 수건과 키를 받고 신발을 신발장 안에 넣고 탈의실로 허겁지겁 들어갔다. 중년 여성들이 십여 명 앉아서 담소를 나누고 있었고, 설희연 나이대의 여자는 어디에도 보이지 않았다. 생각보다 손님이 많았다. 아람은 옷을 대충 벗고 수건으로 몸을 가리며 탕으로 들어갔다. 탕은 여러 개였는데 중년 부인들과 할머니들이 때를 밀면서 얘기를 하고 있었다. 절반은 마스크를 끼고 사우나를 했다.

아람은 두리번거렸다.

설희연을 찾아 증기 사우나로 들어가는데 얼굴을 수건으로 가린 뽀얀 피부의 여자가 나무 의자에 앉아있었다. 아람은 그 옆으로 1m 띄어 앉았다.

자세히 보니 얼굴을 가린 여자의 피부는 하얗고 가슴은 크고 엉덩이나 허벅지도 두꺼웠다. 글래머러스한 체형이었다. 아람은 그에 비해 갈색 피부 톤에 밋밋하지만 탄탄한 체구였다.

아람은 비닐봉지에 들고 온 핸드폰을 꺼내, 몸을 돌린 채 톡을 보냈다.

─ 선배, 여기 같이 있어요. 문은 하나입니다.

― 밀착 마크해. 믿는다. 나는 밖에서 지킨다. 고마워.

아람은 선익이 든든했다.

얼굴을 가린 여자가 일어나 나갔다. 그녀는 이번에는 소금 벽으로 된 다른 증기 사우나로 들어갔다. 아람도 따라 들어 갔다. 여자는 사우나 바닥에 앉아 담소를 나누는 아주머니들 을 지나쳐 나무 의자에 등을 기대고 앉았다. 아람도 그 옆에 슬그머니 앉았다. 얼굴에 땀이 쏟아져 내렸다. 아람은 여자가 얼굴에서 수건을 내리기를 기다렸다.

체구나 체형은 장민석이 준 사진과 비슷하지만, 얼굴은 옆 모습만 얼핏 보고 따라 들어와서 확실치 않았다.

여자가 수건을 내리고 얼굴을 드러냈다.

아뿔싸. 그녀는 희연이 아니었다. 다른 여자였다. 일단 나 이가 20대 중반 즈음으로 설희연보다 젊어 보였고, 코가 높 고 입술이 두툼해 전혀 달랐다. 실수했다. 헤어스타일과 체형 만 보고 잘못 짚었다. 아람은 허겁지겁 사우나를 나갔다.

아람은 선익이 있는 차로 갔다.

"선배, 잘못 짚었어요."

"뭐?"

"나이나 얼굴이 달라요. 체형과 헤어는 비슷했는데."

"하는 수 없지."

"시간만 낭비했죠."

선익이 아람과 시선을 마주치고 고개를 저으며 눈을 크게 떴다.

"형사가 사소한 일에 집중 안 하면 어떤 일을 하겠어. 우리 일은 아닌 걸 하나하나 소거하는 소거법이라고. 잘했어. 의심 가면 거기가 지옥 불구덩이라도 일단 들어가 확인해야 직성이 풀려. 핏불테리어 성질 같아야 형사지, 잘했어. 다른 데도 물색해 보자."

아람은 한숨을 쉬고 고개를 끄덕이며 잠복 들어갈 준비를 했다. 신발을 벗고 발을 편하게 두었다.

찜질방에서 소득이 없자, 선익과 아람은 잠시 강동경찰서에 들렀다. 정영준이 들러 달라고 전화를 했었다. 선익이 서로 들어갔고, 아람은 차에 남아 있기로 했다.

로비 카페에 앉아서 아메리카노를 마시고 있는데 저만치 정영준이 다가왔다.

"서선익. 여기 오면 내가 산다니까."

"입이 텁텁해서."

"나도 커피 사서 나가자. 사무실에서만 있으니 답답하다."

둘은 커피를 가지고 포돌이, 포순이 조형물과 경찰차가 서 있는 앞마당으로 나갔다. 벤치에 앉아 커피를 마셨다.

"무슨 일이야? 영준아."

"지금 니가 맡은 사건 자세히 말해봐. 우리 서랑 같은 피의자 쫓지? 경찰 후보생 타살사건 용의자? 들은 거 있어 그래."

정영준이 질문했다.

"사귀다 돈 편취하는 거야? 그런데 어떻게 살인사건 용의자지?"

"그게 지금 묘하게 꼬여서 경찰학교 입학생 하나가 그 여자와 마지막으로 통화했는데 죽은 채 발견됐어. 질식사에 타살. 코와 입에 본드를 붓고 비닐을 씌우고 목을 졸랐지."

"일대일 붙으면 여자가 힘에서 밀리잖아. 약물 먹었어?"

정영준이 커피를 내려놓고 벤치에 앉으며 물었다.

"여기 강동서 의뢰로 약물 검사와 부검 국과수 들어갔어. 현장 가서 시신 봤는데 두 손에 방어 흔적이 없어. 아마도 약물이나 술 취했을 거야. 들은 얘기가 대체 뭔데?"

"나도 자세한 건 지금 너한테 들은 게 다인데, 그 용의자하고 친했던 사람을 담당 팀에서 찾았대."

"어? 누군데?"

"나도 식당에서 건너건너 아는 형사가 해준 말이라 띄엄띄엄 들어 잘 몰라. 정확한 얘기 나오면 말해줄게."

"알았다. 그나저나 결혼 언제 할 거냐? 너무 늦게 하면 안

간다."

"조만간 청첩장 톡으로 보낸다. 근데 넌 왜 여친도 없냐?"

"여친은 무슨 서울대 나온 프로파일러 여성 형사님 모시고 다닌다. 서울청 프로파일러로 특채인데 유학 가서 범죄심리 석사야. 나보다 열 살 어리고 계급은 같아."

"후후. 별일이네. 이제 니가 사수가 다 되고 부럽다. 그 여자 사기범 어떤 수법이야? 카톡으로 대화하다 돈 뜯는 거야? 페북 메시지 보내는 로맨스 스캠? 아님 성폭행 무고?"

선익은 고개를 저었다.

"것보다는 직접 우연히 길에서 만나 호의를 얻어서 어떻게든 돈을 빌려. 성관계는 맺지 않고. SNS 안 해. 소액 사기범."

"이 남자 저 남자 짧게 사귀어서 이용하는군. 죽일 필요는 없잖아. 그렇게 가볍게 옮겨 다니는데."

"그게 이상해."

정영준이 입가에 희미한 미소를 알 듯 모르게 지었다.

"그런데 재밌다. 내가 강력팀 출신으로서 하고 싶은 조언은 이래. 만났던 남자들 뒤져. 분명히 시그니처 같은 게 있다. 범행의 공통점이 있어. 아니면 친구들을 뒤져봐. 여자들. 동창이나, 그런 사기성 직업을 가지면서 만난 동류 여자들. 활동 반경 내에 있는 네일숍 아니 미장원 같은 데도 일일이가 봐. 속을 터놓을만한 사람들. 같이 일했던 남자 여자 다 파봐. 대체 죽은 우리 후배 이름은 뭐야?"

"김민동. 잘생겼더라. 부모님이 쓰러지셨어. 연락받자마자."

"꼭 잡아라, 후우. 별일이다. 참 그런 게, 이 직업은 안 들어도 좋을 만한 가슴 아픈 일들은 귀에 꼭 들어온다. 딱지가 안 생기고 계속 쓰려. 남의 일도 내 일 같고. 나 들어간다."

"그래 영준아. 들은 거 있으면 전화 줘."

차에 홀로 남은 아람은 과거를 떠올렸다. 못 먹는 게 많은 건 과거 트라우마와 관련이 있다.

엄마가 방송사 사람들을 만나서 작품 판권과 관련된 미팅을 할 때 아람은 늘 혼자 집에 남아서 놀았다. 열한 살이었다. 아람은 냉장고에 망고가 있다는 걸 알고 있었다. 엄마가 칼이나 불을 쓰지 말라고 했지만 망고가 먹고 싶어 과도를 꺼냈다.

망고 안에 두꺼운 심지가 있다는 건 몰랐다. 과도로 망고를 쓱 잘랐다가 중간에 씨에 칼이 튕겨 나왔다. 멈추지 않고 과도로 망고를 도려내다 헛손질로 집게손가락을 베었다. 피가 나왔다. 아람은 손가락을 입에 물었다. 피를 빨았다. 비린내가 났다. 하지만 묘하게 끌렸다.

피를 빨아 먹는데 엄마가 집에 돌아왔다. 엄마는 아람을 크게 혼냈다.

아람은 피를 먹어서 혼났던 거로 그 당시를 기억했다. 이후 아람은 선지가 들어간 국은 먹지 못했다.

아람은 기억을 떨치려 라디오를 틀었다. 크러쉬의 〈오아시스〉가 나왔다. 강한 매력의 여성에게 끌리는 남성의 심리를 표현한 빠른 템포의 힙합이었다. 신났다. 그때, 선익이 차로 다가오는 게 보였고 아람은 라디오를 껐다.

선익은 차에 올랐다. 아람은 창문을 열었다.

"갑시다. 아람 형사. 에어컨 틀자. 창문 닫아. 별 얘긴 아니고, 정보 준대. 들으면."

"선배님, 제 생각인데 설희연 아마도 네일숍이나 미장원 같은데 회원 등록했을 수도 있어요."

"친구 녀석도 그 말을 하긴 했는데. 에이, 사기꾼이 그러고 다닐까?"

"그게 포인트 혜택이 많거든요. 그런 곳 알아보면 어떨까요? 산부인과나 피부과도 그렇고요. 제가 사진 들고 들어가서 이 근방 좀 뒤져볼게요."

"그럴까?"

"네, 여성들이 많이 드나드는 데는 저 혼자 들어가도 돼요. 둘이 들어가면 사람들 괜히 긴장하고."

"지금 만난 친구가 강력계 형사였는데 말하기를 설희연 주변인들을 찾아 탐문하라는데. 설희연 고소한 남자들 주소도 하남, 남양주, 그리고 김민동은 주소가 강동구였어. 설희연이 근처 어디서 살았을 확률이 무척 높아."

"그런데 사건 후에 만약 방을 빼서 어디론가 이동했다면요?"

"일단, 사람이 막막하면 먼 데로 도망친다는 게 두려워. 설희연처럼 연고도 없으면 갈 데도 없어. 일단 주변을 뒤지자. 과거 사람들을 뒤져봐야 해. 학교를 일찍 관뒀으니 동창은 연락되는 사람 거의 없을 거야. 하지만 학교에 전화해 알아보자고. 일단 최선을 다해야지."

"네! 하죠. 어떻게든 뒤지면 나올 거예요."

희연은 길을 가다가 카페에서 흘러나오는 음악에 잠시 멈췄다.

마이클 잭슨의 〈Love Never Felt So Good〉이었다. 이 음악을 들으면 왜인지 기분이 좋았다. 유튜브에도 1시간 동안, 이 음악만 들려주는 영상 조회 수가 높았다. 처음엔 제목을 듣고 사랑은 절대 기분 좋을 수 없다는 뜻인 줄 알았지만, 한국어 가사를 찾아보니 사랑만큼 기분 좋았던 적 없다는 뜻이었다.

유튜브에는 이 음악과 관련된 한국 영상도 있었다. 교실에서 남학생이 기타를 치고 단발머리 여학생이 노래를 부르고 있었다. 노래가 매력적으로 들렸다. 무엇보다 여학생의 기분 좋은 얼굴과 음조가 올라갈수록 긴장감이 잘 엿보였다.

인상적인 것은 다른 학생들은 둘이 노래를 불러도 아무렇지 않게 교실에 들어와 사물함을 열고 물건을 꺼냈다. 자유로운 분위기가 좋았다.

희연은 이 노래를 드라마 작가가 불러서 처음 알았다.

남자와는 인터넷 카페 오프 모임 때 처음 만났다. 희연은 여러 인터넷 동호회 오프 모임에 종종 나가서 남자를 물색했다. 마땅한 상대가 없으면 회비를 내고 오면 됐다.

자동차 동호회 등 남자들이 압도적으로 많은 곳에 나가기도 했지만, 그런 경우에는 여러 명의 관심을 끌어서 오히려 일이 잘 안 됐다. 두 명 정도의 남자가 관심을 보이면, 질투심 유발 작전으로라도 어떻게 관계를 이어나가 목표를 이룰 수 있다. 하지만 여러 명이면 뒷말만 나오고, 작업을 해도 루머를 만들고 카페에 도는 공분의 목소리는 경찰서로 가자는 식으로 될 수 있다.

희연은 뒤탈 없는 작업을 선호했다. 대상자에게 연애 감정을 이끌어 소액을 받고, 연락이 중단되는 걸 원했다.

드라마 작가 지망생들의 모임에 몸매가 드러나는 원피스를 입고 나갔고, 의도적으로 젊은 남성 옆에 앉았다. 그와 전화번호를 교환하고 나중에 데이트했다.

남성은 아버지가 변호사이고, 자신은 경제학과를 나왔지만 뒤늦게 작가 교육원에 들어갔고 지금은 스릴러 드라마 작업을 준비한다 했다. 애거서 크리스티를 좋아해서 작가의 전 작품을 모으려고 중고 서점을 뒤지고, 띠지가 없는 건 추리 동호회에서 개인 거래를 통해 띠지 있는 책으로 모았댔다.

희연은 그가 얘기하는 추리소설이나 드라마 작업 방식에 대해 흥미를 느꼈다.

하나하나 다른 줄거리마다 다른 세상에 빠지는 것 같았다. 그는 희연에게 깊은 관심을 보이고 호기심을 보였다. 둘이서 코인노래방에서 노래도 몇 곡 불렀다. 그때는 바이러스가 돌기 전이라 아무 제한이 없었다.

남자가 마이클 잭슨의 노래를 불렀다. 희연은 걸그룹 노래를 불렀다. 그리고 남자가 노래할 때는 화음도 넣어보았다. 관심을 가지고 집중해 그의 노래 실력에 대해 칭찬했다.

희연은 남자가 노래할 때 서서 탬버린을 박자에 맞춰 흔들다가 우연히 부딪힌 것처럼 어깨를 부딪쳤다. 잠깐의 터치지만 이런 데 유혹당하고 마음을 여는 대상자도 많다.

"노래 진짜 잘하세요. 더 불러 봐요."

희연은 칭찬하며 그와 시선을 지긋이 마주쳤다. 남자가 기쁜 얼굴로 그녀를 바라보았다.

희연은 천 원을 들이밀고 남자에게 선택권을 줬다. 남자는
〈Love Never Felt So Good〉을 안정적이고 잔잔하게 불렀
다. 희연의 마음이 편안해졌다.

그날은 돈을 꿔 달라는 말이 왜인지 미안했다. 하지만 헤
어지기 전에 희연은 100만 원을 빌려 달랬고, 남자는 웃으면
서 지금은 벌이가 시원찮다며 30만 원만 빌려줬다.

그는 희연에게 진지하게 충고를 했다.

"전 희연 씨가 앞으로는 어떤 꿈을 가지고 살았으면 좋겠
어요. 다시는 연락 안 할게요. 대신에 언젠가 제 작품에 희연
씨 캐릭터를 넣어도 되는지 허락받고 싶어요."

희연은 미소 지으면서 그러라고 했다. 돌아서는 남자의 뒷
모습에 그녀는 눈물을 흘렸다. 그냥 잠시, 아주 잠시 슬펐다.
괜찮은 친구 관계가 되어도 좋지만 만남을 지속할 수는 없
다. 자신이 불순한 의도로 시작했기에. 남자는 그걸 알면서도
도움을 주었기에 다시 만날 일은 전혀 없다.

매번 작업에 들어갈 때마다 최선을 다해 연애 감정으로 임
하고 자신도 그러는 게 죄책감이 덜 들었다. 그런데 이번은
편하게 친구 대하듯, 코인노래방에서 예전에 성이와 놀던 때
처럼 아이처럼 재미나게 놀았다.

그런데도 돈을 얻는 목적을 달성하고 마는 자신이 한심하
고 미웠다.

마이클 잭슨의 노래는 끝났고, 케이팝이 흘러나왔다. 희연은 가던 길을 계속 갔다. 기억할만한 추억이 있다는 게, 그 추억이 노래라는 매개체로 생각난 게 기분 좋았다.

설희연은 길거리에 서서 잠시 어디로 가야 하나 망연자실 지나가는 사람만 쳐다봤다. 어떤 남자가 생글거리며 다가와 희연의 표정을 살폈다.

종교 단체 전도사였다. 희연은 다급하게 캐리어를 끌고 지나갔다. 자신에게 빈틈이 있다는 걸 보여주는 건 안 된다. 그건 그간의 경험으로 충분했다. 급한 척 어딘가 갈 데가 있는 척한다. 빈틈을 보이면 절대 안 된다.

선익과 아람이 천호역과 잠실역 부근의 미용실이나 네일숍 등 상가를 설희연의 사진을 보여주면서 훑는데, 전화가 왔다. 정영준이었다.

"선익아, 내가 좀 알아봤는데, 너만 알아. 정말 다른 데는 얘기하지 말고. 지금 문자로 연락처 하나 넣어줄게. 이 사람이 설희연과 좀 친했던 사람이라고 첩보 하나 얻었는데 강동서에서는 지금 이 사람은 그냥 밀쳐두고 가족과 다른 쪽을 캐나 봐. 이 사람 한 번 연락해봐. 남자 대상으로 사기 수법 가르쳐주는 사람이야. 자칭 픽업아티스트라고 하고 다닌대."

"영준아, 정말 고맙다! 이 은혜 갚으마. 축의금은 당근이고 결혼식 날 운전부터 풀 서비스로 내가 다 해줄게."

선익은 전화를 끊고 정영준에게 받은 연락처로 전화를 걸었다. 한참 벨 소리가 울린 후에 누군가 받았다. 상대방은 나른한 목소리로 귀찮다는 듯 받았다.

"누구세요?"

"나여선 씨 핸드폰 맞습니까?"

상대방은 잠시 한숨을 쉬고 전화를 끊으려는데 선익이 다급하게 뱉었다.

"설희연 씨 알죠? 경찰인데 그 부분만 물으려 합니다. 다른 건 아니고요."

상대방이 뜸을 들였다. 그러고 나서 약간 긴장한 목소리로 되물었다.

"희연이 연락 끊긴 지 오랜데요."

"그래도 잠깐 뵙시다. 어디로 찾아뵈면 될까요?"

"지금 낮술 중인데 다시는 귀찮게 안 하면 한번은 만나드릴게요."

"좋습니다. 어디죠?"

멀지 않은 곳이었다. 선익은 전화를 끊고 차를 몰아 번화가로 나갔다. 차를 공영주차장에 대고, 나여선이 말한 로맨티스트라는 이름의 바를 찾았다. 아람이 손가락으로 가리켰다.

"선배님, 저기 2층인데요."

"가자."

"네."

번화가 뒷골목의 허름한 건물의 계단으로 올라가 바에 들어갔다. 어두컴컴한 조명에 양주병이 가득한 바가 있었다. 선익이 문가에서 전화를 했지만 나여선은 받지 않았다. 선익은 주변을 돌아봤다. 홀로 온 여성이 두 명 있고, 다른 팀은 커플이었다.

"나여선 씨 어디 계세요?"

바텐더가 고개를 저었다. 모른다는 제스처를 손으로 했다.

"픽업아티스트라던데."

바텐더가 미간을 찌푸리고 어딘가 시선을 돌리며 고개를 젓는데, 선익은 강한 어조로 나갔다.

"물어볼 게 있어서요."

선익은 경찰 신분증을 바텐더에게 보였다. 모르쇠로 일관할 때는 이게 특효약이다. 경찰이 되기 전에는 미국 수사관처럼 황금 독수리 배지나 일본처럼 폼 나는 검은색 경찰수첩이 주어지는 줄 착각했는데 한국은 그냥 공무원 신분증이다. 밋밋하기 그지없다. 한국 경찰은 정복의 태극마크 흉장이 멋지지만, 사복경찰이 정복을 입고 다닐 수도 없다.

바텐더가 구석을 눈짓으로 가리키고 딴청을 피웠다. 선익과 아람이 구석의 여자에게 갔다.

"나여선 씨 맞죠? 왜 전화 안 받습니까? 만나기로 해놓고요."

선익이 약간 공격적으로 나갔다. 동그란 등받이 없는 스툴에 앉은 나여선이 고개를 슬쩍 들어 선익을 보았다.

눈꼬리에 실실 웃음기를 띤 여자는 도화살이 다분해 보였다. 가슴골이 드러난 딱 붙는 산호색 니트에 타이트한 베이지색 스커트를 입었다. 스커트 아래로는 검은색 스틸레토 힐을 신은 날씬한 다리를 꼬고 있었다. 여자는 긴 머리를 손으로 쓸어 올렸다.

"핸드백에 들어있어 몰랐나? 죄송해요."

"앉아도 됩니까?"

선익과 아람은 의자를 잡아끌어 그 앞에 다가앉았다.

나여선은 약간 긴장하면서 등을 세웠다.

"대체 무슨 일이에요? 경찰들이 희연이를 왜 찾아요?"

"아는 사이 맞죠?"

"알긴 알죠. 나한테 왔었어요. 한 2년 전 즈음. 뭐 인터넷에서 찾아보고 픽업 기술 궁금해 왔다고요. 수업료는 비싸다면서 내진 못했어요. 그땐 저도 여유가 있는 때라 그냥 심심해서 같이 다녀봤어요. 경비 좀 내게 하고. 저와 클럽 같이 다니고 두어 달 정도 친구처럼 놀았어요. 남자 잡아 신분상승 하려는 것도 아니고, 두 달만 남자가 필요하고 열 달은 필요 없다나? 참 논리가 특이한 애였죠. 나도 클럽 혼자 다니기 뻘쭘해서 몇 번 만나기는 했는데요 나랑 노선은 달라 그 후엔 안 만났어요. 참 신기하다. 어떻게 나한테까지 와요?"

"두 달만 필요하다는 건 뭐죠?"

아람이 물었다.

"뭐, 두 달 번쩍 일해 1년 치 월세가 목표래요. 길바닥이나 유흥에서 구른 느낌인데 나와는 완전 결 자체가 다르죠. 저 어떻게 아셨어요?"

"다 아는 수가 있죠. 더 말해 봐요. 설희연에 대해서. 급해요."

"글쎄, 걘 얼굴에 감흥이 없어. 표정이 없달까? 뭐 이런 게 도움 돼요? 그래도 내가 걔한테 도움 될 말은 해줬어요. 심리학책을 읽어서 상대방을 안달 나게 하는 법을 배우라고요. 예를 들어서 공의존 같은 거, 그러니까 의존하는 마음으로 상대방을 집착하게 만들어 내게 투자하게 해라. 뭐, 이딴 거 배우라고요."

선익은 이야기를 부추기며 고개를 끄덕였다. 아람은 입가에 알겠다는 듯 미소를 지었다.

나여선은 테이블에 놓인 피나콜라다 칵테일을 한 모금 마셨다. 그녀는 점차 긴장을 풀고 제 페이스를 찾아서 나긋나

굿했다. 아람이 그동안 탐문한 사람과는 다르게 행동에 여유가 있었다. 사람을 많이 상대해봤구나 싶었다. 그것도 남자들을.

그녀의 얼굴에는 자신의 앞에 앉은 남자가 자기에게 호의를 가졌다는 자신감이 있어 보였다. 아람은 픽 웃었다. 선익을 그렇게 봤다면 잘못 본 거다.

'얼마나 여성에 대한 편견이 가득 찼는데.'

"2년 전에 같이 놀고 작업 기술 몇 개 가르쳐 주고 그런 게 다죠. 걔 오도 가도 못해서 방세 구하러 남자 만나는 거지, 별거 없어요. 누가 신고했어요? 정말 찌질하다. 우리가 상대해주느라 힘든 것도 모르고. 이거 엄청 힘든 감정노동인데요. 에휴, 이젠 저도 은퇴했어요. 다들 그렇게 색안경 끼고 여자에 대한 편견으로 노려보니까. 형사님처럼요."

나여선은 선익을 바로 보았다. 아람은 피식 웃으며 입을 손으로 가렸다.

"그래서 당신 직업이 남자 픽업꾼들이 여자 여러 명 클럽에서 픽업하듯이 그런 거요?"

선익의 다짜고짜 들이대는 말투에 여자는 코웃음을 쳤다.

"형사님들. 정말 암것도 모르신다. 남자 픽업아티스트와 여자 픽업아티스트는 완전 작업방식이 달라요. 남자는 몇 명의 여자와 잤는지 그 숫자가 중요하대요. 서른 살인데 1,300명이랑 잤다는 애도 봤어요. 거짓말 같은데 사실이래. 하룻밤 자고 나면 다시는 안 본대요. 얼마나 나쁜 놈이에요. 근데 우리 여자 픽업은 달라요. 우리는 숫자가 아니야. 아예 성관겐 안 하죠. 얼마나 도움을 많이 받느냐가 포커스죠."

아람은 놀랐다. 생전 처음 듣는 기이한 이야기였다. 심리학과에서 섹스중독이라 일컫는 색정증에 대해 배우긴 했지만 이건 그 경계를 벗어난 이야기였다. 직업과 연관된 뭔가 전문적인 기술 같은 거다.

나여선은 쓴웃음을 입가에 몇 초간 띠었다가 다시 온화하고 친절한 얼굴로 돌아왔다.

"남자들, 마음 주고 몸도 가면 끝나요. 그 이후에는 여자를 쉽게 보고 아무런 친절도, 혜택도 없죠. 잡은 고기 먹이 안 주는 거랑 똑같아요. 그러니 그 전에 몸 달게 해서 다 뽑아야 해요. 후후, 내가 형사님들이라고 너무 쉽게 저의를 다 밝힌다. 설희연, 걔는 진실한 마음이 안 움직여요. 저는 달라요. 한 남자 한 남자 얼마나 공들이고 사랑하는데요. 사람들은 우리가 뭐 꽃뱀이네 하지만 그 순간에는 진심 사랑해요. 헤어지면 남자들이 내가 그래도 진실하다면서 톡 보내죠. 난 바로 차단하지만. 후후."

"그래서 먹고살기 편하십니까?"

선익이 따지듯 물었다.

"아뇨. 지금 그런 거 안 해요. 말했잖아요. 지금은 그냥 명품 장사해요."

선익이 미소 지으며 대꾸했다.

"레플리카요? 홍콩 A급 짝 뭐. 이런 거죠? 제가 수사해 봐서 아는데, 실 물건 본 적도 없이 그냥 사진만 중국에서 받아서 올리고 중간에 마진만 먹고 튀더만. 물건은 중국 배송 B급 짝이고. 너덜너덜한 거. 와, 고객센터 따지려 해도 연락 안 되고."

그녀의 얼굴이 매섭게 일그러졌다 다시 풀렸다.

"빨리 묻고 싶은 거나 묻고 가세요."

"설희연 어디 가면 찾죠?"

선익은 나여선이 사기 치는 이야기가 쓸데없이 긴 게 귀찮았다. 긴 이야기에 단서가 있기 마련이지만 사기꾼 허세를 듣기에는 날이 너무 더웠다.

"걔, 서울에는 있겠죠. 강남은 아닐 거예요. 그러기에는 외모가 좀 딸려. 자기 투자도 안 해. 명품 하나 없고 그냥 그래요. 걔는 픽업아티스트 되기에는 센스나 외모가 모자라요. 근데 이렇게 형사님들이 따라붙고 별나네."

"중요한 사건 용의자입니다. 진지하게 답해주세요."

아람이 참고 있다 얼굴을 굳힌 채 말했다.

"형사님. 참 아기 같다. 나랑 나이 차 얼마 안 나는 것 같은데. 근데 화장은 그렇게 하면 안 돼요. 피부 톤이 칙칙하잖아요. 21호를 써요."

여자의 말에 아람은 입매에 힘을 줬다. 일고의 가치 없는 이야기인 듯.

"형사님도 나긋나긋해지면 수사에 도움 많이 얻을걸요? 안 그래요? 무슨 일이든 밀당인데. 자자, 이제 돌아들 가세요. 저 여기서 약속 있어요. 이러고 있으면 그 사람이 무슨 일 났나 겁내고 돌아갈지 몰라요."

여자는 몸을 돌려 손짓을 하고 애교 있는 목소리로 바텐더에게 차가운 물을 달라고 했다.

나여선은 선익이 귀찮게 물고 늘어지자 하는 수 없이 입을 열었다.

"참, 희연이 성이인가 하는 애랑 같이 다녔어요. 성이는 희연이보다 나이는 몇 살 더 많을 건데. 성은 모르고요. 게네 사진 구글링하면 떠도는 거 있어요. 예전에 올렸던 건데. 길에서 몸 팔던 시절에 둘이서 화장하고 찍었던 셀카 같은 건데 찾아봐요. 과거에 쓰던 인스타나 페북 같던데 게네들이 올린 사진 누군가 도용해서 마구 쓰던데. 후우, 하여간 사진 함부로 올리면 망한다니까요."

아람은 '성이'라는 이름과 여러 가지 단서들을 수첩에 적었다.

나여선이 선익에게는 미소를 보이며 아람의 팔을 잡더니 자기 쪽으로 당겨 귓속말로 뭔가 조용히 속삭였다.

잠시 후 선익과 아람은 바에서 나와 차로 돌아갔다.

"1,300명과 잤다는 남자들이나 남자들 몸을 달게 해서 이용해 먹고 도망치는 여자들이나 다들 제정신은 아냐."

아람은 혼자서 잠시 생각하더니 선익을 향해 고개를 돌렸다.

"선배님, 가요. 단서 하나 얻었어요."

"단서라니?"

"나여선이 귓속말로 얘기해줬어요. 천호역 문구 거리 뒤쪽에 둘이서 갔었던 여성 전용 성인용품점이 있대요. 그곳에서 설희연이 뭐 사지 않았을까 하던데요?"

"뭐?"

"성인용품으로 해결한대요, 지들은. 설희연도 그럴 거래요. 가게 하나 알려줬어요."

선익은 입을 다물었다. 남자들은 그들만 야한 동영상을 보고, 성인용품을 사용하는 줄 착각한다. 사실 선익도 익히 아는 사실은 있다. 성인용품의 허가된 80%는 모두 여성을 위한 물건들이다. 딜도나 바이브레이터 같은 것들.

선익은 형사로서 여러 사건을 접하니 사람들이 다양한 성생활을 즐기는 것을 알았다. 하지만 그건 무척 사적인 영역이었다. 법으로 재단할 수 없는 특이한 성적인 행동도 많았다.

거기서 피해자가 나오느냐, 불법적 물건이나 일에 연루되는지 등을 판단해서 입건했다.

만약에 이러저러한 법규에 걸리지 않으면 법으로 금지할 수는 없다. 평범한 사람들도 객관적으로 보기에 위험한 일도 많이 하고 다녔다.

외모만 보면, 헉 저 사람이? 할 정도로 평범한 중년 주부나 회사원들이 아주 위험한 삼각, 사각 관계에 얽혀 있었다. 그들은 살인으로 가기 직전의 폭력 사태에서 다 같이 형사 고소하러 경찰서에 왔었다. 간통죄는 폐지됐지만, 폭력은 불법이니 서로 맞고소하고 그랬었다.

선익은 음악을 틀었다. 그리고 운전하면서 투덜댔다.

"아주 자기한테 어울리는 단서만 주는군."

"왜 저 여자분 맘에 안 드세요?"

"완전 남자 등쳐먹는 골빈 여자잖아."

"사는 방식이 다른 거죠. 저런 분 많이 보셨잖아요. 수사하시면서."

"사실 많이 보지. 처음에는 화도 안나. 와, 저렇게 사는 사람도 있네. 신기하다 그래. 그런 사람들이 합법과 불법의 아슬아슬한 일에 연루되어 있어. 걱정되다가 나중엔 포기. 어차피 이래나 저래나 정신들 못 차리더라고. 아람 형사는 이해 안 될 일도 많을 거야. 하다 보면 알게 돼. 인간이 좀 그래."

아람이 후후, 웃었다.

"저 범죄심리학 전공했어요. 수백 건 이상 되는 성범죄 사건 연구도 했고요. 어차피 살인사건의 많은 동기가 성적인 원인이 많아서요. 게다가 나무 같은 무생물에 느끼는 성적 페티시도 있어요."

"뭐야, 그럼 인형이나 마블 미니어처나 큐브릭 모으는 거 이런 것도 다 페티시야?"

"어차피 물신 숭배하는 데서 왔으니까 즉물적 대상을 숭배 하는 거죠. 신과의 일체화는 성적인 만족이나 몰입 카타르시 스와 밀접한 관련이 있고요. 성적인 행동 자체가 종교가 되 는 탄트라도 있죠."

"진짜 어디다 갖다 붙이니까 그럴듯한데 내 일천한 경력으 로 말하는 건데, 다들 자기가 하면 로맨스래. 불륜이 아니고. 인간은 다 누구나 그렇다는데 내 친구들 안 그런 사람 많거 든?"

아람이 피식 웃었다.

"선배님, 정확히 모르잖아요. 주변 친구들이 성생활을 어떻 게 하는지. 그럼 왜 그렇게 인터넷 쇼핑몰에 성인용품을 많 이 파는데요. 인터넷 트래픽의 80% 이상이 포르노라는 건요.”

“뭐, 나도 아예 안 본다고 말은 안 하겠어. 하지만 정도가 있어야 해. 지나칠수록 결국에 불법적인 일에 연루되고 끝도 없지.”

“제 생각은 조금 다른데. 개인별로 성적인 자기 결정권이 있듯이 사생활은 지켜져야 되고 불법적 일이 아니면, 공권력이 간섭할 권리는 없어요.”

“칫, 걱정 마. 어차피 우리 경찰은 누구 하나 죽지 않으면 꿈적도 하지 않거든. 맡고 있는 사건도 많은데, 남의 사생활 들여다볼 여유가 없다고. 그들이 원하지도 않겠지만. 단, 불법적인 일들, 마약이나 대중에게 음란공연을 한다거나, 폭력을 행사하거나 인터넷 유포는 예외지. 미성년 상대 불법적 일은 엄벌해야 하구.”

선익이 화를 내듯 말했다. 아람은 고개를 끄덕였다. 천호 사거리를 지나 문구 거리 쪽으로 우회전했다.

“방금 그 여자도 좀 그래. 개과천선이 안 되고 저 모양으로 사기 치면서 남자 등쳐먹지. 얼굴도 별로야.”

“선배님. 혹시 인지 부조화 아니세요? 여우와 신포도처럼요. 여성분이 선배님한테는 일말의 관심도 없으니까.”

선익이 입술을 물고 놀란 눈으로 아람을 봤다.

“아람 형사. 나 심리학과 출신 아니어서 인지 부조화 뜻은 모르겠는데 어감은 온다. 내가 지금 저 여자한테 관심 있어 보여? 푸하하."

"괜히 화를 내셔서요. 강한 부정은 긍정으로 보기도 하고 요."

"그런 식으로 매도할 거면 나 앞으로 선배라고 하지 마. 서 형사라고 불러요."

"죄송해요. 하지만 수법은 정리가 되네요. 나여선 씨 말 들 어보니까 상대방의 욕구를 적당하게 충족시켜주는 방식으로 필요한 돈을 얻어내는 거죠. 남자랑 바로 잤다면, 남자들의 성욕구는 충족되고 흥미는 식어버리겠죠. 그래서 안달 나게 하면서 소액을 얻고 잠적하는 거죠."

"신고 들어오는 건수는 실제 사건의 10%도 안 된다고 생 각하면 얼마나 많은 피해자가 있겠어! 자, 아람 형사. 다 왔 어. 내려."

선익은 문구 거리 골목 초입의 주차장에 차를 댔다. 골목 을 걸어가니 학용품과 장난감을 진열해놓고 파는 가게들이 나왔다. 문구점 뒤쪽 골목에 위치한 성인용품점 간판에는 상 호 대신 이렇게 적혀 있었다.

<위험한 상대 만나기보다 건전하고 안전한 성생활을 추천, 여성 친화적 용품 안내>

"아람 형사, 정말 들어갈 거야? 살살 달려. 아까 그 여자

말에 낚여서 폭주하는 것 같은데."

"창피하면 저 혼자 들어가 알아볼게요."

"아니, 애도 아닌데 뭐 어때. 형사가 가릴 게 있나? 지금 살인사건 용의자 쫓는데. 들어가서 민망하다고 내 탓 마라. 난 스킵하자고 제안했어."

"어떤 가능성이든 해봐야죠. 소거법 말할 때는 언제고. 생각보다 고루하시네요. 저 알건 아니까 들어가죠."

아람이 앞장섰고, 선익이 뒤따랐다. 가게 안으로 들어가자 외부와는 다르게 무척 깨끗하게 인테리어가 되어 있었다. 진열장 색상도 하늘색이나 연두색 등의 파스텔 톤이었다. 뿔테 안경을 끼고 긴 머리를 동여맨 30대 여성이 나와 인사를 했다.

"어서 오세요."

선익은 벽에 전시된 여러 가지 야한 속옷과 성인용품을 곁눈질했다. 심플한 디자인에 밝은 톤 색상의 물건들이 장난감 같다는 생각도 들었다. 성인용 장난감 가격도 10만 원이 훌쩍 넘는 것들이 많았다.

선익이 진동기를 들여다보는데, 아람이 다가와 직접 들고 스위치를 눌러 확인시켜주고는 내려놓았다.

"자, 이제 수사에 집중하시죠."

"하이고, 알겠다. 아람 형사."

직원이 아람에게 다가와 친절하게 말을 붙였다.

"제품 설명해 드릴까요?"

"송파경찰서에서 나왔습니다. 뭘 좀 알아보러 왔는데요."

아람이 신분증을 보여주었다. 직원의 얼굴이 굳었다.

"어떻게 도와드릴까요?"

"고객 중에 설희연이란 사람이 있는지 알아보러 왔습니다."

"설희연 씨요?"

"고객 리스트를 볼 수 있을까요? 사건과 관련된 중요한 일입니다."

"고객분들이 아시면 안 되는데. 개인정보 보호법 아시잖아요."

"공무 집행 중입니다. 영장은 없지만 부탁드려요. 공익을 위한 일입니다."

"그럼 있는지 없는지만 알려드릴게요."

직원이 놀란 눈으로 프런트로 가서 노트북의 고객관리 파일을 열었다.

"설희연이라는 이름은 없는데요?"

선익이 물었다.

"가명으로 가입하는 분 있나요?"

"꽤 있으시죠. 저희야 폰 번호만 입력하는데 그것도 불편해하세요."

"그럼 고객 리스트 직접 좀 봅시다."

"안 돼요. 영장 가져오세요. 500명 넘게 등록돼 있는데 언제 다 확인하시게요."

"500명이야 금방 하죠. 형사들이 하는 일이 모두 맨땅에 헤딩, 뻘밭에서 찾는 건데요. CCTV 수천 개도 뒤집니다."

직원이 인상을 썼다.

"안 돼요."

"그럼 여기 사장님 전화번호 알려주세요."

"제가 사장이고요. 이런 식으로 하면 우리 가게 접어야 해요. 가뜩이나 코로나로 장사 안됩니다. 영장 가져오세요."

"좀 봅시다. 훑기만 할게요. 강력 사건입니다."

선익이 강하게 나왔다.

그녀가 잠시 고민하다 한숨을 쉬고 포기하듯이 말했다.

"알았어요. 보세요."

선익이 리스트를 아람과 나눠서 살폈지만 설희연은 없었다. 장민석이 알려준 전화번호와 비슷한 것도 없었다.

선익이 답답해하는데 사장이 말했다.

"손님들 거의 가명이나 가짜 번호 남겨요, 제가 홍보 메시지 보내봐서 알아요. 성인용품이라 리스트에 가명으로 남기세요. 거리두기 정부 지침 따라서 출입명부 작성했는데 그것도 가명으로 남긴 것 많아요. 영어 이름 쓰고 전화번호도 마구 흘려쓰기도 하고."

아람과 선익은 망설이다 가게를 나왔다.

아람은 나여선에게 다시 전화를 걸어 찾아간다고 했다. 나여선은 질색을 하면서 전화에 대고 강한 어조로 말했다.

"정말 부탁드려요. 걔 저한테 묻지 말라고요. 에휴, 정말 제가 말했다고 하지 마시고 이분 찾아가 보세요. 오래전 희연이와 저 잠깐 일했을 때 관리해주던 실장님이거든요. 저번에 희연이한테 선금받을 거 있다던데 가보세요."

나여선은 아람에게 구철웅이란 이름과 전화번호를 남겼다.

"구철웅? 누군데?"

"모르죠. 선금 관리하던 실장이라니까."

"업소 관리하는 실장이구만. 전화해봐."

"네."

상대방은 처음에는 전화를 받지 않다가 아람이 다시 걸자 받았다.

"네. 구 실장입니다."

"구 실장님, 설희연 씨 아시죠?"

"설희연? 내가 데리고 있던 앤데? 어디시죠?"

"급하게 그분 찾아야 해서요. 좀 만날 수 있을까요?"

"무슨 일인데요. 저도 돈 받을 거 있긴 한데…."

선익이 아람의 전화를 잡아챘다.

"송파서 정영준 형사님 아시죠?"

선익은 정영준이 과거에 유흥업소 단속하던 일을 했던 걸 기억했다.

"아, 알죠."

"그분이 제 친구거든요. 부탁드립니다."

남자는 저어하면서도 선익이 강력하게 도와달라고 하자 알았다며 시간과 장소를 말해주었다.

송파여성문화회관 뒤쪽에 있는 송리단길은 아기자기한 카페와 세련된 식당으로 가득했다. 아람과 선익은 구 실장이 말한 커피숍으로 들어갔다. 다른 가게에 비해 인테리어가 낡고 손님이 거의 없었다.

덩치가 작고 몸에 딱 붙는 반팔 티셔츠에 청바지를 입은 남자가 아람과 선익을 보자마자 경계했다. 남자는 얼굴에 여드름 자국이 있었는데, 눈빛이 묘하게 번들거렸다. 앉은 자리에는 구찌 일수 가방이 있었다.

"송파서 정 형사님 부탁으로 만나주는 겁니다."

"네, 알겠습니다."

선익은 딱 보기에 구 실장이 만만한 사람이 아니라고 여겨졌다. 나이는 40대 초반이지만 여자들 데리고 장사하는데 산전수전 겪은 사람이었다.

구 실장은 선익이 사건을 요약해 알려주자 인상을 찡그리면서 커피를 마셨다.

"전, 전혀 모르는 일입니다. 걔랑 연락 안 한 지 오래 됐어요."

"그럼 만난 적도 없고요?"

"그게 저, 이런 건 있어요. 마이킹이 해결 안 돼서 설희연 빚 일부는 캐피탈에 넘어갔거든요."

"네? 캐피탈요?"

"아, 잘 모르시나 보다. 이쪽이 그래요. 업소 애들이 초이스 경쟁이 심하니까 성형이다 시술이다 홀복이다 돈 들죠. 솔찬케 필요하거든요. 저한테 마이킹으로 2천 가져가면 일수 이자 붙는데 그걸로 가게 옮길 때마다 새 업소 주인이 얹고 가요. 애들이 중간에 도망쳐 마이킹 변제가 안 되면 은행권에 채권으로 팔죠."

아람이 약간 언성을 높였다.

"뭐라고요? 업소 여성들 선금 갚지 않아도 된다는 판례 있지 않나요? 그걸 왜 은행권에서 받아줘요?"

"하이고 참 나. 지금이 80년대처럼 빚에 옭아매서 여자들 철창 가둬 장사하는 줄 아십니까? 다 자유의지로 장사하고 애들도 정확하게 이자 갚아나가면서 그날그날 50만 원 벌면 이자 딱 얼마 내고 지들이 다 가져가요.

내가 왜 이런 가방 들고 다니는데요. 여기 있는 돈 천은 당장 내가 죽어도 못 써요. 애들 일당 테이블 차지에 따라서 줘야 되니까요."

아람이 발끈했다.

"업소 안 나오면 벌금 내게 하고, 지각도 벌금 내고, 성형도 업주들이 강요해 병원이랑 짜고 친다면서요. 이런 거 요즘 유튜브 보면 다 알아요. 그런데도 옭아매는 게 없어요?"

"설희연 걔 중학교 때 가출해서 길거리에서 구르다가 노래방 도우미로 험하게 사는 거 내가 거둬서 룸 나가고 돈 좀 만지게 해줬어요. 그런데 이전한 가게에 마이킹 안 갚아서 그 채권이 나한테 다시 넘어왔어요. 어떡해. 왜 내가 지들 부모도 아닌데 갚아줘요? 그래서 얼른 업소 주인한테 캐피탈 소개시켜줬죠."

아람은 한숨을 쉬면서 구 실장을 노려보았다. 선익이 잠깐 커피를 마시다가 뭔가 생각난 듯 물었다.

"지들? 설희연 말고도 그런 사람 또 있습니까?"

"아니 왜, 거 같이 다니는 애 있잖아요. 키 작고 재바른 애, 싸가지 없는데 똑똑해. 걔도 서른은 넘었을 건데."

"그 사람 이름이 뭔데요?"

"주성이요. 본명이 그거고 업소에서는 나미로 일했어요. 길거리에서부터 같이 붙어 다니던 언니 동생이었죠."

179

아람은 얼른 구글에서 '나미' '설희연'으로 검색했다. 나여선 말대로 둘이 찍은 사진이 있었다. 앳된 얼굴에 화장을 하고 노출이 심한 옷을 입고 찍은 셀카였다. 사진 테두리를 동그랗게 오린 걸 보니 누군가 도용해 유흥업 광고에 쓰는 것 같았다. '나미 실장이 여친 해드립니다'라는 글이 올려져 있었다.

"이분들 연락처 아십니까?"

"모르죠. 게네들 마이킹 떼먹고 다니느라 맨날 번호 바꾸는 거 일도 아니에요."

아람이 발끈했다.

"그렇게 편견 갖고 사람 몰아붙이지 말고 협조 좀 해주시죠!"

"허 참 나."

구 실장이 커피를 벌컥 들이켜자, 선익이 공손하게 부탁했다.

"부탁드립니다."

"여기 직접 해봐요."

구 실장은 '설희연', '주성이'라고 저장된 번호를 넘겼다.

선익이 전화를 걸었지만 둘 다 결번이라고 나왔다.

"거 봐요. 안 되죠?"

"설희연 씨나 주성이 씨 찾을 방법 있습니까? 관련된 사람이라도요."

선익이 재차 공손하게 부탁하자, 구 실장이 생각난다는 듯 답했다.

"주성이 개는 시집가서 수원에서 잘 산다고 들은 것 같은데요. 그래서 폰 번호 바꿨을지 몰라요. 2년 전인가 통화는 한 번 했는데 그 후로 안 되더라고. 일 못 나간다고 하면서 애 있다고 그랬었죠."

"나이는요? 주민번호 조회해보게요."

구 실장이 주성이의 나이와 살았던 주소지나 동네를 아는 대로 불러주었다. 설희연보다 4살 많았다.

구 실장이 일어나려다 갑자기 씩 웃었다.

"전화 안 받을걸요? 설희연이고 뭐고 모른 척할 겁니다. 왠지 압니까? 업소 애들이 가장 두려워하는 게 남편이나 시댁이 과거 알아서 이혼할까 두렵죠. 그렇단 말입죠."

구 실장은 일수 가방을 옆구리에 꼭 끼고 벌떡 일어나 오른손을 경례하듯이 머리에 댔다.

"그럼 이만 수고하십쇼. 형사님들."

구 실장이 카페를 나갔다.

"하아, 깐족거리기는."

"강아람 형사. 참고인도 바쁜데 시간 내주는 거야. 비위 맞춰가면서 수사해야지. 그 불같은 성질 좀 죽여."

"얄밉잖아요."

"그건 저 사람 일과 관련된 컨셉이고, 우린 우리대로 참고인 잘 얼러서 진술받아야지. 일단 주성이가 본명이라니 주민센터에 영장 들고 가서 알아내야 해. 일어나자."

이틀 후, 주성이의 연락처를 알아내서 전화를 해 불러냈다. 주성이는 안 나온다 했다가 재차 부탁하자 수긍했다. 아람과 선익은 그녀의 집 근처인 수원역 카페에서 기다렸다.

주성이는 단정한 감색 반팔 니트에 청바지를 입었다. 단발은 자연스러운 검은색이고 얼굴에는 화장기가 거의 없는데 입술은 틴트를 발랐다. 키가 작고 마른 체구에 차분한 표정이었다.

주성이가 먼저 인사를 했다.

"형사님들이시죠?"

아람이 눈을 맞추며 일어났다.

"네. 송파서 강아람입니다. 어렵게 나와 주셔서 고맙습니다. 이분은 서선익 형사님입니다."

선익이 말을 이었다.

"화상통화도 생각해봤지만 역시 만나봐야 단서를 잡거든요."

"코로나 때문에 그런 거 아니고 아이들이 어려서요. 어렵게 나왔어요."

아람은 고개를 거듭 숙였다.

"희연이 무슨 일 때문에 이렇게 형사님들이 찾는 거죠? 과거 일 때문인가요?"

주성이의 커피를 든 손이 바들바들 떨렸다.

아람이 간략하게 사건 용의자로 찾는다고 했고 살인사건 용의자라고는 말하지 않았다.

"저어, 거듭 말씀드리지만 희연이랑 과거에 같이 다녔던 거 남편은 몰라요."

침묵이 잠시 이어지고, 아람이 강한 어조로 답했다.

"걱정 안 하셔도 됩니다. 이 만남을 외부로 알리는 일은 절대 없어요. 설희연 씨가 지금 무슨 일 하는지 아시죠?"

주성이는 고개를 저었다.

"몰라요."

선익은 주성이의 입가가 떨리고 침을 삼키면서 눈빛이 흔들리는 걸 놓치지 않았다.

"알잖아요. 남자들 물색해서 소액 사기 치는 거요."

"그, 그런 거 때문에 찾으시나요?"

"네. 비슷합니다만."

"전 손 뗐어요. 그리고 희연이는 서울 살고 저는 수원 살아요. 전 육아 때문에 바쁘니 만나지 않아요."

"최근에 설희연 씨가 만난 남자가 변을 당했어요."

주성이의 표정이 굳으면서 입술이 조금 벌어졌다. 그녀는 곧 커피잔을 내려놓고 찬물을 들이켰다.

"무슨 말씀이시죠?"

"생각하신 대로입니다. 죽었다고요."

선익은 팩트를 던지면서 주성이를 살폈다.

"이제 소액 사기꾼이 아니라 살인사건 용의자로 쫓는 중입니다. 인터넷 기사에서 보셨을지 모르겠는데 경찰이 되려던 청년이 죽었습니다. 저희로서는 무슨 일이 있어도 찾아야겠습니다."

주성이의 얼굴이 무너져 내리고 손을 심하게 떨면서 거의 울상이 되었다.

"저, 전 정말 몰라요. 희연이와 전화 통화한 지 한 달 넘었다고요!"

아람이 다그쳤다.

"전화번호 아시죠? 폰 제출해 주시겠어요? 아니면 경찰서로 임의동행하시고 진술하시겠어요?"

주성이가 핸드백에서 폰을 꺼내 보여주었다. 그리고 '희여니'라고 적힌 번호를 보였다.

선익이 바로 폰을 들어 그 번호로 걸었다.

신호는 가지만 받지 않았다.

184

"이 사람하고 톡이나 문자 주고받은 내용 찾아봐!"

아람이 카톡이나 라인 등을 뒤졌다. 고개를 저었다.

"아이들이 제 폰을 가지고 놀아요. 희연이랑 톡하고 나서는 반드시 삭제해요. 저장된 건 없을 거예요."

선익이 성이의 눈을 강하게 보면서 말했다.

"저희가 영장 떼서 포렌식 하면 다 나옵니다. 사실관계 확실하게 말해주셔야 합니다."

"맞아요. 거의 톡 하지 않아요."

"그럼 한 달 전에 한 번 전화 온 거 외에는 없다는 거죠?"

"네."

"왜, 통화 목록이 거의 없어요?"

"희연이랑 통화하고 나서도 목록 지우고요. 그리고 저 친구 거의 없어 통화도 가족 외에는 없어요…."

말을 마친 주성이는 씁쓸한 표정으로 아람을 보았다.

"저 어떻게 찾으신 거죠? 인터넷이나 SNS에서도 활동 안 하는데요."

아람이 고심하다 말을 꺼냈다.

"구 실장님 아시죠?"

주성이가 한숨을 푹 쉬고 두 주먹을 쥐었다.

"그 인간이 제 이름 말했어요? 돈 떼먹은 년들이라 했죠? 개새끼!"

아람은 눈을 크게 뜨고 단정적으로 말했다.

"아랑곳하지 마세요. 판결에도 있어요. 마이킹 빚은 무효라고."

주성이가 고개를 저었다.

"캐피탈에서 채권과 관련해 재판을 받으라는 서류가 친정으로 와서 질색 팔색했어요. 결국 제가 법정까지 가서 그 빚은 이미 다 갚았다고 진술하고 무효판결 받았어요. 징글징글해요. 언제 어디서 또 그런 게 날아올지. 다시 일하러 나오래요, 빚 갚으러. 이러다 남편이 알지 두렵고요. 그딴 인간들은 여자들 죽을 때까지 물고 늘어지죠. 뽑아먹는데 명수예요. 끝까지 쥐어짜죠. 후우."

"걱정 마세요. 오늘 일 외부로 유출 안 하고, 구 실장이 협박하면 저한테 연락주세요. 그리고 설희연 씨 최대한 도움 드리려는 거니까, 연락 오면 꼭 전화주세요."

아람은 명함을 내밀었다. 주성이는 받아서 지갑에 넣었다.

"마지막으로 하나 더 물읍시다. 설희연 씨 어떤 사람이었나요?"

선익의 질문에 주성이가 망설이다 답했다.

"어릴 적에 알코올중독 엄마나 아빠의 방치만 아니었으면 가출해서 저 만날 일도, 서른 되는 나이에도 사기 치고 다닐 일은 없었을 거예요. 일방적으로 꽃뱀이라 매도하지 말아주세요, 다 사정이 있어요. 그 누구도 재미로 하지 않아요. 먹고 살 방법이 없어서 그래요."

선익이 참다가 한마디 했다.

"남에게 피해주면서 바른길로 안 가면 결국 다 이렇게 됩니다. 제 경험상으로요."

주성이가 와락 발끈했다.

"남의 생활을 어떻게 그 사람이 아니고 다 알 수 있죠?"

주성이는 컵 손잡이를 꽉 잡고 떨리는 목소리로 힘주어 말했다.

"함부로 남의 살아가는 방식이나 인생관에 말 섞어 꼰대 짓 하지 마세요."

선익이 뭔가 더 충고하려는데 아람이 그의 손을 꽉 잡고 도리질 치며 붙들었다. 선익은 주성이와 헤어지고 허탈한 웃음을 터뜨렸다.

"아이고야. 나 참 어이가 없어서. 저 사람 말 어떻게 들었어? 아람 형사."

"뭐, 다 틀린 말은 아니잖아요? 꼰대 짓이라는 말이 기분 나쁘셨어요?"

"별로. 말 막히면 다 그 소리잖아. 아이고, 나랑 나이 차도 얼마 안 나면서 말이지."

"뭐, 나이가 많아 꼰대가 되는 게 아니라 선입견과 편견,

고집 세면 되는 거죠."

선익이 씩씩대다 아람을 진지한 얼굴로 직시했다.

"저 여자 말에 넘어가지 마. 감성팔이 하는 거란 생각은 안 들어? 내가 형사 되고 가장 많이 느낀 게 뭔지 알아? 죄가 미운 게 아니라 사람이 밉더라. 사기꾼들 죄책감이 원래 없어. 한탕 치고 피해자 1도 생각 안 하고 발 뻗고 자다 잡혀서 진술받을 때 울더라니까. 악어의 눈물 알지?"

아람은 잠자코 들었다.

"흔들리면 안 돼. 설희연은 살인 용의자야. 무슨 동정심 같은 거 가지고 생각하지 말자고. 그래, 궁지에 몰리면 쥐도 고양이를 물어, 하지만 형사들은 금강역사처럼 떡 버텨서 눈을 부리부리 뜨고, 가해자를 잡아들여서 피해자에게 사죄, 보상하게 하고 죗값을 치르게 해. 알았지."

아람은 고개를 슬쩍 끄덕였다.

"어찌 됐든 이 말 꼭 형사 생활하면서 명심하고, 더 추가 단서를 찾아보자."

이때 아람에게 문자가 왔다. 주성이었다.

– 죄송해요, 화를 내서요. 형사님. 희연이가 한 달 전에 천호역 바로 앞에 있는 설렁탕 가게에서 알바한댔는데 도움이 될지요. 정말로 희연이 안전하게 도와주셔야 해요.

아람이 놀라면서 문자를 선익에게 읽어주었다.

"어서 천호역으로 이동하자!"

선익과 아람이 주차장으로 가는데 전화가 왔다.

"선배, 번호 나왔어요!"

"응?"

"지난번 천호동 선불카드 가게에서 설희연에게 판 카드요. 개통했대요, 번호 나왔어요!"

"어서 이 번호 영장 청구해서 위치 추적해야 돼."

"팀에서 하는 중이랍니다."

"어서 차에 타. 이제부터 우리도 힘껏 뛰자고! 가장 중요한 건 이 전화번호 위치 추적과 설렁탕집 알바했는지 알아보는 거야."

선익은 아람에게 운전대를 맡기고 긴급히 지능범죄수사팀장과 연락해서 진행 과정을 상세히 알렸다. 아람은 천호역 근처의 설렁탕 가게를 내비게이션에서 찾아봤다. 검색해보니 다행히 설렁탕 가게는 하나였다. 어찌나 날아갔는지 선익이 운전 좀 살살 하라고 다그쳤다.

설렁탕 가게 주차장에 차를 대고 들어가 직원에게 사장을 불러 달라고 했다. 머리가 약간 벗겨진 50대 남자가 나왔다.

"제가 사장입니다만, 무슨 일이시죠?"

"설희연 씨 알바 나옵니까?"

"아뇨, 관뒀어요."

남자가 선익이 내미는 경찰 신분증에 깜짝 놀랐다.

"연락처 좀 봅시다."

사장은 얼른 폰을 꺼내 전화번호를 보여줬다.

"어어, 아람 형사. 어서 이 번호로 걸어봐. 장민석이 준 번호랑 달라."

아람이 전화를 걸었지만 꺼놨다는 음성이 흘러나왔다.

"선배님, 꺼놨어요."

"에휴, 꺼두면 기지국 추적도 힘들어. 알았어. 일단 뭐 좀 물어봅시다. 사장님, 설희연 씨 왜 관둔 거죠?"

"서빙 알바였는데, 갑자기 집안에 급한 일이 생겼대요."

"인적 사항이나 돈 보내는 계좌 좀 알 수 있을까요?"

사장은 고개를 저었다.

"사정이 있어 계좌 대신 주급으로 봉투에 직접 받았죠. 이력서는 기다리세요."

남자는 내실로 들어갔다가 나왔다.

"이게 인적사항 받은 게 다예요."

남자가 가지고 온 이력서에는 전화번호와 이름, 그리고 주소가 적혀 있었다. 아람이 주소를 검색했다. 나오지 않는 가짜 주소였다.

"어차피, 4대 보험도 안 들고 그러니까 정확한 인적 사항은 필요 없죠. 게다가 알바는 쉽게 관둬서 그때그때 바뀌어요."

"그럼 알바몬, 알바천국 뭐 이런 데서 소개받은 겁니까?"

"아뇨, 하도 급해서 가게 밖에 알바 구함이라고 붙였는데 그거 보고 들어왔어요. 갑자기 사람들이 나가서 힘들었거든요. 우리도 본사 방침대로 12시간 이상 영업해야 돼서 사람 구하기 힘들어요."

사장은 얼굴의 땀을 냅킨으로 닦으면서 선익에게 물을 따라 건넸다.

별 소득없이 나온 아람과 선익은 근처 패스트푸드점에서 잠시 쉬면서 사건을 정리하고자 했다.

"이거 카드 줄 테니까 아람 형사가 키오스크로 주문해. 내가 몰라서 시키는 거 아냐. 나도 할 줄 알아."

"선배님, 뭐로 시킬까요?"

"아무거나 시켜. 빅맥 같은 거. 아, 아니. 저거 신제품 먹어보자. 저거 저거. 음료는 콜라."

아람이 주문을 하고 햄버거 세트를 쟁반에 받아 선익의 앞에 앉았다.

"자, 먹자고. 근데 가만 보면 아람 형사, 좀 이상해."

"제가 어떻게 이상한데요?"

아람은 빨대로 콜라를 먹으면서 눈을 동그랗게 뜨고 물었다.

"아닐 거 같은데 여성 픽업아티스트 되게 이해 잘해주고, 오히려 나 같은 스탠더드한 사람은 이해 못 하고. 너무 똑똑해서 그런가?"

"스탠더드는 어떤 기준으로 잡는 건데요?"

"말을 말자. 아람 형사한테 말발은 내가 안 돼."

"심리학과에서 배운 것 중에 가장 기억에 남는 게 모든 심리학 이론을 사람에 적용하지 말자는 것이었어요. 사람의 심리는 아무리 분류하고 연구해도 설명 안 되죠. 한 마디로 맞출 수 없어요. 그러니 타인을 함부로 판단하지 말자는 것이 가장 기억에 남아요."

"어쨌건 내 말은 그러니까 설희연도 반사회성 인격 장애를 가졌을 확률을 무시할 수 없어. 확증은 없으나, 김민동 살인 사건의 용의자이고. 아까 그 여성 픽업인가 하는 여자보다 더 무서운 괴물일 수 있지."

이때 선익의 폰이 울렸다.

"네, 선배님. 알겠습니다."

선익이 통화 후 전화를 끊었다.

"어서 일어나. 전철역 가서 관제실 CCTV 확인해 보자고."

"네?"

"팀장님 전화야. 통합관제센터 CCTV로 범행 현장 뒤져봤는데 그 용의자가 모텔 살인사건 직후에 잠실역까지 택시로 이동해서 잠실역 들어가는 게 잡혔대. 역에서 얼른 확인하래, 어디로 갔는지."

아람은 쓰레기를 치우고 일어났다. 차를 긴급하게 몰아 잠실역으로 향했다. 주차하자마자 선익이 바쁘게 달리자 아람도 뒤따랐다. 둘은 지하철역 안 안내데스크로 가서 사무실 위치를 파악하고 역 구석의 사무실로 들어갔다. 들어가자 직원이 선익의 신분증을 보고 시스템실로 안내했다.

시스템실에는 10여 개의 화면이 플랫폼, 개표구, 역 내 광장, 상가, 통로 등을 나눠서 보여줬다.

"범행 현장 떠난 후 2시간 이내면 됩니다. 범행 후 모텔방에서 9시 12분에 나갔고 여기 역에 9시 30분에 도착했어요. 그 전후 봅시다."

"아, 여자분 찾으시죠. 강동경찰서에서 오셔서 데이터 자료 통으로 복사해 드렸어요."

"이미 왔다 갔군요."

"네, 오전에요."

"저희도 화면 좀 봅시다. 같이 뒤쫓고 있거든요."

직원은 선익의 말대로 시간을 돌려 맞춰주면서 말했다.

"한 곳만 비추는 고정식 카메라도 있고 15초마다 방향이 바뀌는 회전식 카메라도 있죠."

선익은 플랫폼을 비추는 고정식 카메라 화면을 살피다 고개를 저었다.

"개표구 화면은 어느 거죠? 탔는지부터 확인해봐야 해요."

선익은 아람에게 역 안을 비추는 CCTV를 지켜보라 지시한 후 개표구 CCTV를 봤다.

모니터를 보는데 수십 명의 사람이 오가는 장면이 연달아 이어졌다. 선익은 폰으로 모텔에서 잡힌 여자의 사진 파일을 열었다. 감색 운동모자에 폴로 로고가 있고 안경테는 둥근 형이었다. 아람이 선익의 옆으로 다가왔다.

"저도 도울게요."

"꼼꼼하게 훑으라고. 이쪽 카메라는 내가 살필 테니."

지하철 공사 직원은 일단 일이 있어 자리에서 일어났고 선익과 아람이 계속 화면을 훑었다.

선익은 개표구를 드나드는 남녀를 살폈다. 아무리 봐도 용의자 인상착의는 없었다.

"이 여자 어때요?"

아람이 역을 비추는 영상 속 한 여자를 가리켰다. 베이지색 운동모자를 쓴 여자다.

"모자 색이 다르잖아."

"이 지하철역 지하에는 옷과 액세서리 상가가 많아요. 바꾸면 돼요. 옷도 다르긴 하지만 귀가 비슷해요. 모텔에서 잡힌 CCTV의 모자 밖으로 드러난 귀가 저 사람하고 비슷해요. 한국인 귓바퀴를 계측해 사람을 판별하는 논문을 공부했는데, 두 영상 속의 사람을 보면 귀 위의 끝은 눈썹 아래고 귀 아래 끝은 코끝과 딱 붙어요. 어때요?"

선익이 아람의 말에 폰 사진의 귀 부분을 확대해 CCTV 여자의 귀와 비교하며 끄덕였다.

"어, 가만 이 사파리 점퍼 안의 옷도 모텔 영상에서 여자가 입은 옷과 비슷해."

여자는 핑크 줄무늬 티셔츠를 입었는데 그 티셔츠가 여자의 점퍼 안에서 깃 부분이 살짝 보였다.

"어서 무슨 카드 썼는지 알아봐야죠."

"이건 또 수사팀하고 협력해야 해. 만일 신용카드를 썼다면 신용카드 회사에도 문의해야 하고. 문의로 안 끝나면 검사한테 영장 청구도 해야지. 단번에 나오는 게 아냐."

선익은 자리로 돌아온 직원에게 여자가 어떤 카드로 개표구로 들어갔는지 실시간 데이터를 문의했다.

직원은 교통카드를 썼다면 내린 역을 알 수 있다고 했다. 직원이 데이터를 확인하고 어디론가 전화했다. 그리고 다시 데이터를 들여다보았다.

"저 여자분이 화면 시간상 9시 38분에 찍은 카드는 일반

편의점에서 산 겁니다. 현금 충전한 카드인데, 중앙처리시스템으로 사용 흔적을 알아보니까 저 날은 잠실역에서 왕십리역으로 갔어요. 그리고 열흘 전에 강남역에서 현금으로 산 카드고요."

"그럼 그 이전에는 다른 카드로 지하철을 타고 이동했다는 얘기가 되는데…."

선익은 직원이 컴퓨터 화면으로 보여주는 데이터를 일단 폰으로 찍었다. 광화문역과 천호역을 오간 흔적 외에 또 한 번 서울의 잠실이나 강남역 등을 오갔다.

"일정하게 머무는 데가 없는 모양인데? 내린 지역이 다 달라."

"설희연이 그럴 만하죠. 역에서 나가서 택시로 이동했을 수도 있어요."

선익과 아람은 일단 알아낸 사실을 지능범죄수사팀에 알리고 사무실을 나왔다. 아람은 지하철 역내에 있는 상가들을 둘러봤다.

"선배. 상가에서 이 사진 보여주고, 옷이나 모자 판매한 가게 알아봐요. 신용카드 사용했다면 잡힐지도 몰라요."

"맞다! 급할수록 수사 기본 원칙이 자꾸 무너지네. 고맙다. 아람 형사. 기본을 지키게 해줘서."

"저기 모자 파네요. 들어가 물어볼게요."

아람과 선익은 CCTV에서 캡처한 사진을 들고 여성이 착용한 베이지색 모자와 사파리 점퍼를 판매한 적 있는지 물었다. 점원은 고개를 저었다.

이번에는 다른 가게로 들어갔다. 다들 모른다고 했다. 이런 상품은 가져다 놓지 않는다고 했다.

"선배, 택시에서 내려 역 밖에서 옷을 사 입었다면요?"

"상식적으로 역으로 바로 들어왔을 텐데."

"그래도 몰라요. 일단 옷이 여기 상가에서 파는 것처럼 최신 유행이 아닌 게 걸려요. 구제처럼 허름해요. 나가봐요."

아람은 역 밖으로 에스컬레이터를 타고 나왔다. 수사팀에서 알려준 설희연이 들어간 역 출구는 8번이었다. 8번 출구에 구제 옷을 파는 가게가 있었다. 얼른 들어가 아람이 사진을 주인에게 보여줬다.

"이 옷 혹시 파신 적…."

"아, 그년! 알아요. 내가 천 원짜리가 없어서 거스름돈 모자란다니까 2만 원만 휙 던지고 역으로 튀어 들어갔다고. 나돈 오천 원 못 받았어요. 튀었다니까. 점퍼랑 모자랑 2만5천 원인데."

"그럼 카드 안 냈어요?"

"네."

"그 돈 좀 봅시다."

선익이 강력 사건 수사 중이라고 밝혔다.

"돈 다음 날 은행에 집어넣는데. 없어요. 지금."

선익이 다급하게 전화를 걸고 나서 말했다.

"아람 형사, 팀원 전원이 움직여야 돼. 일단 카드로 타고 내린 역 주변 CCTV 모두 나눠서 수거해 뒤져야 하고, 자주 오간 역은 고시원이나 찜질방 탐문해야 되고. 급하다."

아람은 폰에 메모를 했다.

"일단 서로 돌아가 재정비하자. 선불카드 연계된 핸드폰 번호는 통화내역을 영장 받아서 모두 알아봐야 하니, 서류 작업도 시급하다."

"네, 알겠습니다."

기망은 희망을 주다가 곧 거품으로

여현정과 감건호는 특별 편성 프로그램에서 마주치게 되었다. 감건호는 작가에게서 전화로 언질을 받았고 이미 질문지를 받았지만, 연예인의 불참으로 대타로 온 여현정은 미리 듣지 못한 듯 조금은 긴장돼 보였다.

감건호가 눈인사를 하려 했지만, 여현정은 쳐다보지도 않았다. 피디가 손짓을 하고 큐를 외치자 카메라에 불이 들어왔다.

시그널 음악이 흘러나오고 아나운서가 안정적인 목소리로 두 사람을 소개하고 인사를 했다. 오늘의 대담 주제는 애정 사기범에 관한 내용이었다.

"그러니까 페이스북이나 인스타그램 SNS 계정으로 메시지를 보내 달콤한 말을 주고받고 나중에 소액을 보내 달라는 식의 사기 범죄가 기승이란 말씀이시죠?"

아나운서의 질문에 감건호가 답했다.

"네, 맞습니다. 로맨스 스캠이라 하죠. 주로 외국인 남성 사진을 도용해서 친구 요청을 하죠. 직업은 군인이거나 외과 의사처럼 전문직 종사자라고 합니다. 아이는 하나인데 이혼해서 전처가 키우고 있다. 대충 이런 식으로 말을 하죠.

아, 이런 스토리도 있죠. 전처가 동양인 여성인데 당신과 비슷하게 생겼다고요. 사실 매크로 프로그램으로 엔터 치면 문구가 한국말로 번역되어 자동 메시지로 보내집니다."

"아주 흥미롭군요. 저도 외국인들이 자꾸 친구 요청을 해서 계정에서 제 사진 내리고 방송사 로고로 바꿨어요."

"잘하셨습니다. 정 아나운서님. 사실 남성 사진으로 접근하지만, 뒤에서 자세하게 대화하는 상대는 여성일지 모릅니다. 콜센터 같은 곳이 있어서 컴퓨터를 여러 대 두고서 여러 명의 오퍼레이터가 작업하죠. 보이스 피싱 비슷한 시스템입니다."

아나운서가 이번에는 여현정을 보았다.

"그럼 여현정 교수님은 로맨스 스캠을 어떻게 보시는지요?"

여현정은 얼굴에 홍조를 띠었다.

"저, 사실 하마터면 제가 피해자가 될 뻔한 적도 있습니다.”

“대단히 놀랍습니다. 범죄심리학자가 피해자가 될 뻔하다니요. 얘기를 들려주시죠. 시청자분들에게 정말 와 닿는 조언이 될 것 같네요.”

피디의 지시로 여현정의 얼굴이 클로즈업 됐다. 감건호는 주객전도된 느낌에 기분이 쎄하게 나빠졌다.

“처음에는 친구 요청에 승낙했는데 그날부터 점차 감정을 자극하는 메시지가 오더군요. 가뭄에 단비 내리듯이. 싱글맘으로 아이를 키우는 게 힘들었는데 칭찬하고 격려하는 메시지에 감동을 받았어요. 자신도 미국에서 양육비를 대며 아이와 2주에 한 번 만나는데 같이 살지 못해 슬프다더군요. 전부인은 바람을 피워서 이혼했대요. 저와 비슷한 감정을 가졌구나 싶었죠.”

감건호는 말을 끊을 타이밍을 노렸지만 아나운서나 피디나 자신을 쳐다도 안 보고 여현정에게 집중해서 하는 수 없이 경청했다. 여현정이 스포트라이트를 받자 내심 부글부글 끓었다. 여현정은 눈가에 눈물도 살짝 맺혔다.

“그런데 반전이 있었어요. 갑자기 휴가 때 한국에 들어가는데 만나고 싶다는 거예요. 기쁘면서도 걱정은 됐죠. 무슨 대화를 나눌까. 의사소통이 충분히 잘 될까 그런 생각도 하고요.

며칠 후 그 남자가 갑자기 샤넬 가방과 옷을 보낸대요. 사진을 보여주면서요. 그래서 저는 깜짝 놀랐죠. 천만 원이 훌쩍 넘는 물건들이라 부담됐죠. 그런데 이 남자가 물건을 선물로 보내려면 관세가 드는데, 계좌를 주면서 거기로 보내달래요.

그때 깨달았죠. 아, 이게 바로 요즘 유행한다는 페북 사기구나. 하마터면 저도 걸려들 뻔한 겁니다. 감정적으로 접근해 마음을 터놓으니 걸려드는 겁니다."

여현정이 말을 끝내자마자 감건호가 달려들었다.

"로맨스 사기 범죄가 왜 나쁜지 아세요? 그들은 상대방에게 감정을 호소해서 이권을 취하고 도망치는 비열한 자들입니다. 타인의 재산을 얻으려 의도적으로 욕망을 부추겨서 부정행위를 하죠. 외로운 싱글들에게 접근해 지지를 얻고 소액을 요구하곤 합니다. 말이 소액이지 여러 번 당해서 피해가 오천만 원에 이른 비혼 여성도 보았죠."

여현정이 감건호가 말을 끝내자마자 가로챘다.

"여기서 중요한 점은 언택트 시대에 랜선 연애가 대세일 것이고, 앞으로 로맨스 스캠 범죄는 더 늘어날 전망입니다. 미국에서만 한해 로맨스 스캠 범죄가 2만 건 넘게 집계됩니다. 신고 안 되는 건수를 고려하면 더 엄청나죠."

여현정은 표정을 가다듬었다.

"관계를 중독시켜 돈을 뜯어내는 범죄는 과거에 트라우마가 있거나 불안한 현실을 관계로 해결하려는 사람이 잘 걸려들어요."

"그럼 코로나바이러스 시대에는 이런 종류의 범죄가 더 늘어난다는 거죠?"

"네. 비접촉 연애를 해야 하니 외로운 싱글들이 늘어나죠."

아나운서와 여현정이 마주 보면서 다정하게 웃었다.

감건호가 이에 질세라 다시 주도권을 잡고 말했다.

"이 범죄에 당하지 않으려면 일단 범죄자들이 동정에 호소하면서 병원비를 빌려 달라, 자동차 사고가 나서 돈이 필요하다는 메시지를 보내면 진위를 밝혀내 차단하고, 돈거래를 하지 마십시오."

프로그램이 끝나고 피디가 여현정을 칭찬했다.

"여 교수님. 다음에도 부탁드립니다. 교수님의 경험담이 시청자들의 관심을 끌었는지 시청률이 순간 꽉 뛰었어요. 정말 좋았습니다. 고정 패널 하셔야겠어요."

감건호는 아무렇지 않은 척했으나 입술 꼬리가 파르르 떨렸다.

피디가 슬그머니 감건호에게 인사를 하고 물러났다. 감건호는 여현정에게 다가갔다.

"여 교수님. 다음에는 이런 일 있으면 그냥 거절해요. 시간

뺏기고 힘들지 않아요? 급조해서 섭외하는 거 대타 뛰는 건데 자존심 상하잖아요."

여현정은 빙긋 웃으며 말했다.

"선배라 부를게요. 방송 선배고 학교 선배시니. 감건호 선배님. 제 걱정 말고, 선배님 걱정하세요. 저는 빵꾸 뛰는 거 좋아해요. 누구처럼 돈을 보는 게 아니라, 정말 제가 시청자들에게 전하고 싶은 지식을 전해드리니까. 안전의식을 위해 사명감으로 하죠."

"그나저나 그 로맨스 스캠 정말 당할 뻔한 거예요? 얼마나 외로웠으면 범죄심리학자가 그런 데 넘어가요? 부끄러운 줄 알아요."

여현정이 깔깔 웃으며 원고를 챙겼다.

"하하하, 선배. 그 얘기 제 얘기 아니에요. 친구의 친구 얘깁니다. 제가 재밌게 각색한 건데 먹혔잖아요."

"거짓말하면 안 돼요, 여 교수. 큰일 나. 조작하면."

"글쎄요. 선배한테 배운 거라서요. 제게 할 말씀은 아니죠. 그럼 이만 갑니다. 다음 스케줄이 기다려서요. 요 옆 방송사예요. 길만 건너면 돼요."

"뭐? 거긴 어떻게 뚫었대. 나도 못 뚫은 덴데."

"연락이 오더라고요."

여현정은 핸드백에 원고와 필기구 등을 넣고 폰을 뺐다.

피디와 아나운서에게 인사를 하면서 스튜디오를 나갔다. 여현정의 타이트한 스커트가 돋보였다. 감건호는 화가 슬며시 났다. 얼른 피디와 작가들이 대화 나누는 데로 갔다.

"아니, 여 교수 좀 오바 아니에요? 옷도 과하고. 저렇게 입으면 어느 시청자가 신뢰하겠어요."

"그게 저…, 그래도 뜨는 분이고 비주얼적인 부분도 관심사가 되어서요. 여성지 인터뷰도 여러 건 하셨고요."

"어이구, 기상캐스터만 딱 붙는 옷 입는 줄 알았더니 범죄학 교수도 저러니. 원."

감건호의 말에 작가가 웃으며 대꾸했다.

"선생님이 더 원조시잖아요. 꽃미남에 간지나는 스타일의 프로파일러시잖아요."

"그건 나도 아는데, 캐릭터가 겹치니까 하는 말이지. 나 원 참."

감건호는 인사를 하고 머리를 긁적이면서 가방에 짐을 챙겼다. 뭔가 속이 불편했다. 이제는 슬슬 후배들이 치고 올라왔다. 특단의 대책으로 어떻게든 라이벌을 쳐내지 않으면 힘들다. 그러나 별 뾰족한 수가 생각나지 않았다.

아마도 시청자들은 식상한 자신보다 뜨는 섹시한 여교수를 원할 수 있다. 기분이 더러웠다. 혼술을 해야 되나 하면서 스튜디오를 나왔다. 힘이 빠져 다리가 풀렸다.

희연은 한 달 전에 성이와 했던 통화를 기억했다. 지금 그녀에게 전화를 걸고 싶었다. 그렇게 할 수 없었다. 잘살고 있는 그녀에게 폐를 끼칠 수 없다. 대신 희연은 녹음 파일을 들었다. 종종 그녀와의 통화를 녹음해서 복기해 들었다.

"여보세요?"

"성이 언니, 나야. 희연이. 어떻게 살아?"

"똑같지. 애들 유치원 보내고 저녁 해먹이고 목욕시키고. 죽겠다. 지금 애들은 자. 남편은 아직 안 들어왔고."

"그렇구나? 아직도 수원역 근처 살아?"

"어. 그렇지. 너 어떻게 지내? 사는 데 괜찮아?"

"응."

"희연아, 어떻게 살아?"

"나, 그냥⋯."

"희연아. 힘들게 돈 벌어 살지 말고 결혼 상대를 찾아봐. 그게 나아. 남자와 살면 행복해."

"그런데 난 그런 남자를 만나는 방법을 모르겠어. 언니."

"하긴 그렇지. 나처럼 좋은 남자 만나 결혼하는 거 어려운 일이야. 남자들을 잘 보고 판단해서 골라야 해. 아니 선택받도록 노력해야지. 근데 너무 좋은 집안 사람은 건들지 마. 그런 사람은 곰돌이처럼 푸근하고 본능적으로 냄새가 나. 좋은 아빠가 될 것 같은."

"…."

"우리는 스펙도 학력도 직업도 없는데, 그 곰돌이들 마미가 알아봐. 과거가 숨겨지니? 그러니 적당한 상대를 찾으라는 거야. 알겠지?"

"어, 맞아. 그럴게."

"저번에 나 유부녀인데도 애들 유치원 보내고 카페에서 책 읽는데 어떤 남자가 자꾸 치근덕대더라. 내가 딱 잘랐어. 말 받아주다가. 너도 알잖아? 우리가 거리에서 남자들 때문에 얼마나 험하게 살았니. 진짜 그때 얻은 교훈은 아니다 싶으면 정색해야 한다는 거지. 너 위험한 건 아니지? 걱정돼. 함부로 몸 주면 큰일 나. 남자는 정말 무서워."

"지금은 그렇게 안 해. 걱정 마, 언니. 천호역에 있는 설렁탕 가게에서 알바해. 그런 거 아니야."

"그래? 우리가 전에 만났던 남자들은 등쳐먹지나 않으면 다행이지. 왜 우린 그런 남자만 봤을까. 지금 내 남편은 절대 안 그래. 착해. 내 말을 잘 들어주고. 나를 귀하게 대해. 내 과거를 안다면…. 흐흑. 미안해, 희연아. 그래서 이렇게 통화만 하는 거야. 우리 과거 누가 알면 절대 안 돼…."

"언니. 잘 살아. 난 괜찮아. 걱정 마. 끊을게."

희연은 녹음 파일이 꺼진 핸드폰을 한참 봤다. 주변을 둘러보았다. 갈 데가 정말 없어 수원역까지 왔지만, 이제는 전화하는 것도 망설여진다.

희연은 다시 사진을 열어봤다. 폰을 갈아타도 성이와 찍은 사진은 옮긴다. 가출 시절. 가장 암울하고 힘들던 시기. 하지만 성이와 가진 깊은 유대감은 아직도 잊지 못한다.

가족도 못 준 사랑과 지켜준다는 믿음을 준 언니.

둘이서 지하철 역사 화장실 내에서 거울을 보며 셀카를 자주 찍었다. 화장실에서 세수하고 화장하고 옷 갈아입고 번화가로 나섰다. 역 화장실이 집 같았다. 옷이나 화장품 같은 물건을 숨겨두었다. 가끔 누군가 그걸 훔쳐 가는 사람도 있었다. 세상에 어려운 사람이 정말 많은가 싶었다.

몇 장의 비슷한 포즈와 표정의 사진들. 상상하기도 싫은 일을 해서 그날 잘 곳을 구하지만, 그래도 성이가 지켜줘서 고마웠다. 그 감정이 사진 속에 담겨 있다.

언젠가 희연이 할머니가 되고 얼굴에 주름이 가득해도 성이는 희연의 젊은 시절을 기억할 것이다.

희연은 길거리에 주저앉아 쉬다가 일어나서 검색한 페이지를 다시 열었다.

<경력 있는 시나리오 작가 구함. 위치 성수역 인근. 라이터스 루프탑 영화사. 단기간에 시놉시스와 트리트먼트 작성

을 위해 스튜디오에 머물면서 일할 작가를 모집함.>

영화사 소속 감독이 숙식을 할 수 있는 시나리오 작가를 찾는 구인 광고였다. 희연은 머물 곳을 검색하느라 '작가', '숙식'이라는 키워드를 입력했다가 이 글을 봤다. 이곳에 작가로 위장하고 숨어들면 못 찾을 수 있겠다는 생각이 들었다.

희연은 시나리오 작가, 영화사 등의 단어를 입력해보다가 고미선이라는 작가를 알게 되었다. 경력은 상업 극영화 장편 세 개. 성별은 여자, 나이는 희연과 같았다. 그리고 사진이 없었다. 아무리 '고미선 작가' 키워드로 이미지 검색을 해도 얼굴이 나온 사진이나 프로필 사진은 없었다.

희연은 승부수를 걸기로 했다. 일단 구직 사이트에 가입해 라이터스 루프탑에 이메일 지원을 했다.

피시방에 가서 고미선 필모그래피로 이력서를 만들어 출력했다. 그리고 시나리오 작가들의 인터넷 카페에서 누군가의 트리트먼트를 찾아 출력했다.

표절하고 도용하고 사칭하는 게 나쁜 짓인 줄 안다. 하지만 지금은 형사들을 피하려면 이 방법밖에 없었다. 희연은 출력물들을 들고 피시방을 나왔다. 그리고 지하철역으로 이동했다. 1시간 조금 넘으면 성수역에 갈 수 있었다.

선익은 아람과 부대찌개 가게에서 식사를 하는 중이었다.

"해장국, 순댓국도 못 먹는데 그나마 타협한 게 부대찌개예요. 이건 라면이 맛있어서."

아람은 라면을 국자로 건져 먹었다.

"아람 형산 늘 무표정해. 웃는 걸 별로 본 적 없어."

"선배님, 젓가락 담그지 마시고 제가 국자로 떠드릴게요. 코로나 걱정되잖아요."

"아이고, 알았어."

아람은 과거를 떠올렸다. 중학교 시절 아람은 상담 선생님에게 불려갔다. 책상과 의자, 그리고 심리학책들이 꽂힌 서가가 있는 상담실 안, 선생님은 아람에게 친근하게 물었다.

"친구들 불편한 거 없니?"

아람은 싱글벙글 웃었다.

"아뇨? 왜요?"

"전학 와서 친구 사귀는데 힘들까 봐."

아람은 엄마가 여의도에서 방송작가 활동을 시작해서 여의도 주상복합아파트로 이사를 왔고 여의도중학교에 전학했다. 친구들에게 웃는 얼굴을 많이 보였고 친구가 몇 명 생겼다.

"친구들이 오해하는 게 있어. 아람아."

"네?"

"보통은 사실을 직시하고, 직접적으로 문제를 해결하는 게 나아. 그래서 너 부른 거야. 누군지 이름은 밝히기 그렇지만 그 애들이 말하길 네가 자기들을 비웃고 따돌린대."

"네?"

아람은 이해할 수 없었다. 전학 온 지도 얼마 안 되는데.

어릴 적부터 유치원 마당에 홀로 남아 그네를 타는 게 싫었다. 아람은 알고 있다. 작가인 엄마는 집에서 일하고 있다는 것을. 그래서 자신을 데리러 오지 않는다. 저녁까지 유치원에 둔다.

아람은 다섯 살 기억 중에 떠오르는 가슴 아픈 기억이 있었다. 자신은 보지도 않고 음식을 들고 작업실 방으로 문을 쾅 닫고 들어가는 엄마.

그 문 닫는 소리는 마음에 남아 있다.

아람은 유치원 선생님들과 친구들에게 사랑을 얻으려고 웃어 보였다. 단 한 명, 엄마 앞에서는 잘 웃지 않았다.

그런데 지금은 그 습관이 자신을 비웃고 따돌리는 웃음으로 오해받았다. 나중에 알고 보니 승지라는 친구가 그런 말을 퍼뜨렸다. 승지는 전학 온 아이가 친구들과 선생님들의 주목을 받는 게 싫었던 것이다. 대놓고 아람의 웃음이 가식적이라 비판했다.

아람은 그때부터 잘 웃지 않았다. 무표정이 사람들을 편하게 한다면 차라리 웃지 않는 게 낫다.

선익이 방금 생각났다는 듯 물었다.

"아람 형사는 왜 잘 먹질 않아? 입도 짧고. 체격이 마른 편은 아닌데. 오해 마. 얼평 몸평이 아니라 팩트 체크하는 거고 이유는 체력이 있어야 이 일 지속적으로 하니까."

"쫄쫄 굶어봤는데 배고프지 않아요. 그리고 늘 이 체격이니 먹는 것과 상관없고요."

"그래? 뭐 먹는 것도 없는데, 체격은 유지하는 것 같아서 그래."

"선배님, 빵은 간식으로 늘 먹어요. 살 뺄 생각은 없습니다."

"알았어. 간식으로 빵 기억할게. 순대 같은 건 당연 안 먹겠지? 간이나 내장도."

"곱창은 한 번도 먹어본 적 없고 닭발도 못 먹습니다."

"아람 형사 회사 생활하기 힘들겠다. 난 부검 참관하고 바로 내장탕 먹으러 선배들 따라다녔는데."

식사를 마치면서 차로 가기까지 대화가 이어졌다.

"그런 곳 가면 그냥 밥하고 깍두기 먹었어요. 못 갈 것도 없어요."

"비위가 그렇게 약한데 프로파일러는 강력 사건 중에서도 잔인한 사건만 보잖아. 어떻게 하려고?"

"그거랑은 달라요. 법의학서 다 보고 끼고 살았습니다. 선배님, 일하고 사적인 거 다른 거 잘 아시잖아요."

선익은 아람에게 운전대를 넘겼다.

"그럼 강 기사, 출발합니다."

아람이 농담하며 차를 빼려다 다른 차가 앞서 지나가자, 갑자기 급하게 멈췄다.

"어이! 운전 왜 그렇게 해! 브레이크 왜 갑자기 밟아? 충분히 앞차 간격 있는데."

"미, 미안. 놀랐어요? 죄송해요. 그렇다고 그렇게 소리 지를 것까진. 그러다 사고 나요."

"아, 알았어. 새 차라 예민해서 그래. 이제부터 서에서 배차나 받을까 보다."

"네, 알겠습니다. 지시를 정확하게 내려주십시오."

"운전도 수사 과정이니까 견습 시키는 거 알죠?"

선익이 음악을 틀었다. 어색한 공기가 느린 템포의 힙합 음악으로 풀렸다. 선익이 부드럽게 웃으며 말했다.

"요즘 노래는 정말 이해가 안 가. 대사도 영어가 반이야. 요즘 가수들은 참."

"일본에는 저절로 돌아가는 꼰대 퇴치용 선풍기가 있대요. 요즘 애들은 어쩌고 말하면 선풍기가 휭 하고 돌면서 찬바람이 나온답니다."

"참, 나도 30대 후반 쪽이지만. 자네들보다 살아온 게 있어 그런가 하고 싶은 말은 있어. 오히려 20대가 더 답답하고 꼰대같이 꽉 막힌 애들 많다니까.

솔직히 맨날 비혼주의, 비연애주의 외치는 후배 형사가 있어서, 아니 그렇게 여자가 싫으냐고 물었지. 그러니까 그건 아니래. 대시 받을 때까지 이렇게 산대. 개한테 인생 살면서 이성에게 대시 받을 기회는 무척 적다고 했지."

아람이 운전에 집중하면서 답했다.

"아니에요. 많아요, 클럽이나 SNS나 소셜데이팅 앱 등. 대시 빈번하죠."

"그런 거 말고. 진지하게 고백하고 결혼도 생각하는 거."

"누가 그렇게 어렵게 생각할까요. 당장 단기간 살길도 안 보이는데요."

"그놈의 맛집이나 호캉스는 맨날 인스타 올리는데 왜 결혼할 돈은 없어?"

"집값 아시잖아요."

"그래서 나도 이 모양인가. 집은 언감생심이고 차만 바꿨지. 후후."

선익이 허탈하게 웃었다.

"알, 알았어. 내가 더 얘기하다간 그 일본 꼰대 선풍기 돌아갈 판이니까 입 다물게. 마지막 한 가지, 대시 받을 기회가 적은 건 거절당할까 두려워 그래. 이러니 설희연 같은 사기

범이 활동할 영역이 생겨. 아무도 대시하는 여자도 없고 어떤 여자에게 말 좀 붙여보려 해도 미투다 뭐다 무서워. 설희연은 그런 틈새를 파고든 범죄자야."

아람이 에어컨을 강하게 틀고 뜸을 들였다가 어렵게 말을 꺼냈다.

"선배님, 연애한 적은 있어요?"

선익이 파하하 웃었다.

"뭐? 3년 전에는 애인 있었어. 나를 뭘로 보고. 모쏠인 줄 아나 봐. 너무해."

"지금은 없잖아요?"

"맘에 드는 사람 생기면 아주 조금씩 썸 타고 날 잡아서 조심스럽게 고백할 거야. 그러니까 함부로 나의 연애관을 매도하지 말라고!"

"네, 명심하겠습니다."

아람은 입가에 설핏 웃음을 지었다. 웃음이 깔깔 큰 소리가 되자 선익이 화를 벌컥 냈다.

"농담 아냐!"

"아, 알았습니다. 선배님."

라이터스 루프탑은 성수역에서 공업사 거리에 있는 자그마한 3층 건물이었다. 젊은 감독이 희연을 맞이하고서 그녀가 내민 이력서와 작품을 꼼꼼히 살폈다.

"캐리어는 뭐죠?"

희연이 받은 명함에 김순호라는 감독 이름이 적혀있었다. 질문을 받은 그녀는 당황치 않고 준비한 대로 말했다.

"사실은 지방에서 서울 오가면서 활동을 하다 신림동 고시원에 방을 정했는데 시설이 너무 열악해서 나왔어요. 일단 다른 방을 알아보고 있어요. 그러다가 마침 이 영화사 스튜디오에서 지낼 수 있대서요. 그런데 정말 신경 쓰지 않으셔도 돼요."

김순호는 키가 크고 마른 체격에 얼굴은 하얗고 눈은 기름하고 눈빛이 또렷해 차분하고 안정돼 보였다. 희연은 최대한 자신감 있는 얼굴로 눈을 맞췄지만, 거짓말이 들통날까 겁이 났다. 이건 남자를 유혹해 소액을 편취하는 것과 또 다른 종류의 일이다. 작가를 사칭하기에는 자신의 환경이 전혀 어울리지 않아 걱정됐다.

'어떤 식으로 말을 이어나가야 하는 걸까?'

"고미선 작가님이 이 작업에 어울리는지 생각해보고 다음에 연락드릴게요."

희연은 캐리어를 들고 사무실에서 일어났다. 다른 데를 알아봐야 한다. 희연은 인사를 하고 천천히 나왔다. 성수역으로 가면서 과거 일이 떠올랐다.

가출팸 남자애들이 성매매를 시키고 돈을 갈취하자 도망쳤다. 하지만 나중엔 결국 자발적으로 성매매를 했다. 머물 곳과 먹을 것을 구해야 하니까.

성이는 어릴 적부터 친척 어른들한테 성추행을 많이 당했다고 했다. 그래서 남자들 심리를 잘 안다고 했다.

성이와 희연은 그날 방값을 벌려고 미니스커트를 입고 유흥가로 나섰다. 성이의 길고 마른 다리는 남자들의 관심을 끌었다. 반면 희연은 고개를 숙이고 등을 구부리고 눈을 안 마주치려 했다.

보도사무실에 들어가서 노래방에 들어가도 성이만 초이스됐다. 성이는 자신이 번 돈으로 희연과 같이 잘 방을 얻었다.

"희연아, 나만 일하려니 좀 힘들다. 넌 통통하니까 상체를 강조해 봐."

성이는 희연에게 자신의 S 사이즈 티셔츠를 건넸다. 희연은 조용히 옷을 갈아입었다.

"가슴이 크네. 네 미래 남편 진짜 좋겠다."

성이가 웃었다. 희연은 부끄러웠다.

"남자들은 안 보는 척하면서 기술적으로 여자 몸을 훑는다. 지들이 여친이랑 지나가면서도 몰래 본다니까. 넌 등을 펴고 상체를 강조하고 다녀. 출렁거리는 거 다들 신기해해. 미소로 호의를 보여줘. 친절하면 일단 경계심을 풀고 마음을 열지.

난 워낙에 가슴이 절벽이니까 나는 다리로 넌 가슴으로 포인트를 주는 거야. 마구 웃지 마. 회사원 같은 안정된 아저씨들은 그런 거 두려워해.

난 눈빛만 봐도 알아. 이 아저씨가 5분 후 도망가겠구나 하는 거. 너무 활짝 웃을 때 그랬어. 표정은 미소 지으며 진지하게 해. 몸이 힘들어 절박하게 나오면 안 돼. 지들이 도리어 삥 뜯기는 줄 알고 열나 도망가. 씨발."

성이는 그렇게 말했다. 희연은 배시시 웃었다.

성이의 조언대로 희연도 등을 펴고 상체를 자신감 있게 내밀자 초이스 받는 날이 많아졌다. 사정이 나아졌다. 방값에 먹을 거나 화장품과 옷도 살 수 있었고 찜질방 가서 목욕도 했다. 그래도 미래가 없긴 마찬가지였지만 희연은 성이와 함께라면 어디든 좋았다.

희연은 그 시절 확실하게 깨달은 게 있었다.

남자들은 육체적 욕구만 채우면 싸늘하게 태도가 돌변했다. 관계 전에는 희연에게 매달리고 애원하고 나긋나긋하고 돈이든 부탁이든 다 들어줄 것 같았다. 하지만 관계 후에는 나 몰라라 돈도 안 주고 도망친 사람도 많았다. 더러운 년이라면서 폭력을 행사한 사람도 있었다.

성이는 액땜한 셈 치고 그런 새끼는 전화번호 차단하면 된다고 했다. 희연은 무시무시한 폭력에서 도망치고도 성이가 달래주면 맘이 풀렸다. 희연은 성이를 통해 사회생활을 배웠다.

성이는 엄마 같았다.

잘 때면 성이와 마주 보거나 성이의 등에 달라붙어 잠들었다. 그녀의 심장소리에 안심이 됐다. 그녀 등에 고개를 파묻고 웅크리고 자기도 했다. 성이가 옆에 있으면 뭇 남성들을 상대하는 수치심이나 불안감이 사라지고 의존이 되었다.

반면 엄마는 그런 게 없었다. 오히려 불안하게 했다.

희연의 엄마는 백화점이든, 마트이든, 도서관이든 늘 상대 직원과 실랑이를 했다.

"왜 이게 이거보다 양이 적어요?"

"왜 그런 좋은 학습 책들이 없어요?"

"왜 옷이 이 디자인밖에 없어요?"

직원과 20여 분 싸우다 경비원이 와서 돌아가 달라고 하면 화를 버럭 내며 희연의 손목을 거칠게 붙잡고 집으로 왔다.

희연은 일곱 살이었지만 그런 상황이 창피하다는 걸 알았다. 엄마는 희연이 초등학교 입학할 무렵이 되자, 아예 집에서 칩거하면서 쓰레기를 쌓아놓고 술만 먹고 살았다. 아빠가 일주일에 두 번 정도 들러 음식을 냉장고에 넣어두고 갔다.

나중에는 희연의 손에 돈을 쥐어주고 갔다. 희연은 그 돈으로 소주와 음식을 사서 냉장고에 넣었다.

그녀 나이 열두 살이었다.

남자의 진심이 보여주는 것

　희연은 과거를 생각하며 지하철역으로 가려다 뚝섬 쪽으로 향했다. '서울숲'이라는 표지를 보고 가보려 했다. 거기는 자신이 쉴만한 곳이 있을 것이다.

　성이는 희연이 스물네 살 때 떠났다. 한 남자를 만났고 그와 결혼했다.

　"이 남자는 달라. 진심이야. 나를 평생 지켜줄 거야."

　20대 중반에 희연과 성이는 떠돌이 생활을 청산했다. 성이는 자그마한 건설회사 사무실에 들어가 일했고, 희연도 성이와 원룸에 같이 살면서 편의점이나 피시방 혹은 패스트푸드점에서 알바를 했다.

　그러던 어느 날 성이가 원룸을 빼겠다고 했다.

　"회사 사람한테 청혼받았어. 원룸 보증금 3백만 원으로 결

221

혼을 해야 하는데 너 돈 좀 있니?"

희연은 모은 돈 2백만 원을 건네고 남은 돈으로 고시원에 들어갔다.

고시원은 남녀가 같이 있었는데, 50대 일용직 남성들이 꽤 많았다. 생각보다는 위험한 건 없었으나, 소음을 낼 수조차 없었다. 기침소리 등 모든 게 칸막이를 통해 전달됐다.

어느 날 알바를 하고 와서 낮에 방문을 여니 바퀴벌레가 스삭 도망치는 게 보였다. 희연은 그날 밤부터 귀에 바퀴벌레가 들어갈까 무서워 휴지로 틀어막았다. 어떻게든 제대로 된 방을 구하려 했다. 고시원 생활은 삶을 피폐하게 만들었다. 희연은 성이 없는 삶이 힘겨웠다.

성이는 희연에게 남편을 소개시켜 주지 않았다. 돌잔치에도 부르지 않았다. 다만 희연을 만날 때 프라다 쇼퍼백을 들고나와 자랑했다.

"결혼할 때 시어머니한테 받은 거야. 괜찮아 보여? 진품이래."

성이는 남편이 일하는 공장 근처인 수원으로 이사 갔고 희연과의 전화는 한 달에 두 번, 만나는 것은 1년에 한 번 정도였다.

희연이나 성이나 제대로 학교를 나오지 않아 친구는 없었다. 둘밖에는 아는 사람이 거의 없었다.

성이는 만나기를 꺼렸다. 희연은 그녀가 결혼한 것이 이해가 안 됐다. 남자는 잡아두면 떠난다. 그걸 거리에서 체득했는데 왜 결혼하는지 몰랐다.

희연은 그때쯤 남성들에게 사기를 쳐서 원룸을 얻기로 결심했다. 지금도 그렇게 살고 있었다.

뿌리가 없이 떠도는 삶. 빈 가지에 시든 꽃만 있고, 열매는 딸 수 없는 그런 척박한 삶.

희연의 얼굴과 등에 땀이 흘렀다. 가슴 밑으로 땀방울이 고였다.

더웠다. 해가 뜨거웠다.

공장이나 물류 창고, 의류상가나 카페가 즐비한 거리를 지나 한참 걸어 서울숲에 도착했다. 우리나라에서 제일 비싸다는, 케이팝 가수가 산다는 갤러리아 포레 주상복합건물을 지나 숲에 들어섰다.

어디에도 희연이 살 집은 이 근처에 없었다. 희연은 캐리어를 끌고 땀방울을 닦으며 높고 큰 나무들이 울창한 숲으로 들어갔다. 너른 길 한복판의 벤치에 앉아 나무 그늘에서 땀을 식혔다.

몇십억 짜리 아파트에 예쁜 카페가 가득한 동네였다.

희연은 주택가에 숲과 카페가 가득한 이런 동네는 거의 처음 와봤다. 송파, 강동, 홍대나 합정 등 나 홀로 원룸 건물이 희연이 월세로 몇 달씩 둥지를 트는 곳들이었다.

한강공원에서 자전거를 탄 남자가 '이년들이 길에서 알짱 거려, 아씨 비켜!' 소리를 버럭 지르면서 성이와 희연을 칠 듯이 아슬아슬하게 지나쳤던 그 날이 생각났다.

"엄마얏!"

희연이 비명을 질렀다.

"옘병, 지랄하네. 나이 처먹고. 저런 것들이 지랄하지, 꼭 저러다 묻지마 범죄를 저지르지. 허 참."

성이는 시원하게 찰지게 내뱉었다. 할머니에게 배우고 듣던 욕이라고 했다. 희연은 성이가 대차게 욕하면 대리만족을 했다.

그 시절 성이가 이끌어주지 않았으면 어쩔 뻔했을까. 나쁜 선택으로 이 자리에 없을지 모른다.

한참 앉아 있으니 숲 이용 실태를 조사하는 아르바이트 대학생들이 다가와 설문조사를 부탁했다.

– 숲을 어떤 용도로 이용하십니까?

희연은 기타란에 갈 곳 없어 쉬는 중이라고 본심을 적었다. 여자 대학생이 웃었다. 희연도 오랜만에 웃어 보였다.

이 학생은 나에게 줄 것이 없다. 희연은 어려서부터 어려운 환경 속에서 낯선 사람을 만나면 이 사람이 나에게 줄 게 있는지 가늠했다. 음식 살 돈을 줄 수 있는지 아니면 호의로 잘 곳을 얻을 수 있는지.

지금 이 사람은 나에게 줄 게 미소밖에 없다.

아주 간만에 사람과 이야기를 나누었다. 기분이 좋았다. 아무 사심 없는 친절 그리고 웃음.

아주 소박한 꿈들.

잘 곳, 평범한 가정, 그리고 친구들. 냉장고에 가득 찬 먹을 것.

성이 언니는 그런 걸 다 이루었다. 희연은 자신은 이루지 못할 꿈이라 생각했다.

'오늘 하루 잘 곳을 찾자. 그러자.'

희연은 상념을 잊고, 조사서에 동그라미를 그려나갔다. 10분 간 종이에 적느라 걱정이 없었다.

희연은 조사서를 건넸다. 어느덧 5시였다. 종일 아무것도 안 먹었지만 배고프지 않았다.

배고픔을 모르는 것. 길거리 생활은 이 습관을 가르쳐줬다. 하지만 음식을 앞에 두면 배가 고프지 않아도 위를 채울 것. 이것도 알려줬다. 희연은 숲을 나와 편의점에 들렀다. 삼각김밥과 과자를 아무거나 집어 음료수와 꾸역꾸역 먹었다.

희연은 터덜터덜 성수역 안에서 쉬며 노선도를 살폈다.

인터넷에서 독서실이나 고시원 총무를 구한다는 알바 구인 란을 보고 전화했다. 하나같이 남자를 구한다고 했다. 희연은 포기했다.

지하철을 타고 무작정 도는데 문자가 왔다.

— 고미선 작가님, 혹시 갈 곳 없다면 영화사 들어와서 스 튜디오에서 작업하셔도 되는데 가능하신가요?

희연은 정확하게 15분 후에 답을 보냈다. 밀당이 아니라 이건 뜸을 들여야 되는 일이라 여겼다.

갈 수 있다고 했다. 희연은 캐리어를 끌고 다시 영화사 사 무실로 향했다.

그날 밤, 스튜디오에 입주하고 희연은 편의점에서 산 도시 락을 먹고 짐을 풀었다. 김순호 감독은 내일부터 정식 회의 를 하자고 했다. 영화사 안에 있는 여러 개의 스튜디오에는 다른 감독과 작가들이 작업실로 사용했다.

영화사는 세 명의 감독이 배급사에서 투자받아 만든 회사 로 각자 작가들을 두고 아이템을 개발하는 중이라고 했다.

희연은 내일이 걱정됐지만, 최대한 들어주는 데 집중하면 될 거라 여겼다. 어느 사람이거나 자신의 말을 들어주고 긍정적으로 답해주면 좋아하니까.

스튜디오는 자그마한 책상과 서랍장, 그리고 침대가 창가에 있었다. 고시원이나 기숙사 방을 연상시켰지만 하얀 벽지가 깨끗했다.

희연은 침대에 누워 가슴을 부드럽게 만졌다. 불안하고 공포에 시달리면 가슴을 만졌다.

엄마가 간혹 떠오른다, 보고 싶지 않지만 성이를 빼곤 유일하게 사랑을 받고 싶었던 사람이다. 그녀를 추억하는 건 모유 먹던 시절을 돌이켜 보는 것밖에 없다.

희연은 일곱 살까지 빈 젖을 물고 잤다. 엄마는 그 이후 상태가 엉망이 돼서 희연을 돌보지 않았다.

초등학교 준비물이나 숙제를 챙기지 않아 희연은 학교에 적응을 할 수 없었다. 실내화도 사 가지 못해서 맨발로 화장실을 다녀와 양말이 물에 젖어 놀림감이 되었다.

희연은 가방을 뒤져 안티푸라민 연고를 찾았다. 연고를 가슴에 발랐다. 시큰하고 허전하고 사무치는 외로움이 싸한 냉기에 달래졌다.

가슴 아래쪽 늑골에는 사과 반쪽 문신이 있다. 성이와 나눠 한 문신.

'지금 성이 언니는 잘 지내고 있겠지. 연락하면 안 된다. 한 사람이라도 사과 반쪽을 가지고 잘 살아야 한다. 사과 반

쪽은 먹을 거, 안정된 집을 의미하니까.'

성이와 안정된 삶을 원하면서 반쪽씩 했다.

합치면 사과 하나가 된다. 이제 성이와 헤어진 지도 6년 가까이 되었다.

성이는 늘 부담스러워한다.

들킬까 봐.

희연은 안다. 과거 생활이 들통나 행복이 깨질까봐 피한다는 걸.

희연도 이해한다.

아주 힘들 때, 아주 기분이 조금 나아질 때, 비가 오거나 엄마가 생각날 때, 아빠도 보고 싶을 때 그럴 때마다, 남자들에게 너무도 미안할 때 딱 한 번만 성이에게 전화한다.

어디서부터 뭐가 잘못된 걸까.

가출, 엄마, 길거리, 호의를 사서 돈 받기, 연애의 기대에 찬 사람에게 연락 끊기, 거짓말로 남의 이름 대고 들어오기. 그리고 또…. 어느 게 가장 큰 잘못일까.

희연은 눈을 질끈 감았다.

모두의 세계관은 어릴 적부터 다르다

선익과 아람은 지하철 중앙관제센터에 요청한 용의자가 사용한 교통카드 내역과 새로 개통한 폰 번호 기지국 이용내역을 영장 청구하고 제대로 된 풀 정보를 받기 전에 설희연의 모친을 탐문할 계획을 잡았다.

아람은 핸드폰으로 지도를 들여다보고 수첩에 적힌 내용과 비교했다.

"선배님, 여기 어디인 것 같은데요? 주소지가 비슷해요."

아람이 덕풍초등학교 정문을 보면서 그 뒤쪽을 가리켰다.

"덕풍2동 행정복지센터 근처예요. 저쪽으로 가요."

선익은 차를 복지센터 주차장에 대고 나왔다. 아람은 구글맵으로 안내를 보면서 움직였다. 선익은 아람을 따라갔다.

"난, 그거 익숙하지 않더라. 그냥 지도 보는 게 편한데."

선익은 아람의 핸드폰 화면을 봤다.

"여기서 우회전 그리고 골목 안으로 20여 미터 직진이에요."

아람과 선익은 골목으로 접어들었다. 아람은 오래된 빌라 건물 앞에 섰다.

"여기, 201호에요."

그들은 계단으로 201호로 갔다. 벨을 눌렀다. 잠시 후, 50대 여성이 문을 열었다. 자다 나왔는지 얼굴이 부루퉁했다.

"누, 누구세요?"

"설희연 씨 어머니 되시죠? 저희는 송파서 형사들입니다. 잠깐 말씀 여쭙고 가도 될까요?"

정현자는 선익이 내미는 경찰 신분증을 확인하고 안으로 들였다. 어두운 거실에서 그녀는 형사들 앞에 엉거주춤 서 있었다.

설희연의 모친 정현자는 후줄근한 티셔츠가 늘어져서 가슴 언저리가 다 드러날 지경이었다. 헝클어진 머리, 그리고 짧고 구겨진 하늘색 면 반바지 아래로 울퉁불퉁한 하지 정맥이 드러난 다리가 보였다.

선익은 자리에 앉아 인사를 나누고 질문했다.

"설희연 씨. 어디 있는지 아세요?"

정현자는 말이 약간 어눌했지만, 정신은 올발랐다.

"몰라요. 왜 그러시죠? 그러잖아도 며칠 전에 강동경찰서 형사님들도 다녀갔어요. 희연이 관련된 뭐 강력 사건 애기하던데 그런 아이 절대 아니에요."

"그 사건 관련자 아닐 수도 있지만, 정확하게 수사해야 되니까요. 도와주시죠. 저희는 사기 사건 조사 중입니다."

"연락이 끊긴 지 오륙 년도 더 됐어요. 가끔은 명절날 왔는데 지금은 안 와요. 어디서 뭘 먹고 사는지 원."

아람은 정현자의 집안을 둘러봤다. 어둡고 좁고 옷가지나 잡동사니가 쌓여있지만 청소한 흔적은 있다. 술병도 없다.

"드세요."

정현자가 믹스커피를 한 잔씩 타서 내왔다.

"알코올 의존증이 심해서 희연이 어릴 적에 상처를 많이 줬죠. 그래서 집을 나갔고, 학교도 중단하고. 저는 저대로 허우적대다가 5년 전부터 주민센터의 복지사님 도움으로 병원에 입원해 치료받고 이제 사람 구실을 해요. 희연이 아버지와도 간간이 연락하고요. 근데 희연이는 요즘 연락도 없고. 명절날 돈 부치는 정도예요."

"지금은 어떻게 사세요?"

아람이 걱정 어린 표정으로 물었다.

"공공근로도 하고, 생활보조금도 나오고, 식당에서 알바하고 그래요. 오늘은 쉬는 날이라서요. 덥죠. 선풍기 좀 틀어드릴까요?"

선익이 땀을 비처럼 흘리는 걸 보고 정현자가 선풍기 바람을 선익의 얼굴로 향했다. 아람은 재킷을 벗었다. 하얀 셔츠에 땀이 배었다.

"희연이 대체 무슨 큰 사건이기에. 사기 아니죠?"

"설희연 씨가 강력 사건…."

선익의 말을 아람이 잘랐다.

"사건 참고인이어서 물어볼 게 있어요."

"저도 몰라요. 핸드폰도 매번 바뀌고…. 찾으면 꼭 연락하라고 말 좀 해주세요."

"네, 알겠습니다."

"어머니, 따님 연락 오면 저희한테 알려주세요. 조사만 하는 거라 괜찮아요."

"아, 알았어요. 혹시 희연이 보면 예전 살던 덕풍동에서 아직 산다고 해주세요."

선익이 일어나려다 날카롭게 물었다.

"어머니, 명절에 돈 부친다면서요. 통장 좀 확인할 수 있을까요?"

정현자가 망설이다 선익의 요구에 하는 수 없이 통장을 주었다. 선익은 통장을 넘겨 살폈다.

"어머니 성함으로 입금된 거, 이게 설희연 씨가 보낸 돈

맞죠? 20만 원. 어버이날에 부친 거요."

"네, 네. 그렇긴 한데…. 만나진 않았어요."

"어머니 동의서 하나 써주세요. 은행 어디서 돈 보냈는지 알아야겠어요."

선익은 통장을 들여다보다 여러 입출금기에서 돈이 찾아진 정황을 발견했다. 출금기 고유넘버가 각각 달랐다.

"돈 찾은 출금기 위치가 각각 다르네요. 두 분이 같이 통장 쓰십니까? 어머니가 현금 지급 카드 줘서 설희연 씨도 이 통장으로 돈 찾고 있죠? 고유번호 은행에 문의하면 위치 알아낼 수 있어요. 한시가 급합니다. 설희연 씨가 경찰서 자진 출두하면 제일 좋지만 그게 안 되면 우리가 찾아서 도울게요. 누명 쓴 거라면 벗을 수도 있고요. 부탁드립니다. 설희연 씨가 돈 찾은 지점 알려주세요."

"그게 저. 형사님…. 저도 몰라요."

"은행에 알아봐 주십시오! 같이 가시죠."

정현자가 망설이다 눈을 감았다. 눈을 뜨고 알겠다는 듯 고개를 끄덕였다.

정현자와 은행에 같이 가서 내역을 일부만 뽑았다.

"형, 형사님. 천, 천호역 그리고 송파역. 그리고 잠, 잠실역…."

가장 최근에 입출금기에서 돈을 찾은 곳은 주로 잠실역이었다. 내역서를 받고 정현자와 헤어졌다.

선익은 주차장에서 차를 빼면서 다급하게 말했다.

"아람 형사, 수사팀에 전화해서 잠실역 국민은행 정현자 통장 최근 6개월 입출금내역 압수수색 가능한지 물어봐. 영장이 있어야 되는데."

"네."

아람은 급하게 전화했고 선익은 잠실로 차를 몰았다.

"어차피 천호, 송파, 잠실 이 세 곳이 각 꼭짓점으로 여기서 남자도 만나고 작업도 하고 그런 것 같은데. 김민동이 죽은 곳도 천호역 근처 모텔이고. 마지막으로 돈 찾은 현금지급기가 있는 곳이 만약 여성 전용 쉐어하우스 근처거나 고시원, 원룸 근처면 그 부근에 설희연이 달방으로 살고 있을 가능성이 있어."

"탐문해야 하는군요."

"부동산 들어가 봐야지."

선익은 어느덧 잠실역 부근에 도착했다. 아람이 크게 외쳤다.

"선배! 저, 저기 은행 입출금기 센터요."

선익은 얼른 센터가 있는 건물 뒷골목에 차를 댔다. 센터는 빌트인 오피스텔 1층에 자리 잡고 있었다. 선익과 아람은 차에서 내려 건물로 들어갔다.

부동산에 들어가 사진을 보여줬지만, 사장은 고개를 저었다. 워낙에 들고나는 사람이 많고 부모님 등이 대리 계약을 하기도 해서 확인이 불가능하다는 것이다.

그들은 부동산을 나와 오피스텔 경비실로 들어가 사진을 보였다. 경비원은 경찰 신분증에 긴장하더니 고개를 끄덕였다.

"여기 사는 분 맞는데 무슨 일이죠?"

"마스터 비밀번호 있죠? 집 문 좀 열어봅시다."

선익이 대뜸 말했다.

모험이었다. 영장 없이 수색하는 건. 증거를 채취해도 재판에서 불리하다.

하지만 이곳에 설희연이 있는지 한시라도 사실 확보가 중요했다. 경비원은 마스터 번호로 열어주었다. 선익과 아람이 오피스텔에 들어갔지만, 쓰레기만 있을 뿐, 방에 옷가지들도 없었고 생활 흔적이 없었다.

"벌써 떴잖아."

경비원이 다급한 듯 선익에 이어 말했다.

"방을 뺐나 봐요? 제가 집주인에게 전화해볼게요. 거참, 말하고 나가지."

경비원이 집주인과 통화를 하니, 설희연이 지난달 월세를 부쳤다고 했고 방을 뺀 줄은 몰랐다고 했다. 어차피 석 달치를 보증금으로 받은 방이라 보증금은 따로 없다고 했다. 집주인이 짜증을 내자 경비원은 서둘러 끊었다.

"대체 무슨 사건입니까?"

"형사들한테 말해서 이 방 수색하고 감식 뜨라고 할 테니까 다시 찾아오면 그때도 열어주십시오."

선익은 수사팀에 설희연이 살던 오피스텔 주소, 이름, 몇 층 몇 호인지를 알려줬다. 사안이 사안이니만큼 살인사건 용의자로 뒤쫓는 강동서와 광역 과학수사팀을 부를 거라고 했다.

"선배님, 이제 어떻게 하죠."

"과학수사팀의 감식 결과 기다리기엔 늦어. 지금 모텔방 2차 감식 들어간다지만, 쪽지문이라도 모텔 방안에서 끝내 나오지 않는다면 기소는 불가능해. 유전자 증거도 안 나온다면 불가능이야. 무조건 설희연 잡아서 자백받거나 해야 돼."

"일단 이 오피스텔 근처 CCTV를 다 뒤져봐야죠."

선익은 오피스텔을 나오며 건물 주변을 보았다.

"저기 입구에 두 개, 그리고 지하철 가는 길로 세 개, 저쪽 대로변에 두 개 보이지? 저거 데이터 꺼내서 다 살펴보겠지. 강동서에서 수사작업에 들어가겠지만 우리는 일단 다른 방향으로 가보자고. 커피 한잔 마시자. 차는 잠깐 두고."

선익은 근처 패스트푸드점에 들어가 커피와 감자튀김 등을 사 왔다. 아람이 커피를 마시며 문득 말했다.

"선배님, 너무 오프라인에서만 쫓는 거 아닌가요? SNS나 인터넷 구글링으로 더 뒤져보는 건 어때요? 사이버수사팀 도움받아서요."

"우리도 하는 만큼 해보고. 근데 말야, 아람 형사. 페북 같은 게 설희연이라는 본명 말고 다른 이름으로 활동한다면?"

"가능할 수 있죠. 인스턴트식으로 몇 번 만난다면."

"아무리 그래도. 남자가 여자한테 관심이 가면 SNS 계정 훑어볼 텐데. 예쁜 사진으로 꾸미면 관심이 더 가고 페북 메시지라도 주고."

"페북은 말이죠. 심리학과 동기들하고 각자 페친 수백 명을 관찰해서 리포트를 냈는데, 홍보나 자신의 근황에 관해 포스팅하고 활동하는 사람 15%. 관음하는 사람 40%, 바쁘고 관심 없어 안 들어오는 사람 30%더라구요."

"나머지 15%는 뭐야?"

"유동적이요. 올리다가 안 올리고, 그러다 올리고 이런 식. 상황에 자극받는 이들. 절실하지도 않고 바쁘지도 않고 적당히 관음하는 부류."

"대단하다. 그런 걸 연구하고."

"정확지는 않죠. 제 친구들과 페친 상대로 한 거니까. 하지만 확률적인 거는 대략 또 전체 비율과 맞는 부분도 있고요."

"아람 형사는 뭐야? 나는 무관심형. 수사할 때만 가명 계정으로 들어감."

"저도 관음입니다. 친구들이 어떻게 사나 어떤 심경인가 살피는 정도."

"엄마 페북도 봤겠네."

"제가 차단했는데요."

"참 독하다. 일단 사이버 상도 잠시 뒤져볼까."

아람과 선익은 각자 노트북과 핸드폰을 꺼내서 인터넷을 뒤져봤다.

아람이 커피 한 모금을 마시고 입을 열었다.

"주성이 씨와 설희연 사진 도용한 계정이 있더라구요."

페북 타임라인에는 성이와 희연이 화장을 진하게 하고 활짝 웃으며 지하철 화장실에서 거울을 보는 사진이 있었다.

"가만있자 댓글에 뭐라고 달렸는데?"

댓글을 열자,

ㅡ 야, 이거 주성이 페북 아냐? 나 걔한테 빌려준 돈 있는데.

ㅡ 이거 주성이 계정 아냐. 걔랑 친하던 애 계정일걸?

ㅡ 아냐, 이거 그냥 누가 걔네들 사진 도용해 페북 프사로 올린 거야. 이런 걸로 남자들한테 메시지 보내서 사기 친다

니까.

– 헐. 미쳤다 다들.

이렇게 달려 있었다. 댓글과 답 댓글이 모두 이 계정이 주성이 것이 아님을 나타냈다.

"선배님, 설희연이 김민동을 죽일 수 있다고 보세요?"

"아직은 수사 중이니 확실치 않아. 하지만 뭐, 남자와 여자의 힘 차이 이런 거 염두에 두는 거야? 그런 거 없어. 누구든 방심하면 한 방이야. 강아지가 발목을 물어도 꼼짝 못 해. 당해봐 봐. 그렇게 된다니까. 불시에."

"그동안 이런 일은 없었잖아요."

"사기만 소소하게 치고 그러다가 꼼짝없이 덜미가 잡히게 생겼으니까 우발적으로 그랬나 보지. 범죄자들 많이들 진화하고 발전하고 그래. 나쁜 쪽으로."

"혹시 모텔 방에서 강간당할 뻔해서 공격을 막다 그렇게 되고 도망간 거 아닐까요?"

"그래? 그런데 그렇게 코와 입에 본드 들이붓고 비닐로 막아놔? 약 같은 걸로 취하게 해놓고."

"그래요? 그럼 남자들은요. 술 취한 여자 골뱅이라 부르면서 강제로 모텔로 데려가 강간하는 거는요."

"아람 형사, 말조심해. 우리는 지금 사건 수사에 관해서만 말하는 거야. 다른 사건 케이스는 왜 가져와? 보자보자 하니까. 나 솔직히 아람 형사 잘 봤는데 남자, 여자 이분법으로 가르면서 여자만 일방적 피해자인 척하는 게 못마땅해. 불편하다고."

선익의 목소리가 높아졌다. 아람은 불편했다.

"아, 알았어요. 무서워요. 소리 지르지 마요. 선배님."

"알았어. 사실 범죄에 여성이 희생되는 케이스가 훨씬 많지. 하지만 우리가 거기에 여자 남자로서 감정이입 하면 절반도 못 봐, 시야가 가려서. 선입견과 편견에.

사건에 남자 여자가 어디 있어. 그냥 피해자 가해자지. 그래서 설희연 수사하는 거야. 여자가 남자 골탕 먹여서가 아니라 사기죄 저질러서. 우린 그냥 범인만 잡고 수사보고서만 올리면 돼. 그 사람은 판사가 형량 내릴 테니까."

"법원 방청 갔다가 여중생을 강간한 남자가 합의를 봤다고 집행유예로 풀려나는 것도 봤어요. 속상해요. 피해자는 평생 괴로울 텐데."

"가끔 개인적으로는 황당하다고 생각하는 경우도 있긴 하지만 그래도 양형 보고서, 자료를 그렇게나 수십 수백 장을 올리는데 판사나 검사도 함부로 구형하고 형량 내리지 않아요. 다 법리 해석하고 판례 적용해서 여러 가지 고려해서 하는 거야. 뭐, 변호사 역량도 중요하겠지. 그들이 어떻게든 교도소는 안 가게끔 해줄 테니까. 하지만 그건 우리 담당도 아닐뿐더러 월권이야. 판결에는 주관을 넣지 마. 그게 내 충고야. 자네에게는 시답지 않은 선배겠지만."

"아니에요. 많이 배우고 있어요."

"그럼 다행이고. 자, 이제 어디로 간다? 아버지는 연락이 잘 안 되고. 설희연이 갈만한 데가 어디야?"

수사팀에서 연락이 왔다.

최근에 설희연이 개통한 번호로 주성이와 전화한 내역이 있다는 것이다. 기지국 위치는 성수동이었다.

아람과 선익은 커피를 마저 마시며 어떻게 수사를 진척시킬지 궁리를 했다.

루프탑이 허용된 사람들의 날갯짓

여현정은 타이 마사지 숍에서 마사지를 받았다. 태국 마사
지사가 오일을 손에 묻혀서 여현정의 등을 부드럽게 쓸어내
렸다. 회원가로 결제하면 8만 원에 받는 이 오일 마사지가
여현정의 유일한 사치이자 취미였다.

비싼 옷도 철마다 한 벌 사면 많이 사는 거였다. 소장한
옷과 액세서리, 명품 가방과 구두 두어 켤레로 여러 해를 돌
려 입으면서 브랜드 옷과 매치했다. 치장에는 투자를 못 하
고 운동은 좋아하지 않아 마사지로 피부관리도 하면서 어깨
와 허리 통증을 풀어주곤 했다.

마사지는 두뇌 회전에도 도움을 줬다. 부드러운 손길이 여
러 생각에 몰두하게 만드는데 오늘은 딱 하나에 꽂혔다.

모텔에서 CCTV에 잡힌 용의자의 영상. 새벽에 여현정은

영상을 확대해서 유심히 살폈다.

분명히 설희연과는 체형이 다르다. 여현정은 구글링해서 설희연의 과거 길거리 시절의 사진 한 장을 찾아냈다. 페북 로맨스 스캠 관련 계정에 그녀의 사진이 프사로 떠돌고 있었 다. 범죄심리학과 학생들과 조교들이 같이 이 케이스를 연구 하고자 자료 조사를 해본 결과로 알아낸 것이다.

글래머러스한 몸매에 통통하고 키가 큰 편이다. 160cm가 넘는다. 그런데 모텔에서 찍힌 영상 속 그녀는 얼굴은 모자 와 마스크에 가렸지만, 체형 자체가 다르다. 일단 엄청 말랐 다. 키도 작아 보인다. 가슴 굴곡은 있지도 않다.

'그런데 설희연이라고?'

형사들이 오해하는 것 같았다. 설희연이 김민동과 마지막 으로 통화를 했고 둘이서 데이트를 한듯한 카페 등의 CCTV 영상을 찾아보고 그녀라고 생각한 것이다.

이는 심리학에도 잘 나온 오류이다. 농구하는 사람들 주위 로 고릴라가 지나가도 못 알아채는 유명한 실험에도 나오듯, 인간은 하나에 몰두하면 다른 것을 잘 인지하지 못한다. 오 히려 외부인이 상황을 더 명확하게 파악한다.

여현정이 마사지사에게 바빠서 가봐야 된다고 말하자 마사 지사가 수건으로 오일을 닦아주었다. 여현정은 얼른 일어나 서 옷을 입고 마사지 숍을 나왔다. 짚이는 방향을 따라가야 했다. 그간 은밀하게 흥신소와 같이 진행해온 이 일을 마무리해야 했다. 자신이 생각한 대로만 일이 풀린다면 방송 프로그램이나 다른 분야에서도 확실히 자신의 위치를 자리매김할 수 있을 것이다.

여현정은 주차장에서 차를 몰고 나오면서 전화를 했다. 다행히 근처에 그가 있었다. 픽업하기로 한 곳에서 감건호를 만났다. 혼자서 가기에는 좀 위험하다 싶으면 누군가를 동행하는 게 나쁘지 않았다.

"오빠, 빨리 타!"

여현정이 차를 감건호 앞에 바싹 갔다 댔다. 끼이익. 급정차하는 소리가 요란했다. 바퀴가 감건호 발목까지 다가와 섰다.

"야, 이게 무슨 만행이야! 그리고 무슨 오빠, 그냥 하던 대로 선생님 아니면 선배라 불러. 오빠는 진짜 오랜만이다."

"김민동 사건 용의자 잡으러 가자고! 나 혼자 해보려 했는데 아무래도 안 되겠어. 현장은 좀 무서워. 오빠는 경찰 출신 아냐. 같이 가는데 얼씨구나 할 사람이 오빠밖에 없더라. 아무리 생각해도."

"경찰 관둔 지가 언젠데. 일단 알았어."

감건호는 서류 가방을 뒤에 던지고 조수석에 날쌔게 탔다.

"대체 무슨 일이야? 그 사건이 뭐?"

"잠깐만, 일단 이것 좀."

여현정은 가슴에서 뽕을 빼고 힐을 벗어서 조수석으로 던졌다.

"야! 무슨 짓이야."

"미, 미안. 갑갑해서. 뒤에다 놔줘. 그 경찰학교 신입생 사건. 용의자 단서가 잡혔어."

"누구, 그 여자? 사기범이라는 그 여자?"

"그래, 오빠."

"급하니까 오빠라고 잘도 한다. 그렇게 부르는 게 몇 년 만이냐?"

여현정은 차를 빠르게 운전하면서 답했다.

"10년 넘었지. 연락이 완전히 끊기다시피 했으니까."

"끊기기는. 그동안 범죄심리학회, 과학수사 관련 행사에서 얼마나 많이 마주쳤는데."

"그래서, 개인적 연락도 없었는데 그게 무슨 연락한 거야? 오빠도 나 보고 그냥 지나친 적 많으면서."

"그거야, 뭐 아는 분들이 있으니 일일이 인사드리다 보니 그랬지."

"흥, 실속 있는 사람만 아는 척하지, 뭐. 언제 나한테 제대로 누구 소개해준 사람이나 있어? 방송사에서 마주치니 억지로 아는 척이지? 아님 정보 캐려는 속셈이든가."

"너처럼 똑똑한 사람이 왜 소개가 필요해. 알아서 찾아오는데. 참 싱글맘 컨셉 좋더라. 힘들게 살면서 당차게 사는 그런 이미지, 피디들에게 좀 더 어필해."

"어이구, 맨날 어디 삐대는 잔머리는 정말 기차."

"현정아, 너 생각해서 하는 말이야."

"오빠한테서 내 이름 정말 오랜만에 듣는다."

"우리 이러다 사귀게 될까 두려운데, 절대 아니니 걱정 마라."

"아휴 참. 누가 할 소리."

"야, 어서 달리기나 해!"

차는 시원하게 강변북로를 달렸다. 여현정은 속도에 맞춰 핏발을 세워 토로했다.

"우리나라가 인맥이 얼마나 중요한데. 술 담배를 안 하니까 맨즈 토크에 누가 끼워주는 줄 알아? 대학원 국내에서 밟다가 내가 위아래 인사치레나 인맥 관리를 못 해서 우리 집 돈 싹 다 끌어가지고 결국 유학 갔다 왔어. 그래도 안 되더라. 선후배가 끌어주지 않고, 일단 남자들 무리에 들어가지 못하면. 얼마나 서운한데."

"그런 게 어딨어? 유리 천장? 진즉에 깨졌고 나도 지금 아등바등해서 겨우 여기야. 한 계단 올라가는 게 더럽게 힘들어. 아후."

감건호가 재차 물었다.

"대체 무슨 단서고 어디 가는 거야?"

"내 얘기 잘 들어! 그 사건 알지. 모텔에서 경찰학교 후보생 죽은 거."

"안다니까."

"그 사건 용의자 말이야. 내가 로맨스 스캠 관련해 조사하면서 나중에 한번은 시사 프로에서 집중적으로 크게 다루어봐야 할 거 같아서 대학원 조교들하고 추적했거든. 그러던 중에 종편 방송 갔다가 출연자 대기하는데 우연히 방송작가들이 하는 얘기가 들리더라고. 모텔 CCTV에 그 용의자 여자가 잡혔다고. 그래서 내가 다른 루트로 그 화면을 어렵사리봤어. 내 영상 편집하는 편집실에 다른 기사가 그 화면을 편집하더라고."

"뜸 들이지 말고 얘기 좀 빨랑 해봐!"

"그 용의자, 쫓기는 데다가 갈 곳도 없어 여기저기 전전하는 사람이라는데 분명히 부근에서 맴돌지 않을까? 보통 범인이 지방으로 도망갔을 거라 생각하지만 사실 사건 현장 근처에 있을 확률도 높았잖아."

"야, 넓은 강동구 어디서 찾아. 나도 아는 형사 통해서 잠실역으로 갔다는 얘기는 들었어, 그런데 잠실역 부근에서 택

시를 탔다 처. 도로공사 차량 자동판독기 기록도 영장 있어
야 알아볼 수 있어. 그걸 무슨 수로 우리가! 택시 회사도 알
려줄 거 같아?"

"끝까지 들어요, 선배. 만약에 피의자가 렌터카를 사용한다
면?"

"무슨 소리야."

"그냥 방송하다 만난 형사님과 대화 나누다 슬쩍 흘리는
거 엿들었는데, 형사님 추측은 범인이 도보는 아니고, 자가용
으로 이동하는 거 같대. 렌터카 같은 걸로."

"무슨 근거로?"

"잠실역으로 이동해서 구제 숍에서 옷을 사서 갈아입었어."

"그건 범인이니까 도망치려고 변복하는 거 아냐?"

"그것도 그렇지만 옷을 제때 빨 수 없어서 사서 갈아입는
거라면? 차에서 자고 먹고 하느라."

"야! 집도 전전하는데 무슨 차야?"

"그래서 렌터카 아닐까. 일단 우리는 증거나 단서를 잡을
기회가 거의 없으니 무조건 촉으로 밀고 나가야 해. 조사할
정보가 거의 없으니."

여현정은 속도를 높였다.

"야, 렌터카도 조사 어렵다. 〈그것이 알고 싶다〉도 팀원
몇 명이 매달리는데. 어쨌든 지금은 대체 어디 가는데?"

"형사님 말에서 촉이 와서 처음에는 사람 시켜서 렌터카 회사 주변 훑었어. 그런데 대형 회사는 개인정보 보호법으로 차량에 GPS 추적기를 안 달았다 하더라고. 어차피 보험 처리되니까. 차 분실해도."

감건호가 고개를 끄덕였다.

"요즘 그렇긴 하지. 그래도 작은 회사는 추적기 달은 데 있을걸?"

"힌트를 얻기는 했어. 우리 같은 프로파일러들이 헛다리 짚는 이유 잘 알잖아. 통장내역이나 통신내역 뒤지려고 해도 일일이 영장 필요한 거."

"그러니 내가 맨날 감 떨어졌다고 욕을 먹지요! 단서 없이 범인을 어찌 추리하냐고."

여현정이 핸들을 우측으로 돌리면서 입가에 미소를 지었다.

"그래서 사람을 사서 발품 답사를 시켰지. 택시나 지하철 대중교통은 우리가 캐기 힘들어. 난 하나에 걸었어. 혹시 주변에 렌터카 번호 달고 차에 짐을 싣고 다니는 사람이 있는지 알아보게 하는 거. 그거 하나만 캐라고 했는데 뭔가 잡혔어."

감건호가 솔깃해했다.

"뭐?"

"그리고 그 차가 방치됐는데 지금 이동해서 다른 곳에 세워졌대."

"현정아, 자세하게 말해봐."

"차가 꼭 버려진 것 같이 장기 주차된 게 있었어. 내가 정보원 한 명 시켜서 현장을 샅샅이 훑게 시켰는데 낡은 아반떼 차에 옷가지나 온갖 살림이 있고, 여자 속옷도 빨아서 널어놓았대. 그 차가 걸려. 원래 잠실역 백화점 뒤쪽 골목에 있었거든. 렌터카 번호 달고서. 근데 지금은 이동해서 다른 데 있어."

여현정이 좁은 도로로 빠지면서 말을 이었다.

"그 차 주차한 데 가보려고."

"그게 어딘데?"

"가보면 알아!"

여현정은 액셀러레이터를 강하게 밟아 속도를 높였다.

여현정은 몇 분 후 차를 하남으로 빠지는 인터체인지 입구에 세웠다. 둔촌동에서 가깝고 김민동의 시신이 발견된 천호역 인근 모텔에서도 멀지 않았다. 여현정은 폰을 들어서 낡은 아반떼를 찍은 사진을 보면서 돌아다녔다. 감건호가 폰을 뺏었다.

"줘봐. 저 건물 같은데? 저기 3층 건물. 1층에 페인트 가게 있고, 옆에 갈비탕 집. 맞네."

여현정이 돌아보는데 아반떼는 없었다. 여현정이 당황해 전화하는데, 저쪽 주차된 차에서 스포티 점퍼에 머리를 짧게 깎고 운동모자를 쓴 다부진 체격의 남자가 내린다. 그가 이쪽으로 조심스레 다가온다.

"실장님."

실장이라 불린 남자가 여현정에게 조용히 말을 건넨다.

"기다리고 있었습니다. 먼저 사진으로 보시죠. 차는 이 여자분이 몰고 갔습니다."

실장은 폰으로 찍은 사진을 보여준다.

베이지색 모자를 쓰고, 사파리 점퍼를 입은 여자가 차에 올라타는 장면과 운전하는 장면이 찍혀 있다.

"직원을 미행시켰는데, 중간에 교통사고가 나 막혀서 다른 길로 돌아갔는데 놓쳤습니다. 죄송합니다. 더 진행할까요?"

"일단 여기서 고민을 좀 해볼게요. 중간 정산해 드리겠습니다."

여현정은 가방에서 봉투를 꺼내 실장에게 건넸다.

감건호는 실장이 가자, 혀를 찼다.

"너 돈 많구나? 이거 완전 불법이야. 교수 신분에 방송인이 감당할 수 있어?"

"잔말 말고 여기 더 둘러보자."

여현정과 감건호가 건물로 가서 주변을 부리나케 둘러봤지만 아반떼는 없었다.

"실장님 말이 그끄저께 저녁 잠실역 부근에서 발견했는데 간밤에 이리로 왔대."

"그럼 더 빨리 움직였어야지."

"학교 수업이 천안에서 있었고, 확실치 않았어. 그런데 아무래도 그럴 것 같다는 느낌이 나중에 들어서."

"형사들한테 넘겼어야지. 차량 번호 지금이라도 넘겨."

"만약 그랬다 아니면 무슨 망신이야? 거기가 뭐 우리 같은 프로파일러 말 듣나. 선배가 아는 형사한테 언질이라도 주던가."

"여현정. 나, 형사나 탐정 놀이 끝난 지 좀 됐다. 지금은 민간인이라 좋단 말이지. 그나저나 어떻게 흥신소 실장이 여기까지 차가 왔는지 감시했대. 서울지방경찰청 관제시스템 정도 돼야 가능한 거 아냐?"

여현정은 화제를 돌렸다.

"모, 몰라."

"그럼 대체 어떻게 한 건데?"

"일단 현장 근처에 방치된 차가 있다기에 실장님 밑 직원에게 위치추적기 달게 해서 추적 다녔다. 왜!"

"미쳤구만. 그거 불법이야. 스토킹! 아주 로맨스 스캠은 자기가 했다 그러지, 남이 겪은걸. 조작방송으로도 모자라 이번에는 범인 잡으려고 정보통신법 위반에 스토킹까지 난리가 났구만. 돈도 꽤 들지 않았어?"

여현정은 곤란한 얼굴을 했다.

"대체 왜 그렇게까지 한 거야? 길가에 버려진 방치 차량을 추적까지 하고 말이지."

여현정은 눈가에 눈물이 맺혔다.

"나도 선배처럼 범인 잡아서 단번에 떠서 여기저기 불려 다니고 싶어서 그랬다. 왜!"

"오버했구만. 그런다고 뜨지도 않고, 근본 없이 이슈로 떠도 우스운 꼴 돼. 프로 쓰레기러 말이지. 인기에 집착하는 점쟁이 프로파일러."

"후후."

여현정이 허탈하게 웃었다.

"운전자 보험 들어놨지? 운전 내가 할게. 조수석에 타라."

감건호가 운전을 하고 여현정은 피곤한지 눈을 감았다.

"여기까지야. 일단 형사들한테 알리자."

여현정이 눈을 번쩍 떴다.

"미쳤어요? 나 불법 저지른 건데?"

"사안이 급하니까. 내가 출처는 묻지 말라고 하고 던져볼게. 아는 형사들한테. 건너건너 전해질 거야. 나도 정말 너를 위해 방송인 목숨 걸고 슬쩍 던지는 거야. 아 몰랑."

"그럼 선배만 믿는다."

새벽. 희연은 눈을 문득 떴다. 침대의 안락함이 좋았다. 에어컨을 켰다. 습기가 가셨다. 1층 영화사 사무실에서 가져온 여러 대본 중 하나를 펼쳤다. 드라마 대본이었다.

희연은 대본을 몇 장 읽었다. 남편이 다른 여자 사이에 아이를 둬서 아내가 괴로워하는데, 시어머니는 오히려 그런 아들을 감싸는 내용이었다.

희연은 이해가 안 됐다. 별문제 같아 보이지 않았다. 먹고 사는데, 안전한 집을 구하는데 평생을 목숨 걸고 투쟁한 그녀는 아내의 고민이 이해가 안 됐다. 그냥 살면 되는데. 부자인데 아이가 무슨 상관이란 말인가.

성이 언니도 결혼하고 행복한데 말이다. 하지만 희연은 자신에게 그런 복은 없다고 생각했다.

무조건 1년 살 돈을 두 달 동안 모아 피해자들이나 형사들 눈을 피해 사라지면 된다. 결혼해서 누군가의 힘으로 살 수 있다는 건 인생에 이룰 수도 없는 꿈이다.

희연은 일어나서 샤워한 후 옷을 갈아입고 스튜디오를 나왔다. 1층 사무실에는 순호가 나와 있었다.

"어? 아직 미팅하기로 약속한 시간 안 됐어요."

"그, 그게 아니라 일찍 잤어요. 그래서…, 일찍 깨서요."

순호는 컵을 꺼내 텀블러에서 아이스커피를 따랐다.

"차가워서 시원할 거예요. 근처 카페에서 사왔어요."

"고마워요. 제가 다 마시면 감독님은 어떻게 드세요?"

"여기, 남아 있어요."

순호는 조용히 책상에 앉아서 출력한 서류를 차근차근 살펴봤다. 그러다가 미소 지으며 희연을 보았다.

"어떻게, 작품 얘기 좀 해볼까요?"

희연은 테이블 앞 소파에 앉았다. 순호도 그 앞에 앉았다.

"우리가 하려는 작품이 뭔지는 아시죠? 인터넷 작가 모집 세부란에 추리장르물이라고 간단하게 나와 있죠. 고미선 작가님이 쓰신 영화 〈오후 두 시의 알리바이〉를 재밌게 봤거든요. 그게 생각나서 부랴부랴 어제 급하게 다시 와달라고 연락드린 거예요."

희연은 순호의 말을 잠자코 들었다. 그 영화를 보지 못했다. 미소만 띠었다.

희연은 순호의 말을 줄곧 들어주다 입을 열었다.

"감독님은 서류 보실 때 오른 손가락을 항상 전자계산기 계산하듯 튕기시네요."

"우와 관찰력 대단하시네요. 예전 회사가 회계 법인이었거든요. 거기서 늘 계산기를 두드려서 손익을 계산했죠. 숨 막힐 때 즈음 나와서 영화연출 공부하러 뒤늦게 한예종 영상원에 들어갔어요. 몇 개의 영화를 만들고 그게 상도 타고 필모 그래피가 됐고, 지금은 여기 고미선 작가님과 마주 앉아 있죠."

"그렇군요."

"전 가끔 서울숲에 가요. 가봤어요? 한번 가 봐요. 어딘지 알죠? 전 거기 가면 작품 구상이 잘 떠올라요. 제 경험상 자연은 맘을 생명력 넘치게 하죠.

"그런가요? 꼭 가볼게요."

처음에 거절당했을 때 가봤어요, 희연은 이 말을 속으로 삼켰다. 거절당한다는 거. 잘 안다.

엄마와 아빠에게 거절당한다는 거. 그래서 사람을 믿지 못하고 몇 번 더 만날 생각을 안 한다. 성이를 제외하고는 사람이 없다. 남자들도 모두 몇 번의 만남 후에 돈을 받고 연락을 끊는다.

근데 지금은 느낌이 조금 달랐다.

지금 앞에 있는 김순호는 조금 더 만나고 싶다는 욕심이 들었다. 욕심을 부려서는 안 되지만, 그냥 마음이 시키는 게 그랬다. 여태 마음먹은 대로 한 게 없었다.

사람 관계만큼은 마음이 가는 대로가 아니고, 목적대로 행동했다. 좋아하는 척, 사랑하는 척했다. 가식적인 미소만 짓고 마음은 닫았다.

이번에는 좀 당황했다. 자신을 작가로 알고 베푸는 호의에 어떻게 반응해야 할지 잘 몰랐다. 하지만 하나는 안다. 이 남자는 분명히 자신을 고미선 작가로 알고 친절을 베푸는 것이다. 오해는 말자고 다짐했다. 이 호의는 부풀린 경력에 의해 나오는 것이다.

자신은 작가도 아니고 사칭하고 있을 뿐이니, 이 친절은 자신의 것이 아니다. 남의 것이다.

단단히 마음먹어야 한다. 흔들리면 안 된다.

"같이 가볼래요? 내일 새벽에. 일찍 가면 좋아요. 보여줄 게 있어요."

희연은 쉽게 답하지 못하고 망설였다.

"작품 쓰다가 잠시 쉬는 것도 좋아요. 편하게 이런저런 이야기 하면서 서로의 얘기를 들어보고 작품에 들어가는 것도 좋아요. 제가 어떤 작품을 연출할지, 어떤 데 관심이 있는지를 알아야 시놉시스라도 잡아 보는 거죠. 이 작품은 고미선 작가님이 먼저 줄거리를 잡고 쓰겠지만 결국 제가 원하는 얘기와 캐릭터가 들어가야 해요."

희연은 고개를 끄덕였다. 이 남자는 사람을 예의 깊게 진정으로 대한다.

"아침에 일찍 문을 열까요?"

희연이 순호와 눈을 마주치고 물었다. 순호는 빙그레 미소

257

지었다.

"후후, 연중무휴예요, 난 머리 복잡할 때 가요. 사람들은 나보고 멘탈 갑이라고 하지만. 어떨 때는 사고방식이 유연한 작가님들이 더 멘탈 좋은 거 같아요. 난 스트레스 받으면 어깨부터 싸르르 아파오는데 서울숲에서 뛰거나 해서 땀을 쫙 빼죠."

그날 종일 희연은 사무실에 비치된 대본과 책들을 읽었다. 영화 역사와 관계된 책들, 추리 소설들. 처음 접하는 것이라 재미있었다.

다음날 오전 7시에 희연은 준비를 마치고 정원에 나왔다. 순호가 트레이닝복 차림으로 나와 기다리고 있었다.

"가요. 빠르게 걸을 거예요."

20여 분 빠르게 걷자 서울숲이 나왔다. 처음에 봤던 숲이 아니었다. 어두운 마음으로 캐리어를 질질 끌고 가서 무거운 몸을 쉬게 하던 곳이 아니었다. 순호와 같이 가니 무지개터널도 지나고 높다랗게 올라간 메타세쿼이아 길도 지났다. 아름답고 미지의 숲 같은 느낌이었다.

"여기가 여름에 제일 시원해요. 나무들이 우거져서 그늘을 만들거든요. 이 벤치에 앉았다 가죠. 좀 앉아요."

순호는 희연과 나란히 벤치에 앉았다. 바람이 나뭇잎을 흔들며 숲을 지나갔다.

새들이 지저귀고, 개울물 흐르는 소리가 어디선가 난다.

순호가 보온병에 담아온 얼음물을 컵에 따라 희연에게 건넸다. 희연의 심장이 두근거렸다.

거짓말이 들킬까 봐서, 사람들을 속이는 게 미안해서 그리고 과거 일들이 떠오를까 봐서.

희연은 두근거렸다. 섬세하게 이 시간을 기억하고 싶었다. 나중에 되풀이해서 되새김질하고 싶었다.

하지만 이건 고미선의 것이다. 자신의 것이 아니다. 순호가 희연의 과거와 현재 상황을 알면 어떻게 나올까.

희연은 차디찬 물을 마셨다. 알싸한 감각이 혀를 감아 돌았다.

"메타세쿼이아 나무는 백악기에 존재하던 나무래요. 살아 있는 화석인데 <주라기 공원> 영화에 나올법한 나무죠. 공룡들이 누비고 다니던 나무에요. 신기하죠. 1억 4천만 년 넘게 지구상에 있다니요. 우리 인간은 백 년도 못 사는데. 더워도 추위도 견디는 나무처럼 나도 힘든 일 잘 견뎠으면 좋겠는데."

"잘 견디시잖아요."

"아뇨, 힘들어요. 사람과 어울리는 일도. 그리고 뭔가 영화로 수익을 창출해서 잘 이끌어나가는 일도. 나무처럼 살아남는다는 거, 살아야만 하는 거, 다 쉽지 않아요. 후후."

희연이 일찌감치 체감한 현실이다. 밥 먹고 사는 거, 그게 정말 어려웠다. 좋은 환경에서 열심히 공부하고 성공을 한 사람도 그러는 걸까.

"작가님은 작품 집필하는데 자연스럽고 적응을 잘하는 거 같아서 부러워요, 담대해 보여요."

희연은 살며시 웃었다. 사람은 누구나 오해를 하고 착각한다.

"감독님, 일을 그냥 뒤 봐요. 너무 잘하려 애쓰지 말고. 지금까지 잘 살아왔잖아요."

희연은 순호가 아니라 자신에게 이 말을 하고 있었다. 잘 살아왔다. 죽지 않고 영원히 버림받지 않고. 언제까지 그럴 수 있을까 의문은 들지만.

그날 오후 희연은 1층에 사무실 뒤쪽으로 작가 공동 집필실에 들어가 봤다. 두 명의 작가들이 노트북 화면을 보면서 심각한 표정으로 작업을 하고 있었다.

희연은 거기에 속하지 못하는 자신이 드러날까 두려워 안쪽으로 들어갔다. 안에는 자그마한 방이 따로 있고 서가에 책들이 놓여 있었다. 구석으로는 거울이 사방으로 설치된 자그마한 거울방이 따로 있었다. 희연은 벌어진 문틈으로 들어갔다. 거울방에는 벽에 공포 화집들이 여러 권 놓여 있었다.

희연은 화집을 열어보았다.

귀신, 괴물, 아이, 여성, 피, 분노, 고통, 공포.

여러 키워드들이 떠올랐다. 희연은 방안에서 무릎을 부둥켜안은 채 몸을 웅크렸다. 과거 자신의 아픔이 떠올랐다.

외면, 연민, 동정, 무심함, 무감각함.

부모에게 느끼는 어린 희연의 감정들.

그리고 경멸, 외로움, 기대, 은폐와 사기, 아픔, 죄책감, 양심, 범죄.

성이와 공동체험한 감정과 생각들.

남자들에게 아양을 떨어 얌전하고 순응하는 모습을 보여 돈을 벌고, 사기를 쳐서 피해를 주었지만, 희연이 당한 폭력도 무척 많았다.

죽이고 싶었다. 자신을 아프게 한 남자들을, 삼촌들을 모조리 죽이고 싶었다. 한번은 길거리에서 성이와 어떤 남자를 엄청 패주고 발길질하고 도망친 적도 있었다. 돌로 그의 머리를 세게 때렸다.

자기의 몸을 함부로 학대하는 사람들에게 받은 트라우마는 결코 사라지지 않고 내면에서 분노가 폭발한다. 그게 걷잡을 수 없이 자해 충동을 일으킨 적도 있었다. 그 감정을 그대로 남에게 되갚고 폭력을 행사하고 싶었다.

희연은 감정의 심연에서 나와 거울을 유심히 봤다.

거기에는 나쁜 일로 얼룩진 추악한 얼굴이 보였다. 혐오스러웠다. 고개를 돌렸다. 하지만 사면의 거울은 그녀를 온전히 부끄럽게 비췄다.

희연은 제대로 된 교육을 받지 못했다. 길거리에서 생활하며 살아가는 법을 체득했다. 다양한 종류의 사람을 통해 배웠다.

그게 더 인생의 교훈이 컸지만 정상적이지 못한 불안한 환경 속에서 배워서인지 때로는 고통이 같이 떠오른다. 여기서 일하는 작가들처럼 창의적인 이야기를 만드는 그런 삶을 교육 받았더라면 어땠을까.

삶을 리셋하는 기분. 어린이도 자살한다는 기사를 봤다. 게임을 하는 것처럼 자살을 리셋으로 생각하고 선택한다는 것이다. 희연도 메타버스 같은 가상공간에서 리셋을 생각해 봤다.

척박한 삶에서 기댈 사람 하나 없고 다른 사람에게 사기쳐서 살아가는 죄책감 때문에 밤마다 눈을 감으면 다음 날 다시 뜨고 싶지 않았던 때도 많았다.

리셋해서 다른 나라 사람도 되어보고 싶었다. 이왕이면 남자로 태어나 부유한 가정에서 좋은 부모와 좋은 학교, 그리고 친구들이 있는 삶을 원했다. 아니면 직장과 동료가 있는 삶.

말할 사람이 있는 그런 초기화된 인생을 바랐다.

희연은 옆으로 누웠다. 폰으로 유튜브에서 오르골을 검색해 이어폰으로 들었다. 미야자키 하야오의 애니메이션 음악들이 오르골 소리로 잔잔하게 나왔다.

눈물이 오랜만에 터져 나왔다. 눈이 스르르 감겼다.

그렇게 30분을 자듯이 누워 있다가 거울방을 나갔다. 돈이 더 모이면 노트북을 사고 싶어졌다. 중고도 좋았다. 그냥 지금의 상념을, 마음을, 겪은 일들을, 부모와의 기억을 그리고 성이에 대한 마음을 적고 싶었다. 글로 써보고 싶었다.

무언가 생산적이고 건전한 걸 해보고자 마음먹은 건 처음이었다.

새로운 삶을 향한 열망이 피어올랐다.

희연은 공동 집필실을 나와서 스튜디오로 돌아와서 새로 마련한 선불폰으로 성이에게 간만에 전화했다.

"언니. 나야."

희연은 차분하게 말했다.

"희연아. 너 어디야. 형사들이 연락했어. 너 무슨 사건하고 관련 있는 거야? 무슨 일이니? 걱정돼."

"나, 나도 잘 모르겠는데. 나 아무 짓도 안 했어. 내가 잠깐 만났던 남자가 있었는데, 무슨 일이 났나 봐. 엄마한테 형사들이 찾아가서 처음에는 말 안 했는데 꼬치꼬치 캐물으니까 말해줬대. 내가 그 사건…, 용의자처럼 됐대나 봐."

"뭐? 진짜? 말도 안 돼. 지금 거기는 어딘데."

"여, 여기는…."

"말해줘. 나 알잖아. 니 편인거. 유일한 니 편."

"여, 여기는 성수동 영화사 건물…."

"니가 그런 데를 어떻게 들어가?"

"자, 작가라고 했어. 시나리오 작가. 사칭했는데, 너무 미안하게 감독님이 잘해줘."

"감독님이 누군데?"

"김순호 감독이라고, 젊은 분인데. 많이 도와주셔."

"너 또 작업 들어갔구나?"

성이가 비아냥거리듯 말했다.

"아, 아냐. 아냐. 손쉽게 잡히는 그런 거 아냐. 우리 같은 사람들이 다가갈 수 없는 사람이야. 길에서 유혹하는 그런 거 아니야. 내가 작가라 하니 잘해주는 거야."

"그렇구나. 그래도 니가 지금 가릴 때야? 별수 없어. 거기서 오래 버티려면 그 사람도 남자일 거 아냐. 도발해 봐."

"아, 안 돼. 그런 거 아냐. 정말이야."

희연은 입술을 지그시 깨물었다. 그에게 그러기 싫었다.

다른 나라, 다른 세계, 다른 방식으로 사는 사람.

거리낄 게 없고 뒤가 구릴 게 없는 사람. 경찰들이 쫓지 않고 작가들이나 문화 관계자나 기자들이 따르는 사람.

"희연아. 너 지금 사생결단 내야 해. 거기서도 쫓겨나면 갈데 없어. 일단 슬슬 내가 가르쳐준 대로 작업 들어가 봐. 그러면 거기서 처음에는 당치 않은 유혹에 화를 버럭 내도 넥타이 정도는 풀게 되어 있어. 도박인데, 너에게 마음이 열린다고. 내 말대로 해봐."

"언니. 아, 안된다고."

"니가 지금 길거리에 좌판 깔고 드러누웠는데 가릴 때니? 길거리 때보다 더 갈보가 됐는데. 엉?"

성이는 화를 버럭 내고 전화를 끊었다. 희연은 그대로 문에 기댔다가 주르르 무너지면서 침대에 누웠다. 성이마저 자신을 버리면 끝이다. 희연은 마지막 보루를 무너뜨리고 싶지 않았다.

희연은 기억을 떠올렸다.

갈보 정도가 아니라 쌍년, 미친년 소리 들어가면서 남자한 명을 거의 죽다시피 때리고 도망친 적도 있었다.

남자가 희연의 집을 찾아내서 그 근처를 서성였다. 희연은 남자에게 400만 원 정도의 돈을 빌렸다. 남자는 집에서 재택근무로 앱을 개발하는 프로그래머였는데 인간관계가 적었다. 희연과는 인터넷 채팅을 통해 만났다. 체구가 크고 돋보기안경을 끼고 말투가 어눌한 남자는 희연에게 푹 빠졌다. 희연은 그가 싫지 않았다. 느릿한 말투도 친절한 행동도 진심어린 태도가 맘을 조급하게 하지 않았다.

희연은 그와 두 달 넘게 만나면서 돈도 조금씩 자주 꿔서 급한 월세를 막았고, 연애하는 감정을 느꼈다. 하지만 그게 발목을 잡았다. 프로그래머는 동창생들을 만나는 모임에 희연을 데려가고 싶어 했고 희연은 그런 관계를 맺는 것은 아니다 싶어서 전화를 받지 않았다.

그런데 이 남자가 어떻게 희연의 주소를 추적했는지 원룸 근처에 잠복했다가 나타났다.

희연은 남자를 놀이터로 데려가서 자신은 결혼이나 장기 연애 관계를 맺을 생각이 없다며 차근차근 달랬다. 프로그래머는 울다가 웃다가 매달리다가 희연의 머리채를 잡았다. 희연은 그대로 몇 번 휘둘리다가 갑자기 걷잡을 수 없는 분노를 느꼈다.

과거에 겪은 처절한 소외감과 불안, 공포 그리고 화가 일시에 솟구쳤다. 희연은 손에 잡히는 대로 돌이나 봉투 같은 것을 마구 던지다가 놀이터 바닥에 버려진 야구 배트가 잡히자 그것으로 남자의 어깨와 등을 가격했다. 무섭도록 놀라운 분노를 실어서 휘둘렀다. 남자는 바닥에 쓰러졌고 희연은 그대로 도망쳤다. 다음 날부터 인터넷 기사를 살폈지만, 놀이터에서 죽었다는 남자에 관한 기사는 없었다. 그 남자는 더 연락이 없었다.

그때 희연은 자신에게 트라우마로 인한 분노가 가득하다는 걸 깨달았다.

희연은 안다. 자신이 누군가를 죽일 능력이 있는걸. 사람은 공포와 광기, 불안에 휩싸이면 자기가 살고자 본능적으로 타인을 죽인다.

문자가 왔다. 순호가 업무 미팅을 하자는 것이었다.

희연은 사무실로 갔다. 마침 순호가 노트북을 충전하려고 플러그를 잡은 채 콘센트를 찾으려 애쓰는 걸 보다 못한 희연은 얼른 쭈그리고 앉아서 플러그를 콘센트에 끼웠다.

"잘 안 보이시는 것 같아서요."

"감사합니다. 제가 해도 되는데."

희연은 쭈그렸을 때 티셔츠 속이 보일까 걱정했다. 이 사람에게는 이상한 수작을 부리고 싶지 않았다. 더 조심스럽고 무서웠다. 우습게 보일까 걱정이 되기도 한다.

"컵라면 하나 드실래요?"

"네?"

"밥도 거의 안 먹고 어떻게 버텨요? 지켜보니까 여기에만 거의 있던데요. 끼니도 거르면서. 글 쓰려면 체력이 있어야 하지 않나? 드릴 게 컵라면뿐인데. 그래도 이거 오모리 김치찌개 컵라면이라 다른 거보다 더 괜찮아요. 얼큰하고."

"고, 고마워요. 괜찮다면."

"여기는 냄새 배니까. 우리 옥상 가요. 트인 데서 먹어요."

희연과 순호는 영화사 건물 옥상에서 라면을 먹으며 일이 아닌 서로에 관한 이야기를 했다.

선익과 아람은 신호가 잡힌 성수동 기지국 근처에서 성수역 부근 24시 카페 등지를 탐문하다가 식사를 하는 중이었다. 주성이의 전화다. 아람이 스피커폰으로 받았다.

"주성이 씨? 여보세요?"

"저어, 형사님…. 할 말 있어요."

"네. 말씀하세요, 주성이 씨."

"희연이에 대해 말하는 게 정말 희연이를 돕는 건가요? 그게 궁금해서요."

"네, 물론이죠. 오히려 사건과 관계없는데도 오해를 받아서 겁에 질려 숨고, 나쁜 선택을 하는 분들도 계세요. 안타깝죠. 본인이 결백하면 소명하면 돼요."

선익이 침을 꿀꺽 넘겼다.

"저…, 희연이가 어디 있는지 알아요…. 지난번에도 통화했다가 방금 전 통화 또 했는데…."

아람이 침묵했다. 긴장했다. 폰을 쥔 손에 땀이 배어 나왔다. 선익이 핸드폰에 얼굴을 가까이 가져갔다. 아람과 같이 흘러나오는 목소리에 집중했다.

"성수동에 있는 영화사에 작가로 들어가 있다고 했어요. 같이 일하는 감독 이름이 김순호래요. 작가로 거짓말하고 들어갔대요."

아람은 주성이와 몇 마디 더 하고 일단 전화를 끊었다. 선익이 이미 옆에서 검색하고 있었다.

아람도 검색어를 '영화사', '작가 집필실', '성수동', '김순호 감독' 등의 키워드를 넣어서 검색했다.

"어! 잡았다. 라이터스 루프탑. 김순호 감독, 이승진 감독, 그리고 오주덕 감독 공동 영화사 사무실 그리고 작가 스튜디오 집필실! 여기서 멀지 않아!"

"작가로 위장하고 들어간 걸까요?"

"가능하지. 속이는 데 능수능란하니까. 어서 가자고! 차에 타. 운전은 내가 할게."

선익은 밥을 먹다가 도중에 일어났다. 아람도 식사를 포기했다.

"햄버거집 갈걸. 들고 일어나면 되는데. 하는 수 없지. 뭐."

선익은 운전석에 타면서 아쉬워했다.

성수역 근처에 위치한 라이터스 루프탑 건물에 도착한 선익과 아람은 빠르게 차에서 내려 건물로 들어갔다. 선익이 건물 로비로 들어가 숨을 고르고 쉬면서 땀을 닦았다.

순호가 마침 나왔다가 마주쳤다.

"누구시죠?"

"경찰입니다."

선익은 신분증을 보였다.

"형사님이 무슨 일이시죠?"

순호가 경계했다. 선익은 폰을 열어 희연의 사진을 보였다. 과거 성이와 다니던 사진 그리고 주민등록상 사진 등을 보였다.

"이 여자 우리가 수사하는 사건 용의자입니다. 이곳에 있다는 제보받고 왔습니다."

순호는 얼굴을 굳혔다. 선익이 말을 이었다.

"이름은 설희연. 나이는 서른 살. 사건 용의자라 수배 중입니다."

"어떤 사건이죠?"

"그건 말해드릴 수 없고 강력 범죄입니다. 이분 여기 온 적 있죠?"

선익이 떠보듯이 확연하게 말했다. 순호는 강한 눈빛으로 세게 나갔다.

"아뇨. 사진에서 처음 봤어요."

"영화사 구경 좀 합시다."

순호가 긴장되는 눈빛으로 고개를 끄덕였다.

"그러세요."

"아, 에어컨 시원하다. 저기 계단 한번 올라가 봐도 될까요? 2층에는 뭐가 있나요?"

"작가들 개인 집필실입니다. 소란 피우시면 안 돼요."

순호가 선익을 막았지만, 그는 아랑곳하지 않고 계단을 올라갔다.

"안 떠듭니다. 감독님, 걱정 마세요. 몰랐는데 유명하신 분이대요? 인터넷에 작품도 많이 검색되고 상도 타시고요."

순호가 선익에게서 몸을 돌려 톡을 보냈다.

희연은 톡을 확인했다.

– 누군가 당신을 찾아온 것 같은데 스튜디오 안에서 한 발자국도 나오지 마요. 커튼 쳐놓고 문 잠가요.

희연은 핸드폰을 무음 모드로 해두고 읽던 책은 책상에 두고 문을 잠갔다. 커튼을 쳐서 창을 가렸다. 그리고 몸을 침대에 눕혀 이불을 덮었다. 머리까지 덮었다.

누군가 문고리를 붙잡고 돌리는 소리가 났다. 목소리가 들렸다.

"그 방은 비어서 잠가됐어요."

순호의 목소리가 들렸다.

"아, 네. 알겠습니다. 내려가죠. 그럼."

선익은 각 스튜디오의 문고리를 다 한 번씩 돌려보고 열리는 곳은 눈으로 확인했다. 그리고 계단으로 내려갔다. 희연은 가슴을 쓸어내렸다.

선익은 고개를 갸웃하면서 아람과 회사 1층 사무실을 둘러보고 나왔다.

선익이 돌아가는 걸 2층 복도의 창으로 확인한 순호는 마침 캐리어를 끌고 나오던 희연과 눈이 마주쳤다.

희연은 미안한 얼굴로 억지 미소를 지으며 서 있었다.

"당신 대체 누구죠?"

희연은 대답을 할 수 없었다. 그대로 조용히 서 있었다.

"미안합니다."

"나가줘야겠어."

희연은 고개를 끄덕이고 인사했다.

"숨겨주셔서 감, 감사합니다."

희연이 조용히 고마움을 표했다. 그리고 캐리어를 들고 계단을 내려갔다.

"진…짜 이름은 뭐죠?"

"설희연이요."

"왜 거짓말을 한 거죠?"

"머물 곳이 필요했어요. 쫓겼어요. 갈 곳이 없어서…."

"난 아무 사람이나 들이지 않아요. 적어도 내 공간으로 들어오는 사람은 오래 간단 말이에요. 솔직하지 않으면 규칙은 깨지니까."

"규칙을 깨서 미안해요. 진심으로 죄송합니다."

순호의 눈빛이 흔들렸다.

"마음을 주려 했어요. 난 아무나 내 범주에 넣지 않는다고요."

희연은 1층으로 건물을 나갔다.

선익과 아람은 영화사 건물 주변에서 대기하고 있었다. 차를 골목 뒤에 숨기고 영화사 정문이 보이는 작은 카페에서 유리창으로 지켜보았다.

"추적을 무리하게 하면 안 돼. 위층에서 갑자기 뛰어내리기라도 하면 진짜 큰일 나."

"확실히 있다는 말씀인가요?"

아람은 빨대를 입으로 잘근잘근 씹으면서 물었다.

"촉은 그래. 아닐 수도 있고. 기다려 보자고. 차를 빼는 척한 것도 그래서야. 만약 저 감독이라는 사람이 숨겨주는 거라면 차가 나갈 때까지 지켜볼 테니까."

선익이 커피를 털어 마시듯 입에 넣는데 아람의 눈이 커져서 그의 어깨를 탁탁 쳤다.

"선배 고개 숙여요! 저 여자. 캐리어 끌고 나오는 여자! 하얀 티, 설희연 같아요!"

선익이 얼른 고개를 숙이고 눈만 치켜떴다.

"차 몰고 나 따라와. 난 도보로 미행한다. 좀 있다 다시 지시할게."

희연은 성수역에 가서 엘리베이터를 타고 지하철역으로 들어갔다.

선익은 계단으로 달렸다. 아람은 차를 근처에 주차하느라 허둥댔다.

희연은 의아했다. 조금 전 자신은 캐리어를 끄느라 천천히 왔는데, 누군가 발걸음을 늦추면서 따라온 듯싶었다. 30대 중반 정도로 보이는 남자였다. 스포티한 차림이 활동적으로 보였다. 눈에 힘을 주면서 따라오는 게 예사롭지 않았다.

희연은 아까 영화사를 찾아온 그 형사가 아닐까 하는 생각이 불현듯 들었다. 역에 들어가자마자 화장실로 향했다. 벽면 거울로 보니 예상대로 아까 그 남자가 뒤에서 서성이며 희연의 뒷모습을 지켜보았다.

희연은 화장실에서 30여 분 있다 나왔다. 밖을 살피면서 천천히 나오는데, 그 남자가 폰을 들여다보는 게 포착됐다.

기회다.

희연은 소리가 나지 않게 천천히 캐리어를 양손으로 번쩍 들고 아무렇지 않게 엘리베이터로 향했다. 남자는 아직 눈치를 못 챈 듯하다.

희연은 휠체어를 탄 노인 뒤로 숨었다. 엘리베이터 닫힘 버튼을 눌렀지만, 문은 꿈쩍도 안 했다.

"그거 말 안 듣는데, 기다려요."

노인의 말에 희연은 두 손을 기도하듯 모았다. 초조했다. 분명 스포티 점퍼를 입은 남자가 자신을 뒤쫓는 느낌이 있었다.

아무래도 형사 같은 직감이 쎄하게 들었다.

문이 닫혔다. 저만치 쫓던 남자가 두리번거리는 게 보였지만 이내 엘리베이터는 플랫폼이 있는 지하로 내려갔다.

희연은 엘리베이터에서 내리자마자 주변을 스캔했다. 목표를 찾는다. 반드시 찾는다.

설희연은 단번에 승부수를 걸어야 했다. 먼저 대상자를 찾았다. 잘생긴 남자, 키 큰 남자 모두 지나치고 구석에서 폰을 들여다보던 안경 낀 남자를 택했다.

"저, 저 좀 도와주세요."

희연은 상냥한 미소와 말투로 사근사근 말을 걸었다.

"네에?"

희연은 약간 몸을 숙여 목선이 드러나게 했다.

"화장실에 핸드폰을 놔두고 왔어요. 가지러 갔다 오려니 이 캐리어 때문에 번거로워서요. 이거 잠깐만 봐주시면 안 될까요?"

남자는 시계를 들여다보고 가늠해봤다.

"좋아요."

"참, 갔다 와서 반드시 돌려드릴 테니, 입고 계신 그 후드 점퍼도 빌려주실래요? 이상한 남자가 자꾸 저 따라오는 거 같아서요."

남자의 눈빛이 순간 변했다. 어떻게 하지? 하는 얼굴이었다.

희연은 캐리어를 가리켰다.

"어디 안 가요. 제 짐 보관해 주시는데요."

"알겠습니다."

희연은 남자가 캐리어를 구석에 두고 그 옆 벤치에 앉아 폰에 시선을 두는 걸 보고 남자의 점퍼를 입고 후드를 쓰고, 지퍼를 끝까지 잠가 얼굴을 숙이고 에스컬레이터로 향했다.

옷차림이 달라지고, 헤어스타일만 감추면 어쩌면 피할 수 있다.

그런 식으로 자기 주변을 서성이면서, 자신을 찾던 남자를 따돌린 경험이 있었다.

마침 전철이 들어오고 희연은 올라가는 에스컬레이터에 발을 올렸다. 화장실 밖에 있던 아까 그 남자는 허둥대면서 계단을 내려오며 아슬아슬하게 엇갈렸다.

남자는 희연을 못 알아본 것 같았다.

선익은 계단을 미친 듯이 내려가서 플랫폼에 도착하자마자 주변을 훑었다. 아무리 봐도 중년 여성, 어린이, 아이 엄마, 여고생, 할아버지, 남자 대학생 서너 명 외에는 없었다. 하얀 티셔츠를 입은 설희연으로 보이는 여자는 없었다.

선익은 고개를 갸웃했다. 반대편으로 내려갔을지 모른다는 생각이 들었다. 여자 화장실 앞에서 대기하고 있어야 하는데, 그만 화장실에서 조금 거리를 두고 잠복한 게 패착이었다. 게다가 아람에게 성수역 다음 정거장으로 가서 주차하고 역 주변에 대기하라고 톡을 하면서 잠시 한눈을 팔았다.

그때 도망친 것 같았다. 뒤늦게 여자 역무원을 불러 화장실에 같이 들어가 봤지만 희연은 아무 데도 없었다.

선익은 뚝섬역에서 대기하다 다시 성수역으로 온 아람과 만났다. 같이 밖으로 나오며 엄청 잔소리를 들었다.

"아니, 선배님. 어떻게 캐리어 들고 가는 여자를 놓칠 수가 있어요!"

"이거 봐! 아람 형사. 자네가 빨리빨리 톡에 응답했으면 안 그랬는데, 그거 들여다보느라 그랬어. 하여간 미안해. 할 말 없다."

"위에 보고는 안 하겠지만 어쨌든, 실망입니다. 베테랑 형사님께서 그러시다니요."

선익은 낙담하는 얼굴로 차에 탔다.

밖으로 나온 희연은 역 근처 커피숍에 들어가 밖을 보며 1시간 정도 커피를 마셨다. 아까 그 남자가 허둥대며 역을 나왔다가 다시 들어갔다가 나왔다. 그는 여자와 함께 차에 탔다. 희연은 조용히 다시 전철역으로 돌아갔다. 플랫폼의 안경 쓴 남자는 아직도 있었다.

희연은 미소를 지으면서 다가갔다. 후드 점퍼를 벗어서 가지런히 접어 건넸다.

"아, 정말 죄송해요. 폰을 누군가 들고 가 버려서 다른 사람 전화 빌려서 전화하고 다시 와 달라고 해서 간신히 돌려받았어요. 점퍼도 잘 입었어요. 죄송합니다."

남자는 화를 내려다 희연이 방글거리자 그냥 캐리어를 툭 내밀었다.

"정말 죄송합니다. 정말요."

희연은 고개를 푹 숙였다. 남자는 불쾌한 얼굴로 도착한 전철을 탔고, 희연은 고개를 들면서 눈물을 흘렸다.

무서웠다. 잡히기 싫었다. 희연은 눈물을 팔목으로 쓱 훔치고 캐리어를 천천히 끌고 다음 전철을 탔다.

스쳐 지나가는 창밖 풍경을 봤다. 동부지방법원이 송파구 법원단지로 이사 가서 출입금지 플래카드가 붙어 있었다. 희연은 자신에게 출입금지 플래카드를 붙여놓은 것 같은 기이한 감정이 들었다. 가슴이 콩닥거리던 게 잠시 멈췄다. 형사는 따돌렸지만, 갈 곳은 없었다.

희연은 무연하게 창밖을 보다가 지하철에서 내렸다. 문득 조심해야겠다는 생각이 스쳤다.

아까 그 남자가 혹시 형사여서, 역무원에게 2호선에 탄 사람 중에 캐리어를 든 사람을 찾으라는 명령을 내리면 자신은 위험했다. 그래도 캐리어는 버릴 수 없었다. 이 모든 짐을 다시 사려면 돈이 많이 든다. 얼른 내려서 반대 방향으로 갈아 탔다. 동대문역사문화공원역에 가서 갈아타는 게 더 나을 것 같았다.

동대문역사문화공원역에 도착해 환승하려다 그냥 나왔다. 전시관에서는 대한민국사진축전을 하고 있었다.

희연은 수백 명의 사진작가들이 작품 사진을 건 전시공간을 캐리어를 끌고 지나쳤다.

코로나바이러스로 인해 사람이 그다지 많지 않았다. 중간 즈음에 멈췄다. 하얀 백발의 여성 사진가가 작품을 설명했다. 이름은 최경자라고 했다. 작가는 분홍빛으로 물들인 갈옷에 동그란 안경을 꼈는데 지적이면서도 따뜻한 이미지를 풍겼

다. 작은 체구지만 목소리에 힘이 있고 활동적 기운이 넘쳤
다.

"이 작품은 태안 신두리 사구의 현재 모습을 다중촬영 기
법으로 찍어서 겹쳐 인화한 겁니다. 사진의 의미는 만5천 년
전의 사구와 현재의 사구를 대비해서 시간의 흐름을 보여줍
니다. 사구는 여성을 상징합니다. 곡선의 둔덕과 바람이 가지
고 온 모래의 전체적 상징은 바다에서 비롯된 모래의 여자입
니다. 여성성은 매일 달라지고 생동감과 활력에 넘치고 생명
력이 있죠. 살아있습니다. 이 작품은 아까시나무와 바다를 다
중촬영 기법으로 찍어서 겹친 것입니다. 척박한 환경에서 살
아남고 새순이 돋는 아까시나무는 여성의 끈질긴 생명을 보
여줍니다. 봄기운이 솟아 고목이 살아남는 걸 형상화했습니
다."

희연은 생명력 있는 아까시나무가 맘에 들었다. 핸드폰으
로 사진을 찍었다. 사진을 인쇄한 우편엽서를 집었다. 엽서에
는 사진작가가 강의한다는 태안문화원의 주소가 적혀 있었
다. 희연은 캐리어를 끌고 다시 지하철역으로 향했다.

희연은 크러쉬의 〈오아시스〉를 좋아했다. 이어폰을 끼고
노래를 들었다.

'그녀는 날 숨 쉬게 해.' 이 가사는 희연을 생기 있게 만들
었다. 처음에는 성이가 자신을 숨 쉬게 한다고 생각했다. 혼

자가 된 이후로 나는 언제나 누군가에게 숨을 쉴 수 있는 환경을 만든다고 자기 최면을 늘 걸었다.

이건 사기나 꽃뱀 같은 게 아니다.

누군가에게 희망을 주고 잠시 안락함을 주는 거다.

그건 인생의 활력소지 범죄나 나쁜 짓이 아니다.

하지만,

결국 모든 건 자기최면에 불과했다. 사실은 범죄가 확실했다.

희연은 엄마의 통장을 여러 개 사용했는데 그중 농협 통장에 돈을 모아 놨다. 모두 찾으려 했다. 돈을 찾아 어디론가 먼 곳에 가 있어야 했다. 지하철은 강동역에 도착했다. 희연은 역을 나와서 택시를 탔다.

"아저씨. 농협으로 가주세요. 길동 사거리 너머 있어요."

"그거 이사 가서 어딨는지 정확히 알아. 나만 믿어."

일흔은 넘어 보이는 하얀 머리의 나이 드신 기사님이 푸근하게 보였다. 차가 서행해서 이동했다.

"봐봐. 은행 저기 있잖혀. 나올 때 전화해, 기다릴게."

희연은 기사의 농담에 피식 웃었다.

"어허, 인연 있으면 또 만난당께. 같은 손님 얼매나 많이 태우는데. 또 한 번 더 타면 나랑 사귀는겨."

희연은 소리를 냈다.

"네에? 뭐라구요? 하하하."

희연은 아주 오랜만에 크게 웃었다.

"어르신이신데요."

"어르신은 무신, 할배지. 일흔 훨 넘었는디."

희연은 택시에서 내리면서 기분이 나아졌다.

길동 주변에 봐둔 방이 있었다. 형사들이 성수동까지 가서 자신을 찾은 걸 보면 차라리 원래 근거지인 천호나 잠실 주변이 나을 거 같았다. 이곳은 여러 번 뒤져서 다시 찾을 것 같지 않았다. 무엇보다 다른 곳에 가서 새로 시작한다는 것도 두려웠다. 먼 곳이 안전했지만 멀리 떨어져 새로이 시작할 자신도 없었다.

나이가 드는 것 같았다. 용기가 많이 없어졌다.

희연은 짚이는 게 있었다. 성이가 말한 걸까.

왜 그랬을까. 내가 죄를 빌고 용서받기를 원하는 걸까.

희연은 길동역과 강동역 사이에 있는 은성오피스텔로 걸어갔다. 지은 지 20여 년이 넘어서 낡고 좁지만, 냉장고와 세탁기가 있고 보증금은 300에 월 60만 원이었다. 예전에 잠시 살아봐서 잘 알았다. 나쁘지 않았다. 급한 대로 들어가야 했다.

희연은 캐리어를 끌고 은성오피스텔 1층에 있는 부동산으로 들어갔다. 이미 부동산 앱으로 예약을 해서 방을 잡았다.

며칠 후, 선익은 수사팀의 연락을 받고 아람과 차에서 잠복 중이었다.

"어떻게 된 거죠?"

"설희연이 다시 그 카드 가게에서 선불카드 샀어. 이 근처 스타벅스 앞에서 퀵으로 카드를 받았고. 또 다른 번호를 개통한 대리점도 바로 이 근처야. 수사팀이 최근에 여기서 월세를 계약한 곳은 다 전화해 탐문했어."

아람이 고개를 저었다.

"설마, 이 동네로 다시 왔을까요?"

"단서는 그렇대잖아. 폰 번호만 바꾸면 되는 줄 알았나. 인간의 심리는 자네가 더 잘 알잖아? 저 여자 어때?"

아람은 선익이 고갯짓으로 가리키는 여자를 봤다. 넓은 사각형의 면 티셔츠에 청반바지를 입었다. 하얀 다리가 돋보였다. 여자는 분홍 모자를 눌러쓰고 손에는 편의점 비닐봉투를 들고 있었다. 그녀는 오피스텔 안으로 들어갔다.

"글쎄요. 체형은 비슷한 것 같은데요."

"좀 더 통통해 보이는데?"

"옷을 저렇게 박스티로 입으면 그렇게 보여요."

"좋았어. 어 잠깐!"

여자는 501호의 편지함을 한번 스윽 살피더니 편지는 집지 않고 그대로 엘리베이터로 갔다.

"맞다. 501호에 새로 이사 온 여자. 고미선으로 계약했어. 그리고 아마 전 주인에게 온 편지니까 그냥 올라가는 걸 거야."

아람과 선익은 차에서 내려 오피스텔 입구로 들어갔다. 엘리베이터는 5층에 멈췄다.

"어서 가자고."

아람이 의아해 물었다.

"어떻게 우리가 먼저 파악한 거죠?"

선익이 허탈하게 웃었다.

"강동서 강력팀 지금 다른 데 뒤지고 있어. 우리는 우리 일만 하자고."

아람은 일단 고개를 끄덕였다. 501호에 서서 벨을 눌렀다. 아무 반응이 없자, 선익이 거세게 두드렸다. 문이 천천히 열렸다.

선익과 아람의 가슴이 쿵쿵 뛰었다. 바로 이 순간이었다.

문 사이로 설희연의 말간 얼굴이 무표정하게 보였다.

"경찰입니다. 서로 같이 가주시죠."

설희연은 형사 신분증을 보고 고개를 끄덕이더니 지갑과 핸드폰을 챙겨오겠다고 했다. 설희연은 그들의 임의동행 요구에 응하고 나갈 채비를 마쳤다.

한편, 강동서 강력팀 형사들은 자양동의 한 모텔 앞에서 아반떼 차량을 발견하고 즉시 번호판을 확인했다.

"맞지? 19하 34XX."

"네. 맞습니다."

"어서 들어가자고."

매서운 눈빛의 형사들은 팀장의 지시에 일사불란하게 모텔로 들어갔다. 형사 한 명이 모텔 주인에게 상황을 설명하고 마스터키를 받았다. 형사들은 계단과 엘리베이터로 나뉘어 이동했다.

3층 306호 앞에서 형사 하나가 벨을 눌렀다. 기척이 없었다. 형사는 팀장의 지시를 받고 노크를 세게 했다.

"룸서비스입니다. 방 청소해야 합니다."

잠시 침묵 후 여자의 나지막한 음성이 들렸다. 막 잠에서 깬 듯 나른하고 약간의 짜증이 섞인 음성이었다.

"필요 없다고 했는데요."

"치약, 비누 같은 물품 때문에 그런데 문 좀 열어주세요."

인터폰 울리는 소리가 방안에서 요란하게 났다.

"인터폰 지금 갔죠. 받아보세요."

인터폰 벨 소리가 그쳤다. 10여 초 후, 문이 천천히 열렸다. 형사 중 하나가 체포영장을 보이며 여자의 앞에 다가섰다.

"당신을 김민동 살인 혐의로 체포합니다. 2차 감식에서 주성이 씨 오른손 중지와 환지 쪽지문 검출됐습니다. 이는 주민등록상 당신의 지문과 일치합니다."

여자는 말을 들으면서 무표정했다.

"천호역 부근과 모텔 CCTV 영상과 당신의 예전 주거지역 수원 00마트와 아파트 진입로 CCTV 영상분석을 비교했습니다. 두 영상 속 주성이 씨 당신의 걸음걸이와 체형, 그리고 얼굴과 골격이 거의 흡사한 것으로 영상분석연구소 감정서 결과가 나왔습니다. 주성이 씨. 묵비권 행사할 수 있고, 변호사 선임권 있습니다. 같이 가주시죠."

성이는 노랗게 뜬 얼굴에 체념을 담았다. 허름한 회색 반팔과 반바지, 깡마른 체구의 몸. 어디서도 더 이상의 활기를 찾아볼 수 없었다. 형사들이 방안을 들여다봤다. 방은 온갖 라면 봉지 등 쓰레기와 버너, 구겨진 이불과 잡지들로 어지러웠다. 구석에는 여러 화장품과 옷들이 가득 어지러이 쌓여 있었다. 그리고 화장을 지운 티슈와 면봉들이 마구 뭉쳐 있었다.

뒤늦게 올라온 형사 하나가, 주성이를 체포하려는 그들에게 외쳤다.

"팀장님! 차량에서 사건 현장에서 발견된 본드와 동일한 것을 발견했습니다."

"수갑 채워."

팀장의 명령에 형사들은 겉옷을 걸치는 성이를 기다렸다가 수갑을 채웠다. 여자 형사가 성이의 팔짱을 끼고 엘리베이터를 타고 아래로 내려갔다. 형사들이 성이를 에워싸서 나가고 과학수사팀은 남아 모텔방에서 증거를 수집했다.

과학수사팀은 살인사건이 발생한 현장인 모텔방을 2차 감식한 끝에 화장실 스위치에서 쪽지문을 찾아냈다. 여현정과 감건호가 의심이 가는 차량 번호를 강동경찰서에 고지해 준 덕분에 차를 수배해서 수사해보고, 주성이가 남편 명의로 렌트한 것을 확인했다. 주성이가 설희연의 친구인 것도 밝혀졌기 때문에 충분히 용의 선상에 올라 있었다.

주성이의 지문임이 확실시되고 차량 번호를 추적해서 블랙박스나 CCTV 영상을 수십여 개 분석해서 결국 차량이 이동한 경로를 파악하고 체포한 것이다. 앞으로 주성이의 알리바이나 행적을 밝히는 것은 자백과 진술 그리고 각종 영상분석과 목격자 탐문으로 증거 보강을 해서 구속영장을 올릴 것이다.

형사들은 긴장 속에 주성이를 경찰 차량에 태우고 양옆에 형사들이 앉아 경찰서로 이동했다.

감정을 잠시나마 공유한다는 것

아람은 사무실에서 서류를 준비하고 있었다. 이번 사건과
관련한 서류들이었다. 진술 조서를 받으면 정리해서 형식에
맞춰 킥스에 올리고 선익의 의견을 구해야 했다. 요식이 중
요했다. 컴퓨터로 간편하게 문서를 올린다지만 프로그램 자
체도 익숙지 않았다. 아람은 버벅댔다.

"천천히 입력하겠습니다."

"아람 형사는 내가 인정하지. 일단 고등학교 때 상위 1%
미만 학교에 다녔으니까. 천재들만 있었지? 그 학교에."

"천재라기보다는 열심히 하는 애들이었어요."

"그래도 머리는 좋았겠지. 공부 잘하는 여성들은 제외할게.
실력으로 올라왔으니. 설희연처럼 삐대는 것과 다르지."

아람은 답답하다는 듯 말했다.

"설희연은 기반이 없었잖아요. 학업을 이어가도록 집에서 도와주지도 못했고요. 그리고 여자는 삐댄다, 공부 잘하는 여자는 어쩌구 이런 표현과 편견, 선입견 무척 거북합니다!"

"아, 알았어. 나도 성 인지 감수성 교육받으니 앞으로 그런 말은 조심할게. 미안해. 하지만 설희연 사건은 그렇게 핑계 대면 한도 끝도 없어. 없는 형편에도 그릇된 길로 빠지지 않는 사람도 많아."

"〈아메리칸 허니〉나 〈플로리다 프로젝트〉, 〈몬스터〉 같은 영화 보셨어요?"

"아니."

"최고 부자 나라라고 하는 미국에서도 여성이 기반이나 집도 없이 교육도 받지 않고 홀로 살기는 너무 힘들어요. 영화에 잘 나와 있어요. 아이러니한 건 그 영화의 감독들이 주인공들과는 다른 삶을 살아온 부유한 집의 명문 학교 출신이라는 거죠."

"영화는 안 봤지만 무슨 내용인 줄은 알겠는데, 떠도는 젊은 여성이 힘들다 못해 성매매하고 뭐 그러는 영화 아냐? 어찌 됐든 공부는 해야지."

"꼭 그런 내용은 아니에요. 저 고등학교 다닐 때도 대치동에서 고액 과외 받던 애들 꽤 많았어요. 저도 한동안 그랬고요. 재력 없이 공부하는 거 쉽지 않아요. 머리 써서 일하는 화이트칼라 직종은 부모님 도움이 절대적으로 필요하죠."

선익은 코웃음 쳤다.

"난 설희연이 소액 사기꾼 같아서 처음에는 이해가 됐는데 점차 이해 안 되던데? 1년 치 월세를 벌려고 두 달간 남자들 등쳐 먹는다고? 정말 아니다, 그건. 아무리 어려워도."

아람은 한숨을 쉬며 창문을 열었다.

"선배님과 저는 집안의 도움과 안정적인 월급으로 주거가 안정돼 있죠. 하지만 대학 가보니 고시원 사는 친구들은 힘들어했어요. 하물며 미성년 시절 가출팸을 떠돌면서 주거가 굉장히 불안정했던 시절을 겪은 사람으로서 당장 안정적인 집 없이 떠돌고 노숙으로 돌아갈까 봐 무서운 게 당연해요. 그렇지만 설희연은 범죄자라는 선배님 말씀은 이해합니다."

선익은 입을 다물었다.

선익도 그간 여러 종류의 범죄자들을 체포하면서 많이도 봤다. 하루 벌어 하루 살다 먹을 거 살 돈이 없어 고기를 훔친 절도범, 아이들 줄 분유를 훔친 열아홉 먹은 애 아빠, 생리 도벽이라고 핑계를 대지만 누가 봐도 실직한 남편과 집에서 우는 아이들에게 줄 빵을 훔친 주부 등 여럿을 봤다. 모두 이유 있는 행동이었지만 범죄였고 일단 신고가 들어왔으니 잡아들여야 했다. 법정에서 기소유예로 판결을 받는 정도의 소액 절도라도 합의가 안 되면 구금되기도 한다.

이번에 설희연 사건은 자신의 매력을 이용해 남성을 속이고, 게다가 경찰이 되려던 사람이 억울하게 죽어 더 괘씸했던 것 같았다.

선익은 아람에게 진술 조서 받을 준비를 하라고 시간을 더 줬다. 질문할 것들, 은행 간 계좌 이체나 피해자 진술서 등을 꼼꼼하게 챙기고 파악하라고 했다.

"자 아람 형사, 진술 조서 쓸 준비 됐지. 이렇게 준비를 미리 하면 대질 신문 때 긴장도 풀리고, 부족한 자료가 뭔지 나중에 보강할 수도 있어. 그리고 명심해. 수사 주도권을 쥐는 자가 승세를 잡는 거야."

"네, 네. 알겠습니다."

"난, 아람 형사가 대답 시원하고 할 말 안 할 말 다하는 게 너무 좋아. 소통은 확실해. 자 들어가자고. 먼저 노트북에 한글로 작성하고 나중에 킥스에 올리자고. 모르는 건 그때 다시 물어봐. 이제 들어가자."

진술실에는 선익과 아람 그리고 고개를 숙인 남자가 앉아 있었다. 잠시 후 경찰이 설희연을 데리고 들어와 앉혔다. 희연의 손목에는 포승줄이 묶인 자국이 있었다. 유치장에서 진술실로 올 때까지 묶고 있다가 문 앞에서 풀어준 모양이다. 설희연은 김민동 살인사건 관련자이고, 주소도 명확지 않아 구금 중이었다.

잠시 침묵이 흐르고 아람은 조용히 한글 문서를 열었다. 남자가 고개를 들어 희연을 봤다. 희연은 미동도 없이 고개를 숙이고 있었다. 남자는 갑자기 에이 씨, 하며 한숨을 쉬었다가 갑자기 벌떡 일어나서 희연의 멱살을 잡았다.

"당, 당신. 내가 얼마나 기댔는지 알아? 의지했는지 아냐고. 촬영 현장에서 조명 막내로 일하면서 아침부터 다음날 새벽 4시까지 밤새 조명기구 들고 노동하면서도 당신하고 만날 꿈에 하루하루를 살았어. 그래서 급하다는 대로 돈도 준거야. 그런데, 그런데 어떻게 나한테 그럴 수 있어?"

남자는 흥분했다. 선익이 말렸다.

"진정하세요. 장민석 씨. 앉아보세요. 대질 신문해서 조서 써야 하는데 이러시면 절차가 늦어집니다."

희연은 아무 말 없이 자신의 낡은 펌프스를 봤다. 갈색 천으로 된 펌프스는 어느새 앞코가 다 해졌다. 자신의 현재 초라한 심경을 대변하는 것 같았다.

장민석은 희연을 두 번 정도 만났지만 깊은 애정을 느꼈다고 거듭 진술했다.

스태프 회식을 끝내고 번화가 호프집에서 희연을 만났을 때 돈을 주었다. 밤새 톡으로 대화를 했고 여러 번 통화했다. 촬영 중이라 만날 수 없다면서 백 번 가까이 힘들다는 넋두리 같은 톡을 남겼다.

희연은 성실하게 답했다. 답이 전부 거짓은 아니었다. 희연도 힘든 시절을 알기에 이모티콘도 써가면서 덕담을 했다. 그리고 급하다고 해서 200만 원을 빚지고 사라졌다. 나중에 장민석이 매달렸지만 다리를 다쳤다며 나가지 않았고 끝내 연락을 끊고 만나지 않았다.

남자는 토요일에 쉰다면서 만나자고 했지만 희연은 그의 번호를 스팸으로 차단했다.

"그 땡볕에 종일 플로피를 들고 3만 보 이상을 걸어 다녀요! 계속 걸어 다닌다고요. 밤에 희연 씨랑 연락할 생각 하면서요! 너무 외롭게 살았는데 일은 고되고 미래는 없고 죽을 것 같은데 희연 씨랑 만나서, 여자친구가 생겨서 너무 기뻤어요. 게다가 희연 씨가 나를 위로해주니 처음으로 천국을 걸었다고요.

얼마나 걱정한 줄 알아요. 200만 원을 주면서 본적도 없는 희연 씨 엄마 쾌차하라고 하나님께 빌고 또 빌면서 기도했다고요! 희연 씨 깁스해서 못 나온다고 해서 나 보러 나오지 않아도 좋으니까 아프지만 않길 바랐다고요!

그런데, 그런데 그렇게 잠적해버려서요, 너무 안 좋은 일이 많고 힘들다 나한테 하소연했으니까 혹시 나쁜 맘 먹고 자살이라도 했을까봐, 사, 사실은 이게 다 거짓일 수 있지만 그래도 그래서! 경, 경찰에 신고했, 했다고…"

남자는 눈물을 주룩 흘렸다. 희연의 맘이 움직였다. 가슴이
아팠다. 통증이 거셌다. 내면에서 울리는 큰 울림이 마음속을
휘저어 놓았다.

"미, 미안해요…, 나, 나도 너무 외, 외로워서 잠, 잠깐이나
마 돈 때문에 그랬, 랬지만 진심으로 사랑하는 감정을 며칠
은 가지고 만났고, 그리고 톡하고…비, 비록 잠깐 반짝 사귀
었지만 감, 감정은 좋아하는… 감정은 공유했어요…."

희연은 말을 더 잇지 못하고 멍한 얼굴을 했다. 그러다 남
자가 아이처럼 울자, 표정 없이 앉아 있던 희연이 기어이 눈
물을 터뜨렸다.

"미, 미안해요, 민석 씨."

남자가 잠시 눈물을 닦았다. 희미한 미소를 보였다.

"내 이름은 기억하는군요."

희연은 그가 불쌍했다. 그는 힘든 노동은 이겨냈지만, 한편
자신의 농간에 날마다 죽을 정도의 고통을 겪었다. 배신감으로.

희연은 그토록 몸서리치게 싫은 '배신'이라는 걸 그에게 심
어준 것이다. 부모가 양육을 저버린 배신을 오가며 만난 사
람들에게 되갚았다. 꿈과 희망을 잔뜩 꾸게 하고 나서.

자신도 잠시나마 사랑의 감정에 빠졌다가, 겁이 덜컥 나면
서 관계를 잇지 못하고 사라졌다. 매번 속인 것만은 아니었
다. 진짜 좋아하는 감정으로 만나기도 했다. 하지만 돈을 갚

을 자신이 없어 그냥 사라졌다. 지속적 만남이 두렵고 언젠가 남자에게 버림받는 게 무서워 만남을 이어가지 못했다.

깊은 관계를 맺지 못하는 건 과거와 현재의 절박한 사정 때문에, 그리고 가족 간에 따스한 사랑을 주고받는 법을 배우지 못해서다.

희연은 울었다. 눈물은 기어이 얼굴을 타고 흘러서 온몸이 들썩였다. 희연은 아이처럼 울었다. 남들은 악어의 눈물처럼 가증스럽게 여길 터지만 희연은 스스로 안다.

진심으로 그들에게 미안했다. 하나하나 헤어질 때마다 가슴이 실연당하는 것처럼 처절하게 버림받는 것처럼 저렸다.

눈물이 갑자기 확 터졌다.

"흑흑, 흑흑…, 끄윽."

참으려 했지만 힘들었다.

"왜 그러세요."

아람이 옆에 있다 희연을 진정시켰다.

"죄, 죄…송해요. 죄를 지었어요. 누, 누구에게도 저, 저질러서는 안 되는 죄인데…. 정, 정말 미안합니다. 엉엉….'

희연이 큰 소리로 울자 장민석은 진정했다. 진술실은 엉엉 우는소리로 가득 찼다.

아람이 희연을 다독이자 희연은 어깨를 떨다가 아람에게

기댔다. 잠시 후, 회연은 커피를 부탁했고 마시며 진정했다. 장민석도 진정하고 선익이 묻는 질문에 답했다. 선익은 조용히 노트북에 질문과 답을 입력했다.

피의자, 피해자 진술조서를 쓰고, 회연만 진술실에 홀로 남았다. 경찰이 들어와 포승줄을 채웠다. 회연은 손에 채운 포승줄을 내려다봤다.

왜 이제 채웠나 하는 생각도 들었다. 죗값을 치른다는 생각에 마음은 오히려 편했다.

무서웠다. 거짓을 말하고 돈을 빌려서 갚지 않고 약속을 깨고 도망친다는 게 한순간도 쉽거나 편하지 않았다. 맞아 죽을까 겁도 났다. 밤거리에서 우연히 마주치면 죽을지도 모른다는 생각도 들었다.

그런데도 매번 웃으면서 아양을 떨고 톡으로 애교를 떨고 어떻게든 다른 대상자를 물색했다. 쉬운 건 아니었다. 속은 아팠고 잠적할 때는 실연하는 것 같았다.

회연은 가끔 생각했다. 누구나 자신을 파는 것은 같았다. 하지만 위로 올라갈수록 고객을 만나지 않아도 된다.

자신은 직접 사람을 대면하고 그들에게 미소와 아양을 팔지만, 가게 점원은 물건이라는 매개체를 판다. 예술가는 작품을 거래인이 대신 팔아준다. 기업은 물건을 만들어 유통업체들이 판다. 재벌은 유통업체나 공장이 만들어내는 돈을 높은 위치에서 쓸어간다. 물건을 손으로 만지지 않아야 고급 계층이 된다. 희연은 늘 사람을 만나 그들에게서 직접 무언가를 서비스해주고 돈을 받았다.

가장 험하고 힘든 일이고 미래도 보장받지 못하는 데다 불법이다.

이 일을 관둬야 하지만 먹고살고 집을 구할 길이 막막했다. 팸에서 몸을 팔 때를 지나 지금은 여름 한 철, 두 달간 픽업 사기로 돈을 벌어 1년 치 집값을 구해놓는다지만 언제까지 할 수 있을지 몰랐다. 안정적으로 정착할 기술이나 학력이 없다.

혹시 만에 하나, 결혼하면 과거가 들통날지도 모른다.

무엇보다 결혼하고 난 후 남편과 아내라는 관계가 어떻게 유지되는지 그 과정을 모른다. 환심을 산 이후 장기간 사귀고 남자의 가족을 소개받고 결혼 말이 나온 후에 어떻게 자신의 가족을 소개하는 걸까.

결혼식장에는 어떻게 들어가는 걸까. 성이는 어떻게 거기까지 갔을까.

아이는 어떻게 키우는 걸까. 엄마처럼 술에 취해 자고 있으면 안 되는데. 또 다른 자신 같은 아이가 나오는데.

앞으로 어떻게 살아야 되는 걸까. 이 감옥을 나온다면 어떤 인생을 사는 걸까. 뭘 해야 할까.

영혼까지 따뜻한 온기를 만지고 싶었어

성이는 구치소에서 과거를 떠올렸다. 아이들은 시어머니가 맡아 기른 지 6개월이 됐다. 성이는 남편도 나간 집에서 홀로 살다 짐을 꾸려 서울로 올라왔다. 차를 하나 빌리고, 모텔에서 월세로 살거나 차에서 잠을 자면서 직업을 모색했다. 남편은 성이를 찾지 않았다. 성이는 희연을 전화로 통화만 했고 만나지 않았다.

최근에는 희연의 집 근처에 살면서 희연의 주변을 돌았다. 만나고 싶지는 않았고 통화로 그녀의 정보만 캤다. 어떻게 뭐 해 먹고 사는지, 자기가 가르쳐 준 대로 남자들의 호의를 사서 잘사는지 궁금했다.

자신의 가정이 깨진 걸 보여주고 싶지 않아 미행만 했다.

성이는 희연과 잘생긴 젊은 남자가 왁싱숍에서 나와 커피숍으로 가는 걸 봤다. 성이는 희연이 지하철역으로 들어가는 걸 봤고 남자를 따라갔다. 남자의 집을 알아냈다.

성이는 렌터카를 남자의 집 근처에 주차했다. 일주일 후 남자 집 앞에서 기다리다가 남자가 나가는 걸 보고 따라갔다. 그는 집 근처 영화관으로 갔다.

성이는 남자를 따라 들어가 말을 걸었다.

"혼자 오셨나 봐요."

남자는 그냥 쓱 한번 보고는 별다르게 반응하지 않았다. 성이는 오기가 났다. 이 남자를 가로채고 싶었다. 자신이 가슴도 절벽이고 마른 데다 얼굴은 처지고 아줌마 같아서 이러는가 싶었다. 외모에 대한 열등감을 어떻게든 보상받고 싶었다. 남자에게 돈을 받아 성형하고 싶다는 욕구가 불같이 치솟았다.

"희연이 아시나요?"

성이는 대뜸 그 앞에서 그렇게 말했다. 남자가 움찔했다. 표정이 변했다. 눈이 크게 떠졌다.

"희연이 알죠?"

남자가 눈을 더 크게 떴다. 물끄러미 성이를 보다 다급하게 대답했다.

"알아요. 설희연 씨. 그런데 누구신데요? 희연 씨는 어떻게 알아요?"

"걔가 보내서 왔어요. 술 한잔할래요? 할 얘기 있는데."

성이는 남자와 선술집에 들어갔다. 간단한 꼬치안주와 소주를 시켰다. 남자에게 술을 권하고 따라줬다. 티셔츠 단추를 여러 개 풀어 속옷이 살짝 보이게 했다.

남자는 말 없이 술만 마셨다.

"희연이한테 연락 같은 거 해도 잘 안 되죠? 반응도 없고."

남자는 고개를 끄덕였다.

"어디 조용한 데서 더 얘기할래요? 희연이 말 전할 것도 있고."

남자는 초조한 표정으로 성이를 봤다.

"그냥 여기서 하면 안 돼요?"

"저, 희연이 친언니예요. 방 잡고 있으면 저 나가고 좀 있다 희연이 들어올 거예요."

"진짜요?"

"이름이 뭐예요? 희연이가 말해줬는데 까먹어서요."

"김민동입니다."

민동은 성이의 말을 믿었다. 성이는 민동에게 먼저 방으로 올라가라고 하고 편의점에 들러 술을 샀다.

모텔로 들어간 성이는 민동과 의자에 마주 앉아서 말을 꺼냈다.

"내가 친언니기는 하지만 이런 말 해도 되려나. 희연이 개

질이 별로 안 좋아요.”

“뭐라구요?”

“민동 씨. 정신 차려요. 걔가 제 동생이긴 하지만 남자들 등쳐먹고 이용해 먹어요. 빨대 꽂는다구요.”

“꽃뱀 같은 거요?”

“거기까지 가지도 않아요. 상대방에 대해 사귀려는 맘도 하나 없으니까. 무슨 부탁 하지 않았어요?”

“남자 떨어지게 해달라고했어요. 스토킹 당하고 있다고.”

“거기까지죠. 민동 씨 이용목적이.”

“사실이에요?”

“네. 속상하죠. 술 마실래요?”

성이는 가방에서 소주 팩과 마른안주를 꺼냈다.

“돈도 줬죠?”

민동은 말없이 체념한 얼굴이었다.

“네.”

“저도 희연이 그 기집애 사고친 거 이렇게 수습하러 다니 느라 맨정신 아네요. 너무 속상하면 정신과 약 대신 이거 조 금씩 몰래 마셔요. 이해해줘요. 알잖아요. 희연이 그 기집애 못된 거. 내가 지 때문에 이렇게 처리하러 다니느라 얼마나 힘든데.”

민동이 절망한 듯이 소주를 빠르게 마셨다. 조금 시간이 흐르자 눈을 깜박거렸다. 앞뒤로 흔들거리며 의자 등받이에 기댔다. 성이가 편의점에서 사 와 화장실에서 수면제를 넣은 팩 소주였다. 길거리 생활할 때부터 들고 다니던 약이었다. 시댁과 갈등이 심해질 때도 먹었다. 눈앞의 남자를 잠재워 일을 벌인 후 성폭행으로 돈을 요구할 속셈이었다.

민동이 늘어진 모습을 보고 성이가 바지를 벗기려 들었다. 민동은 정신이 없는 와중에도 성이를 밀쳤다. 그래도 계속 매달렸지만 민동은 인사불성 중에도 손을 내저으며 거부하는 시늉을 했다. 성이는 거절당했다는 모욕감에 기분이 나빴다.

다시 그악스럽게 달려들었다. 약 기운에 정신이 가물가물한 민동에게 저주를 퍼붓고 목을 졸랐다.

"왜, 그년은 되고 나는 안 돼? 그년은 싱싱하고 나는 아줌마여서? 왜! 왜! 안 되는데? 왜!"

성이는 민동의 멱살을 붙잡고 눈을 마주쳤다. 민동은 순간 혐오스러운 눈빛을 한 번 보내고 정신을 잃었다. 바로 그때 성이는 경멸하는 듯한 남편의 눈빛을 떠올렸다. 시어머니의 싸늘한 표정도 떠올렸다.

성이의 친정이 연락도 거의 안 하고 박살난 집안이라는 걸 이미 결혼 전에도 눈치챘던 그였다. 이제 확실해지니 남편은 성이를 부부싸움 때마다 달달 볶았다. 니가 근본이 안 되어서 애들 교육을 엉망으로 시킨다는 등 모자가 합세해서 말들이 많았다.

마마보이였던 남편은 더더욱 성이를 시어머니와 함께 언어폭력으로 괴롭혔다.

명절에 갈데없는 친정 상황을 예로 들며 누구는 장인에게 사업자금을 받았다는 등, 누구는 와이프가 대기업에 다녀서 적금이 몇천이라는 등 누구는 아내가 명문대를 나와 아이들이 벌써 영어를 깨쳤다는 등 가슴 찢어지는 소리를 했다.

성이는 오래전 조건만남으로 생활을 하던 때 가슴 패인 티셔츠와 미니스커트를 입고 야한 화장을 하고 희연과 찍은 셀피가 떠올랐다. 구글링을 여러 번 하면 어쩌면 어떻게든 누구든 볼 수 있을지 몰랐다.

잊고 살려 했지만 누군가 볼까 겁이 덜컥덜컥 났다. 어린이집 엄마들과 친해질 수 없었다. 내 과거가 들통날까 봐서.

'그런 생활을 한 여자는 다시 그런 생활로 돌아가니까.'

다들 그렇게 생각하니까.

그러니까 과거 일을 말 못 한다. 가정에 불안감을 조성하고 실망을 안겨주니까 죽어도 밝힐 수가 없다. 자신의 과거를. 취미로 유튜브를 보면서도 그 사진이 내내 뇌리에 걸렸다.

어떤 음란 사이트에 자신의 사진이 올라있을지 몰랐다. 그런 긴장감은 현실화되었다. 어느 날 막장 드라마처럼 남편 친구가 어떤 사이트에서 그 사진과 성매매를 암시하는 글을 봤다.

그 사진은 예전에 성이가 한번 페북에 올린 걸 누군가 사진을 도용해 유흥업소 광고를 할 때 무단으로 사용하던 사진이다. 성이가 끈질기게 포털에 신고해 지워지고 나서도 다음 주면 누군가 또 도용하고 유흥업 관련 광고를 올렸다.

남편의 친구는 그 사진을 남편에게 보냈다.

이후 성이는 그 글과 사진으로 남편과 시어머니에게 항변 한번 못하고 내내 당했다.

성이는 아이들을 돌보기 힘들었다. 자신이 받은 교육이랄 게 많이 없었다. 부모에게 배운 교육과 사랑이 적었다. 베풀기 힘들었고 상황도 안 좋았다.

그런 상황에서도 희연과 통화할 때면 행복한 주부의 생활을 전했다. 거짓으로 코스프레하면서.

참다못한 성이는 시어머니에게 그렇게 잘난 손자들 데려가라며 소주 마시고 악을 질렀다. 한밤중에 벌어진 일로 인해 성이는 남편에게 흠씬 얻어맞았다. 그리고 아이들을 내버려두고 가출했다. 이미 남편은 그 전부터 집에 잘 들어오지도 않는 상태였다.

너 한 번 애 혼자 봐라, 하고 보란 듯 가출했다.

사흘을 모텔에서 지내고 돌아와 보니 시어머니가 집에 와 아이들을 데리고 떠났고 남편도 가방을 싸서 집을 영원히 나갔다. 성이는 그렇게 몇 달을 홀로 집에서 하염없이 애들을 그리워하다 집을 나왔다. 희연의 전화가 오면 늘 잘 지내고 있는 척 그렇게 거짓말을 했다. 행복한 가정에 안착하고 있는 걸로.

　그게 안착의 마지막이었다. 성이는 다시 갈 곳 없는 생활을 시작했다. 희연을 몰래 따라다니면서.

　이 남자가 자신을 무시하는 게 싫었다. 상황이 이렇게 변한 게 싫었다. 내가 가르치던 희연에게 자신이 늙었다는 이유로 뒤처지는 게 싫었다. 희연이에게 밀리고 싶지 않았다. 걔는 되는데 나는 안 되는 이유를 깨닫지 못했다.

　성이는 정신을 차리자 두 손에 끈적한 본드가 묻은 걸 깨달았다.

　남자를 내려다보니 머리에 비닐이 쓰여 있었다. 눈은 감고 있었고 두 손은 축 늘어져 있었다. 자는 것처럼 보였으나 비닐 안으로 코와 입에 하얀 본드가 밖으로 나온 게 보였다.

　길거리 생활할 때 가지고 다니던 본드를 남자의 입과 코에 붓고 편의점 봉투를 씌운 것이다. 남자는 질식사했다. 온몸이 서서히 식었다. 분노에 사로잡혀 마구잡이로 저질렀다. 성이는 고민을 했다.

'자, 자살로 보일까. 설마 타살로 보고 나를 뒤쫓지는 않겠지?'

죽은 남자의 엉치뼈 근처의 해골 문신을 봤다. 작은 해골 문신.

남자의 바지를 입히고 후크를 채웠다.

예전에 성이는 희연과 같은 문신을 했다. 사과 반쪽을 잘라서 왼쪽 사과는 성이 가슴 밑에, 오른쪽 사과는 희연이 가슴 밑 부분에 했다. 성이는 잘 보였지만 희연은 가슴에 묻혀서 안 보였다.

남편이 성이의 문신을 발견하고 이게 웬 거냐 물었지만 성이는 전문대 다닐 때 문신 배우던 친구가 습작으로 해줘서 사과가 반쪽이라고 거짓말했다.

사과는 음식과 집이 안 떨어지게 해달라고 타투이스트에게 주문하자 그가 고른 과일이었다. 가장 친근한 과일인 사과.

"희연아. 남자에게 이 사과는 절대로 주지 말자. 지금은 잘 곳, 먹을 것이 필요해서 내주지만 다 주지는 말자. 애타게 하고 필요한 것만 뜯자. 오아시스에 데려다줄 것처럼 하면서 온갖 상상을 하고 미치게 하면서 우리한테 오면 숨통 트이게 해줄 것처럼 해. 그러다 필요한 걸 얻으면 목을 콱 조르고 도망치자. 숨 막히게 콱 목을 쥐어놓고 가자. 우리가 당한 게 얼마냐. 그러니까 이 문신은 그런 의미야."

그렇게 호기롭게 새긴 문신이었다.

성이는 남편에게 희연의 존재도 보여주기 싫었다. 과거가 탄로 날까 봐서.

전문대를 다녔다고 거짓말했고 남편이 첫 남자라고 했다. 슬프게도 마지막 말은 진심이었다. 돈을 벌려고 남자를 만났다. 단 한 번도 사랑한 적이 없었다. 남편이 첫사랑이었다. 하지만 남편은 성이를 점점 의심했다.

문신은 바라는 바를 새기지만 그 목적은 영원히 이뤄지지 않아서 그냥 문신에 불과하다. 문신에서 해골은 영원불멸의 삶을 원하지만, 이 남자는 일찍 갔다.

성이는 비닐봉투 안으로 손을 넣어서 남은 본드를 마저 남자의 콧구멍과 입에 짜 넣고 비닐 손잡이를 팽팽하게 당겼다. 남자가 평온하게 가길 바라는 마음이 있었다면 거짓이라고 할까. 미안한 마음이 있었다.

집을 나와 떠돌면서 정 갈 데 없으면 마지막에 이렇게 죽으려고 했는데, 이제 다시 본드와 비닐 봉지를 구해야 한다.

성이는 잠시 침대에 앉아서 숨을 골랐다. 봉지와 소주 팩을 핸드백에 넣고 민동의 옷이나 바닥에 묻은 지문, 비닐봉지 등 자신이 만졌다고 생각되는 곳은 모조리 다 화장실 수건으로 싹싹 다 닦았다.

더 코너에 몰렸다. 방법을 어떻게 모색할까. 희연을 죽이고 대신 희연이 되는 건 어떨까. 어쩌면 자신도 희연처럼 당당하게 다시 홀로 설 수 있지 않을까.

희연인 어디에 있는 걸까.

성이는 미친 듯이 모텔을 나와서 택시를 타고 잠실역으로 이동했다. 역 입구 근처 옷가게에서 옷과 모자를 사서 갈아입고 지하철역으로 들어갔다. 차는 천호역 남자의 집 근처 공영주차장에 있지만, 얼른 이곳을 대중교통으로 피하는 게 경찰들 눈을 피하는 길이다.

여기저기 돌다가 다시 차로 가서 무작정 잠실역으로 차를 이동했다. 며칠 간이나 차를 여기저기 세워두고 또 방황하면서 배회했었다.

성이는 현실로 돌아와 자그마한 1평짜리 독방을 봤다.

구치소 방안에 무릎을 껴안고 우두커니 온갖 망상에 시달렸다. 성이는 눈을 감고 드러누웠다. 머리가 터질 것 같았다. 본드와 비닐봉지가 필요했다. 끝을 봐야 진정이 될 것 같았다.

숨이 막혔다. 이날 이때까지.

그 기분, 숨 막히는 기분 이걸 남편도 느껴봐야 한다. 나만 막힐 수 없다.

숨이 턱턱 막힌다. 아주 턱턱.

잊어버린 아이들의 얼굴. 어떻게 컸을까. 둘째 현슬인 유치원에 가기 싫어 잘 우는데 어떻게 지낼까. 내후년이면 큰아이가 초등학교에 들어가는데, 들어가는데.

성이는 눈물이 펑펑 나면서 몸을 뒹굴었다. 과거로 다시는 가기 싫었고 이렇게 다른 커다란 집으로 들어왔다. 여러 명과 같이 단체로 생활하는 그런 곳.

이곳에서 아마도 오래도록 지낼 것이다. 여기가 나은 걸까. 거리보다, 불안한 것보다 나으니까. 밥도 주고 집도 있고 같이 사는 식구도 있는 곳이니 더 나은 걸까.

선익은 아람이 경찰청 데이터베이스에 문서를 올리는 것을 도와줬다. 자꾸 버벅대면서 오류가 나고 서류가 저장되지 않았다.

"제발 아니라고 말해. 또 그러면 컴퓨터 때릴거얌."

"진정해. 차분하게 다시 입력해 봐. 우리도 킥스 첨에 얼마나 고생했는데. 설희연 주민등록번호 쓰고, 주소는 어머니 주소로 써, 현재 등록된 실거주지 없으니까. 그리고 중요한 건 기명날인인지, 서명날인인지 이런 거 다 밝혀야 돼. 디테일도 중요해. 그렇지. 다시 쓰려면 사건 목록서 내사건 목록 클릭, 거기 서식 들어가서 진술조서 클릭, 오케이."

"휴우, 이런 게 이렇게 복잡할 줄 몰랐어요."

"하다 보면 돼. 젊은 형사가 오히려 쩔쩔매는데?"

"전 책을 좋아하지만 컴퓨터 프로그램은 힘든 거 같아요."

"의외야. 하여간 사람은 좀 더 두고 봐야 돼. 그래야 이해가 되지. 나가서 커피나 좀 하자."

아람과 선익은 1층 로비 휴게실로 이동했다. 커피를 마시면서 대화를 나눴다.

"소통이 중요하죠. 심리학에서도 누누이 말하는 거. 소통을 해야 병이 안 나요. 몸도 마음도."

"그런가?"

"소통은 어릴 때는 부모의 스킨십이죠. 스킨십의 결여는 양심과 인간성에 커다란 구멍을 뚫어놓는다고 셀마 프라이버그 교육학자가 말했어요. 피부 접촉 없는 양육은 나중에 커다란 폭력 행위를 만들어내죠. 그런데 그 접촉과 안정의 느낌이 비단 아기 때만 필요한 건가요? 어느 나이대에도 필요하지 않아요?"

"그럼 독신들은 뭐야. 스킨십 없는."

"사회적으로 인정받고 지지해주는 누군가를 만나죠. 아니면 인터넷상에서라든가요. 어떻게든. 하지만 설희연은 혼자서 그 모든 걸 견뎌요. 암튼 놀랄 일이죠. 큰 인내심 아니면 어려워요. 사기성 범죄를 저지르면서도."

"그래서 그 여자가 더 문제야. 스킨십, 지지, 지속적 안정감을 바라는 남자들에게 헛된 희망 고문으로 소액 사기를 치고 가. 살인자는 아니지만, 남자의 희망과 꿈을 무너뜨리는게 밉살스러워."

아람은 커피를 한 모금 마셨다. 그리고 말이 없었다. 선익이 아람의 눈치를 살폈다.

"왜 반박 안 하지? 평소 같으면 난리 나는 말인데?"

"효과 있네요. 그동안 반박한 것들이. 선배님이 제 눈치를 다 보고요."

"그런가? 앞으로 그럼 '여자'라는 주어는 되도록 안 쓰지. 사람이라고 할게. 사람이 문제야. 지속적 안정을 바라는 다른 사람에게 사기나 치고."

"그동안 제 치기 받아주시느라 힘들게 한 건 죄송해요. 그리고, 선배님…, 저 프로파일러 안 하려고요."

"원래 하려던 거잖아. 대학교 때부터. 아니 고등학교 때부터라면서. 서울청 과학수사계로 돌아가야지."

"아뇨. 이 일 더 해볼래요."

"뭐 하러 진로도 포기하고 그래. 하고 싶던 일 해. 나중에 후회하지 말고, 게다가 이 일은 퇴근도 없고 골치 아프고 현장 잠복근무 겁나게 많고 그래. 나조차 진저리치는 일이란 말이야. 누가 알아주기를 하나. 기자들도 살인사건에 관심 많지. 여긴 시큰둥이야."

"그래서 한번은 수사 진득하게 해보고 싶어요. 나이 들면 안 할 거 아니에요. 힘드니까."

선익은 한숨을 쉬었다.

"너 혹시 나한테 마음 있어서 이러는 거라면 한 번 더 말해두지만 나 너 같은 스타일은 일로는 모르겠지만, 여친으로는 아냐. 일에 사적 감정 들어가면 힘들고."

아람이 깜짝 놀랐다.

"어떻게 눈치채셨어요?"

"그냥 알겠더라. 나만 보면 피식피식 뒤로 돌아 웃는 거 몇 번 봤어. 처음에는 실성했나 싶었는데 형사들 촉이 장난인 줄 아냐? 인간 표정과 옷차림새나 성격과 말투를 진득하게 관찰하고 뭐가 달라지나 매일 살펴보지."

"헐, 대박!"

"웃음 참느라 힘들어 하더만."

아람은 한숨 쉬었다.

"여친은 안 되겠죠? 이상하게 엄마 미워하는 거 사람들이 알면 싫어하더라. 그거 때문에 그래요?"

"아니. 엄마 미워하는 건 사정이 있겠지. 살면서 차근차근 풀어. 것보다는 그냥 스탠스가 너무 달라. 남녀 입장차이도 굉장히 다르고."

아람은 포기하는 듯 손을 내저었다.

"그래요. 그냥 일만 같이합시다. 그리고 이제는 웃어볼게요. 친근하게 라포 형성하는 그런 게 참고인, 피해자들 만나수사하는 데 도움이 된다면서요. 같은 파트너 형사끼리도요."

"아냐, 불편해. 나 너랑 같이 다니는 거 팀장님한테 얘기해서 더는 안 하련다. 니가 나한테 고백한 걸 아는데 내가 거절했고, 어떻게 같이 다니냐?"

아람이 환하게 웃었다.

"이렇게 웃잖아요. 까였는데요. 그러니 아무렇지 않다는 뜻이죠."

"그런가? 5초 만에?"

"네."

"참나, 빠르다."

"웃는 얼굴에 오해 마세요. 계속 좋아하는 거 아닙니다. 이제 저 선배를 일로써 존경하고 배우려는 겁니다. 그래서 시원하게 웃고 이젠 사귀는 거 단념했어요."

"아, 알았어. 그런데 이런 얘기를 유치장에 포승줄 묶여 들어가는 피의자들 보면서 할 소리야? 경찰서 로비에서."

포승줄 묶인 할아버지가 경찰과 로비로 들어섰다. 호송 차량에서 내려 유치장으로 가는 중이었다. 경찰서에서 흔하게 보는 일이지만, 저 노령의 분이 무슨 일을 저지르셨나 하는 의문도 들고 안됐다는 생각이 들었다. 아람이 착잡하게 보는데, 선익이 덧붙였다.

"이 일 하다 보면 흔한 일이야. 추레한 옷차림이나 입가에 토사물로 봐서는 아마도 주취폭력 같은데?"

"노령화가 되면서 고연령 세대들의 폭력이 점차 늘었죠."

이때 노인의 허름한 추리닝 바지가 흘라당 밑으로 흘러내리면서 회색의 축 늘어진 팬티가 보였다. 아람이 픽 터지려는 웃음을 참지 못하는데, 선익이 오른손으로 아람의 입가에 바싹 갖다 대고 막았다. 심장이 두근거렸다. 그와 스킨십을 이렇게 시작하다니 설렜다.

선익의 눈은 웃지만, 입가에는 근엄한 표정을 지어 보였다.

"웃으면 안 돼. 입안을 깨물어서라도 참아! 이게 검찰과 경찰이 가질 제1 덕목이야! 얼마나 황당한 사건들이 많은 줄 알아? 그런데 민원인 입장에서는 그게 그렇게 무섭고 두렵고 힘든 일이야. 절대로 웃지 마! 그게 경찰의 서비스 마인드 제1 덕목이야."

아람이 고개를 끄덕이자 선익은 손을 거두고 머쓱하게 아람과 시선을 마주쳤다.

둘은 눈웃음으로 배시시 웃으면서 커피를 마저 마셨다. 눈짓과 무언에는 많은 게 담겨 있었다.

새 신과 새로 만든 열 개의 파일들

희연은 캐리어를 끌고 사람이 드문 길을 걸었다. 오른편으로는 들꽃과 잡초로 가득한 공터가, 왼편으로는 24시 편의점이라는 플래카드가 무색하게 쇠사슬과 자물쇠로 문이 잠긴 가게가 있었다.

희연은 마른 바람을 맞으면서 고추잠자리가 날아다니며 짝짓는 것을 보았다. 코스모스가 한들한들 길가에 피어 있었다.

찬바람이 불면 사람들은 정신을 차린다. 앞에 지나가는 여성에게 별로 신경 쓰지 않는 시기가 돌아온다. 듣던 음악도 힙합에서 어쿠스틱 음악으로 바뀐다.

그러면 희연은 번 돈으로 1년 치 월세를 쪼개 내면서 조용히 살기 시작한다. 식당 설거지나 농사일이나 어떻게든 알바를 구하면 하루 일해 나흘은 먹고 살 수도 있다. 방세가 빠지지 않으니 먹을 것만 사고 한 달에 관리비 십몇만 원 정도만 내면 된다. 추운 겨울에는 가스보일러 대신 전기 매트를 쓰면 된다.

희연은 캐리어를 끌고 조용히 걷다가 맞은편에서 자전거를 타고 오는 중년 남자를 봤다. 그는 새로운 사람에게 약간의 호기심 담은 눈길을 주고는 바로 지나쳐갔다.

희연은 카디건의 단추를 잠갔다. 작은 점방 슈퍼를 지나쳐 5층짜리 오피스텔에 섰다. 주변에는 아무 건물도 없었다. 신축 오피스텔만 덩그러니 논밭 사이에 서 있었다. 저 멀리 대형마트 건물의 머리가 보였다. 버스를 타거나 아니면 자전거를 구해 타고 마트에 가면 장도 보고 어쩌면 일자리를 쉽게 찾을 수 있을지 몰랐다. 희연이 찾는 집은 좀 더 걸어가야 나온다.

가는 도중에 아기자기한 커피숍이 보였다.

'할의 커피 맛'이라는 간판이 걸렸다. 희연은 자연스레 들어갔다. 심플한 인테리어에 키가 크고 단정하게 생긴 남자가 핸드드립 커피를 정성스럽게 내리고 있었다.

"어서 오세요."

남자는 무연한 눈길로 인사를 했다.

"따뜻한 아메리카노 한 잔 주세요."

남자는 조심스레 말했다.

"핸드드립으로 드려도 될까요. 마침 시연해보던 중인데요."

"네, 좋아요."

남자는 커피를 20여 분간 세심하게 내렸다. 커피 향이 카페를 아늑하고 깊은 여운을 느끼게 만들어 주었다. 희연은 아기자기한 커피 관련 도구와 원두를 둘러봤다. 바리스타의 깊은 연륜이 느껴졌다.

"여기 있습니다. 여행 오셨나요?"

"아, 아뇨. 살러 왔어요."

"자주 오세요. 저는 마환이라고 합니다. 사시다 풀기 어려운 일이 생기면 오셔서 상의해도 좋습니다. 새로 이사 오시는 분들 고충도 자주 들어드려요."

"네. 고마워요."

희연은 카페에서 음악을 들으며 커피를 마시다가 캐리어에서 노트북을 꺼냈다. 할인을 해서 70만 원 정도로 마련한 12인치 노트북이었다. 1Kg 정도로 가벼워 들고 다니기 좋았다.

희연은 노트북을 열어서 파일을 불렀다. 벌써 열 개의 파일을 만들었다.

자신의 과거, 성이와의 일들. 가족 간의 아픔 그리고 즐거웠던 추억들, 현재의 상황. 이 외 가계부나 앞으로 어떻게 생활비를 벌고 미래를 그려나갈지를 모두 적은 파일들이었다.

사진도 배우고, 글도 틈틈이 쓰면서 알바도 하고 그리고 공부도 시작하려 했다. 아무도 찾지 않는 이곳에서 새롭게 시작하고 싶었다.

약속 시간이 여유가 있어 카페에 있는 책을 꺼내 봤다. 과학자가 쓴 피보나치 수열에 관한 이야기 부분이었다. 피보나치 수열은 자연의 꽃잎에서도 볼 수 있는데, 잎의 크기나 자라나는 각도가 모두 달라서 잎들이 서로 햇빛을 가리지 않고 잘 자랄 수 있다고 했다.

자연의 모든 나뭇잎과 꽃잎은 모두 크기와 자라는 각도가 다르다. 어느 하나같은 게 없댔다. 희연은 책을 덮었다. 세상의 사람들도 비슷하겠지만, 자신과 모든 게 똑같이 살아온 사람은 없다.

그 말은 나름 의미가 있다. 희연은 앞으로 새롭게 살고자 했다. 궁여지책으로 마련한 방법은 잘못된 길이고 엉뚱했다. 그런 방식은 길게 갈 수가 없다. 누군가에게 피해를 주기 때문에.

희연은 짐을 챙겨서 남은 커피를 마저 마시고 카페를 나왔다.

길을 한참 걸었다. 운무가 뿌옇게 감쌌다. 가을비가 오랜만에 왔지만 약한 샤워 물줄기처럼 몸을 감쌀 뿐이었다. 시야가 흐렸다. 습도는 높았지만, 날은 시원했다. 드디어 목적지에 도착했다.

희연은 핸드폰을 꺼내서 전화를 걸었다.

"세입자인데요. 어제 전화 한 사람이요. 계약하려구요."

희연은 오피스텔에서 기다렸다. 부동산 사장은 15분 걸려 도착한다고 했다. 그동안 아무도 지나가는 사람을 보지 못했다. 정말 한적한 곳이다.

오피스텔의 편지함을 살폈다. 301호에 유독 빚 독촉장 등의 신용조회업체에서 보낸 편지가 가득했다. 어제 전화로 듣기에 희연이 빌릴 집이라고 들었다. 301호 남자가 방 빼고 나간 지 오래됐다고 했다. 희연은 편지 뭉치를 들어서 반송 우편함에 넣었다.

저만치 마티즈가 이쪽으로 달려왔다. 논밭 사이로 빠른 속도로 왔다. 운전석에서 내린 남자는 체구가 작은 노인이었다.

노인은 조수석에서 서류를 들고 희연에게 다가왔다.

"설희연 씨 맞아요?"

"네, 맞아요."

"신분증 좀 봅시다."

희연은 신분증을 보였다.

"보증금은 말씀드린 대로 오백으로 하고 대신 3개월 치 월세 선납할게요."

"그럼 3개월은 무조건 사셔야 합니다. 한 달도 안 돼 방 뺀다는 사람 등쌀에 복비도 그렇고 미치겠거든."

"네."

희연은 이제 거리낄 게 없었다. 살인사건도 성이가 저지른 사건으로 밝혀졌고 자신은 조사를 끝마쳤다. 사기 신고를 한 남성들에게 돈을 돌려줬다. 다시는 이렇게 살지 않겠다는 반성문도 판사에게 제출했다. 희연은 벌금형을 받고 유치장을 나왔다. 고소 취하를 하기 위해 만난 남성들에게 굉장히 미안하다고 사과를 거듭했다.

어떤 남자는 울면서 희연에게 타박하며 속상하다고 했다. 희연은 가슴이 찢어졌다. 자신이 살기 위해 다른 사람에게 큰 상처를 입혔다. 과거 자신이 받은 상처와 결코 다르지 않았다.

또다시 거울방 속에 갇혀 추악한 자신의 얼굴을 마주친 것 같았다. 희연은 뼈저린 가책을 느꼈다. 아등바등 살고자 남을 이용하면 안 된다는 걸 깨달았다. 자신도 그렇게 이용만 당했기에.

희연은 진실하게 살고자 마음을 강하게 다졌다.

희연은 노인이 내민 서류에 사인을 하고 돈 봉투를 건넸다. 노인은 영수증을 적어줬다. 그리고 계약서와 종이쪽지를 건넸다.

"거기 방 비밀번호 적혀 있소."

희연은 종이를 받았다.

"맘대로 바꿔요."

머리가 하얀 할아버지는 봉투 속 돈을 확인하고 챙겼다.

"그런데 이 외진 곳에 처녀가 살러 들어온 거는 간만에 보네? 저쪽 태안 바닷가에는 그래도 관광지라 사람들이 드나드는데."

"여기가 외진 데예요?"

"계약해서 말인데, 사실 근처 초등학교도 학생이 있어야 말이지. 폐교하네 어쩌네 말이 많아요. 이제 여긴 요양병원이나 들어서면 딱 맞을까. 노인들밖에 없어. 그 노인네들이 이런데 살러 들어오간? 다 지 집들이 있는데. 가끔 저 마트에서 일하는 근로자나 들어올까. 없어."

희연은 엽서를 내밀었다.

"여기 문화원에서 사진을 배우려는데 어떻게 가면 되죠?"

"차가 없으면 버스 타고 다녀요. 20분마다 와요. 아홉 정거장 가면 돼."

"네."

희연은 고개를 조용히 숙이고 캐리어를 들고 오피스텔로 들어갔다.

"엘리베이터가 고장 나서 계단으로 다녀요."

노인은 이 말을 마지막으로 차로 돌아갔다.

희연이 전화로 미리 들었던 말이었다. 희연은 계단으로 캐리어를 들고 올라섰다. 한 계단 한 계단 조심스레 디뎠다. 유난히 회색으로 바래고 앞코가 까진 희연의 가죽 스니커즈가 캐리어 밑으로 언뜻언뜻 보였다.

돈을 벌면 겨울 신발을 하나 사고 싶었다. 그 신발을 신고 신두리 사구를 가서 새순이 돋은 고목을 보고 싶었다. 모래가 들어가지 않는 촘촘하고 견고한 신발이어야 했다.

방에 들어갔다. 작고 아담한 빌트인 가전이 있는 방이었다. 밖으로 논밭이 내다보였다.

희연은 침대에 앉아 사진 폴더를 열었다. 성이와 찍은 사진들이 있었다. 지워야 되나 싶었지만 그대로 두었다. 성이가 희연을 음해하려 한 것은 미웠지만 그래도 과거에 같은 추억을 지닌 이다. 따뜻한 마음을 주었던 그녀다. 희연은 사진을 한참이나 봤다. 그리고 폰을 주머니에 넣고 마트에 가기로 했다. 짐을 대충 부리고 일자리도 알아볼 겸 신발을 사기 위해 나갈 것이다.

세상 밖으로 새 신발을 신고 나가고 싶었다.

희연은 마트에 가서 리본 장식이 달린 새 신을 사서 신고 집으로 돌아왔다. 인터넷으로 신두리 해안사구를 검색했다.

모래 둔덕은 오랜 시간 동안 쌓이고 흩어지고 다시 모이기를 반복했다. 사람도, 인생도 그렇게 새롭게 다시 시작된다면 좋을 것 같았다. 해안사구에는 갯메꽃과 갯쇠보리 등의 식물

들이 산다고 나왔다. 바닷가의 소나무는 염분이 뒤섞인 해풍을 견디며 늠름하게 서 있다. 사진 전시회에서 봤던 그 모습 그대로이다.

다음 날 아침 희연은 버스를 타고 신두리 해안에 도착했다. 찬 바람이 코를 훌쩍이게 했다. 코가 붉었다. 희연은 새 신에 모래가 들어가도 개의치 않았다. 바람이 시원하게 느껴졌다.

사구 모래가 흩날리는 걸 보면서 파도가 들어왔다 나가는 풍광을 바라봤다. 한참을 보다가 다시 버스 정류장으로 향했다. 오늘은 할 일이 많다. 문화원에 가서 수업도 알아보고, 마트에 가서 일자리도 알아보고, 오랜만에 엄마에게도 전화할 것이다.

세상과 타협하고 화해하고 싶었다. 아픔을 줬지만 이겨낼 수 있다. 바닷바람에도 끄떡없이 다시 세워지는 사구처럼 그리고 파도에도 버티는 나무들처럼 버틸 수 있다. 새 신의 모래를 털고 버스를 기다렸다.

* '할의 커피 맛'은 양수련 작가 《바리스타 탐정 마환》의 주 배경이 된 장소입니다.

처음에 이 작품은 연애 상담을 해주면서 상담료를 받는 한 회사의 대표 이야기를 동료 작가에게서 전해 들으며 시작했습니다. 남자와 여자 사이의 일들은 무수하게 다양한데, 실연을 당하면 울면서 상담 심리를 받는다고 했습니다. 수십만 원의 비용을 치르면서 엉엉 우는 내담자들이 많다는데 의아했습니다.

운다고? 살면서 얼마나 연애나 사랑의 감정에서 멀어졌었는지 실연해서 운다는데 깜짝 놀랐습니다. 과거를 돌이켜 보니 저도 엉엉 울고불고했던 것 같습니다.^^

아울러 여성과 남성 픽업아티스트 이야기도 전해 듣고 신기한 이야기들도 들었죠.

이 소재는 소설로 만들어야겠다고 생각했습니다.

그리고 현재 대한민국을 나누는 여성과 남성 스탠스를 두 형사를 통해 보여주는 건 어떨까 하는 생각에 위태위태한 대사들도 만들어 넣었습니다. 모든 건 소설 속 대사이고 허구 상황이라는 걸 밝힙니다.

어느 것이 옳다고 볼 수 없고 어느 것이 그르다고 볼 수도 없지만, 그래도 법의 테두리 안에서 준법정신을 고수해야 하는 건 맞습니다.

하지만 너무도 힘든 상황에 놓여 생계를 위해 법적 테두리를 벗어난 사람들은 어떻게 되는 것인가 고심했습니다. 합법적인 사회 안전망으로 이들을 포섭하는 게 궁극적인 인간의 삶과 국가 사회의 기능적 완성이 아닐까 싶습니다.

사실은 거창한 포부를 가지고 시작했지만, 또한 소설적 재미를 추구하기 위해 19금적인 요소를 순화해서 집어넣기도 했습니다.

모쪼록 김재희의 추리 판타지에 초대된 독자분들이 즐겁게 읽기를 바라면서 아울러 김성호 프로파일러가 나오는 경찰소설 《섬, 짓하다》가 2021년에 프랑스에서 출간된 것처럼 이 《꽃을 삼킨 여자》도 세계 각국으로 널리 읽히기를 원합니다. 제목에서 '꽃'은 인간성을 의미합니다. 따라서 인간성과 진실한 사랑을 포기하고 위험한 짓을 벌이는 여성 픽업아티스트를 의미하는 제목입니다.

이 책에는 한국의 동시대 젊은이들의 아픔과 삶 그리고 페이소스와 연애가 녹아 들어가 있으니 다른 나라 독자들도 공감이 갈 거라 생각합니다.

과학수사 관련해 《강력사건 수사론》 (오지형 집필, 수사연구사 2018년 출간), 《범죄자 프로파일링》 (홍성열 집필, 학지사 2011년 출간) 등을 참조했습니다. 귀의 특징에 관해 논문 〈계측 및 비계측적 분석을 통한 한국인 젊은층 귓바퀴의 체질인류학적 특징〉 (강현주, 허경석, 송우철 등 집필, 대한체질인류학회지 2006년 12월) 등을 참조했습니다.

유흥 산업에 대해서는 《나도 말할 수 있는 사람이다》 (이소희, 홍혜은 등 집필, 여이연 2018년 출간) 이나 《레이디 크레딧》 (김주희 집필, 현실문화 2020년 출간) 등 책을 참조했습니다. 애정 사기범에 대해서는 김기용 변호사의 블로그에서 참조를 했습니다.

남녀 심리에 대해서는 《화성에서 온 남자 금성에서 온 여자》 (존 그레이 집필, 동녘라이프 2010년 출간), 《유혹의 심리학》 (파트릭 르무안 집필, 북폴리오 2005년 출간), 《심리학 콘서트》 (다고 아키라 집필, 스타북스 2009년 출간), 《유혹의 기술》 (로버트 그린 집필, 이마고 2005년 출간) 그리고 《귀여운 악녀가 남자를 리드한다》 (나이토 요시

히토 집필, 비즈니스세상 2010년 출간) 등의 심리학자와 픽업아티스트들이 쓴 여러 심리학 책을 참조했습니다.

수사의 킥스 서류 작성 등에는 《수사, 기본부터 알기》(박락인, 윤신규 집필, 수사연구사 2018년 출간)등을 참조했습니다.

이 자리를 빌려, 몽실북스 박영심 편집자님과 주연지 대표님께 감사드립니다.

늘 지지해주신 카페 몽실 대표님께도 감사 인사드립니다.

매년 저의 추리 판타지 초대장이 발송되면 주저 말고 와주세요. 언제든 같이 향유할 수 있는 책을 쓰고 있으니까요. 아직 못 쏟아낸 이야기가 많기에 기다려 주시기를 바랍니다.

김재희가 이런 이야기도 쓸 수 있구나 하는 마음이 드신다면 저는 성공이라 봅니다.

그럼 다음번에 또 만나요~.

2022년 봄 김재희 씀

꽃을 삼킨 여자

1판 1쇄 인쇄 2022년 3월 03일
1판 1쇄 발행 2022년 3월 10일

지은이 · 김재희
발행인 · 주연지

편집인 · 석창진 **편집** · 박영심
디자인 · 김지영 **일러스트** · 백진연 이찬영
마케팅 · 허은정

펴낸곳 · 몽실북스 **출판등록** · 2015년 5월 20일(제2015 - 000025호)
주소 · 서울 관악구 난향7길52
전화 · 02-592-8969 **팩스** · 02-6008-8970
이메일 · mongsilbooks@naver.com
네이버 포스트 · post.naver.com/mongsilbooks_kr
인스타그램 · instagram.com/mongsilbooks

ISBN 979-11-89178-53-6 (03810)

몽실북스에서는 작가님들의 원고를 기다리고 있습니다. 자신만의 이야기를 책으로 만들고
싶다 하시면 언제든지 mongsilbooks@naver.com으로 연락처와 함께 기획안을 보내주세
요. 몽실몽실하게 기대하며 기다리겠습니다.